A Lady's Guide to Ruin
by Kathleen Kimmel

淑女を破滅させるには

キャスリーン・キンメル
草鹿佐恵子=訳

マグノリアロマンス

A LADY'S GUIDE TO RUIN
by Kathleen Kimmel

マウスへ、
いつものように

謝辞

この本をアイデアの芽から最終的な完成形まで導いてくださったすべての方に、心から感謝しています。

揺るぎない支援を与えてくれた家族に——とくに、いつの日か娘が小説家になれると最初に断言してくれた両親と、わたしが彼とデートするという賢明な判断をするずっと前から執筆活動を応援してくれた夫に。本書を最初から最後まで絶えず熱心に応援してくれたリアノン・ヘルドに。初稿から最終稿まで面倒を見てくれたエージェントのリサ・ロジャーズに。そしてすばらしい本を完成させて出版してくださった編集者のジュリー・ミアネッキとバークレー社の皆様に。

そして友人、同僚、バリスタなど、ここに名を挙げなかったすべての方々に。あなたたちがいなければ、今日のわたしはありませんでした。

淑女を破滅させるには

主な登場人物

ジョーン・プライス――泥棒。
マーティン・ハーグローヴ――フェンブルック伯爵。
エリナー・ハーグローヴ――マーティンの双子の妹。
ダフネ・ハーグローヴ――マーティンの遠縁の娘。
チャールズ・ハーグローヴ――行方不明のマーティンの兄。
コリン・スペンサー――ファーレイ侯爵。マーティンの幼なじみ。
フィービー・スペンサー――ファーレイの妹。
キティ・グレイ――ファーレイの妹。
ロジャー・グレイ――通称スティックス。キティの夫。
ジョージ・ハーケン――ファーレイの友人。船乗り。
モーゼス・プライス――ジョーンの兄。
ヒュー・グリーン――モーゼスの相棒。
マディ――メイド。
ハドソン――探偵。

1

一八一五年、ロンドン

つい最近までベドラム精神科病院の患者だったジョーン・プライスは、優秀な泥棒である。この二十四時間で彼女が盗んだものは、自分自身（入院患者にも医者にも気づかれることなくベドラムの壁を越えて）のみならず、非常におしゃれなボンネット、一日置いた粥《ポリッジ》を思わせる薄茶色のドレス、そして親指大のダイヤモンド三個だった。

信じがたいことに、いちばん盗みやすかったのは最後に挙げたものだった。ダイヤモンドは、兄モーゼスが死んだように眠るところから三歩の距離にあるテーブルに無造作に置かれた、サテンの手提げ袋に入っていた。いまジョーンが着ているドレスは、その兄が腕に抱いていた情婦のものだ。大音量のいびきと安ウィスキーのにおいがする息から考えると、兄は自らの幸運を祝っていたらしい。モーゼスは決して酒を控えられない。ジョーンがロンドンで最も悪名高い病院の不快さを味わうことになったのは兄のおかげなので、彼女は喜んで宝石を拘束から解放してやった。おそらくいまのジョーンは、近年のベドラム患者の中でいちばんの金持ちだろう。

だからといって、なんの得にもなっていないのだが。ダイヤモンドのひとつはウズラの卵ほどもあり、あとふたつもそれに近い。あまりに大きすぎて換金できそうになく、ロンドンからの逃走資金を得るのは難しい。金持ちは金持ちでも、一文なしの金持ちだ。

それでも動きつづけねばならない。モーゼスは遠からず目覚めるだろう。あるいは狡猾な相棒ヒューが、モーゼスの様子を見にきてダイヤモンドが消えていることに気づくだろう。ジョーンにとって唯一有利に働いている点は、ふたりが彼女をまだベドラムにいると考えて高をくくっていることだ――だが、それも時間の問題だ。すでに複数の知った顔に出会っている。何人かは沈黙を守ってくれるとしても、ヒューには金が、モーゼスには腕力がある。彼らふたりにかかったら、ジョーンのことを告げ口する人間も出てくるだろう。だからジョーンは行くあてもないまま西に向かって歩きはじめた。西へ、ひたすら西へ、ヒューとモーゼスと昔の生活から離れて。

気がつけば高級な町屋敷の並ぶ道に出ていた。もちろんジョーンとは無縁の世界だが、その年の夏にナポレオンが敗北して以来街は陽気に浮かれていて、分不相応の土地に迷いこんだジョーンの存在など、誰も気にしていないようだった。いま、通りは人けがなくひっそりしている。ジョーンは静寂の中で立ち止まり、息をついた。

ここでじっとしているわけにはいかない。ジョーンにとって、こんなに似合わない場所はない。どれほど無頓着な雰囲気であっても、長時間見咎められずにいるのは不可能だ。数カ月拘禁生活を送っていたため、ジョーンはすっかりやつれてしまい、くまのできた目は飢えて痩せた顔の中でありえないほど大きくぎょろりとしている。兄の情婦はジョーンより体が大きく――当然だろう、ジョーンには体をふっくらさせてくれる余分な肉がまったくついていないのだから――くすんだ茶色のドレスはだぶだぶだ。でも幸い、短く切られた髪はおしゃれなボンネットの下に隠れていて、見えているのは数本のほつれ毛だけだった。

まさに精神科病院の患者に見える。実際、ジョーンのいるべき場所はそこなのかもしれない。いまでも、空は見るのもつらく、ささやき声――楽しげな声、心身の責め苦にけがされていない声――を聞くと息が苦しくなる。だが、彼女はもう病院を出た。いまは自由の身だ。これからも自由でいたいなら、動きつづけねばならない。

けれど、どこへも行くあてはない。宝石を換金する方法もない。ヒューやモーゼスに追われる彼女をかくまってくれる人もいない。ジョーンが病院を脱走したことを知ったら、ふたりはすぐに捜しはじめるだろう。彼女はたちまちベドラムに連れ戻される。果てしない騒音の中に。

ジョーンは目を閉じた。もうあんな場所には戻りたくない。つかまるくらいなら、いっそテムズ川に身投げしよう。ダイヤモンドを道連れに。川あさりをする者が泥をかきまわし、ダイヤモンドは永遠に失われればいい。ヒューとモーゼスに宝石を持たせてなるものか。

後ろから馬の足音と車輪の音が聞こえてきたため、ジョーンは手提げ袋を握りしめたまま振り返った。馬車が止まり、御者がびっくりした顔で見つめる。ジョーンは馬に飛びついて腹の肉に噛みつきそうに見えたに違いない。だが御者がぽかんとしているうちに扉が開き、ラベンダー色のスカートが嵐のごとくジョーンのほうに飛んできた。

ジョーンは背後の壁まであとずさった。すると、ラベンダー色のドレスを着て乱れた濃い茶色の髪をした娘が前に立った。大きく見開いた目を輝かせている。「ああ！　やっぱり無理だわ！」身を震わせるジョーンのすぐ目の前で高らかに言う。ジョーンは手の震えを隠すため手提げ袋の持ち手をしっかりつかみ、じっと立っていた。心臓はばくばくしている。

「なにかご用ですか？」なんとか絞り出した声はかすれていた。

「あの人たちには顔を合わせられない。ねえ、これをふたりに渡して。マーティンとエリナーに。ハーグローヴ家の。ロード・フェンブルックのことよ。親戚のダフネからだと言って。お願いね」娘は手に持っているものをジョーンの手に押しつけようとしている。四角くたたんでリボン――これもラベンダー色――で結んだ二通の手紙。娘自身もラベンダーの香りがする。清潔で穏やかな香りは、元気のいい小妖精のような感じとまったく釣り合わない。ジョーンは手提げ袋の持ち手から指を引きはがし、押しつけられた手紙と硬貨を受け取った。ダフネと名乗る娘はジョーンの両手をぎゅっと握った。目は涙できらめいている。「わたしは幸せだって伝えて。わたしは来られないけど幸せだし、追いかけないでって。もう行かないと！」

そしてダフネはまた薄紫色の嵐となって、香りだけを残して去っていった。馬車の中からきれいな爪をした手が伸びてきてダフネを引きあげ、扉が閉まり、カーテンがおろされる。

ドンという大きな音は、馬を出せという御者への合図だ。馬車がガラガラと走り去るのを、ジョーンは呆然と見送った。

いまなにが起こったのかよくわからない。もっと落ち着いた路上強盗も見たことがある。あの娘は何者だろう？　それよりも、この手紙を誰に届ければいいのだろう？　あのラベンダー色の嵐の世話をせずにすむとしたら、そのふたりは幸運だといえる。あんな娘が自由の身で動きまわれる一方で、ジョーンが仕事の相棒を選び間違ったせいで狂人扱いされるのは理不尽だ。

それでも、いまジョーンには――自分の手を見おろす――一シリングがある。今日一日の中でいまのがいちばん奇妙な出来事だったが、少なくとも報いはあった。

ため息をつき、一シリング硬貨と手紙を手提げ袋に入れ、姿勢を正す。いまの出来事には意味がある。まだ橋の下の泥に身を沈める必要はないという神のお告げだ。なにか食べるものを買って――胃袋が同意してグルグル鳴った――歩きだそう。運に恵まれたなら、モーゼスたちから先行していられる。

スカートを撫でつけ、動悸がまずまず正常に戻ったとき、眉間にしわを寄せて険しい顔をした男性が角を曲がって大股で歩いてきた。ジョーンは彼をやり過ごそうと脇によけたが、男性はジョーンに目を凝らし、さらにしわを深くした。長身なのに、ひどく身を硬くしているため実際より小さく見える。どれだけきちんと手入れしていたかは知らないが、いま茶色の髪は風に吹かれたのとひどく早足で歩いてきたためくしゃくしゃで、上着が少し斜めになっていることも加わって、心身ともに乱れているように見える。

強いまなざしで見つめられ、ジョーンはその場から動けず、胸が苦しくなった。唇が開き、ジンをあおったときのように肌がほてる。

「ダフネ？　よかった」男性の言葉にジョーンは戸惑いを覚えた。ダフネ？　「もっと早く来るつもりだったんだ。きみはいったい……？」彼はジョーンの服をまじまじと見、質問を考え直し、咳払いをした。「荷物はどこだ？　なにかあったのか？」

ジョーンは心臓一拍分のあいだ男性を見つめたあと、唯一考えられるもっともらしいことをした。

わっと泣きだしたのだ。

それは期待どおりの効果をもたらした。男性は立ち尽くした。顔には恐怖に近い表情が広がる。ジョーンは内心ほっとため息をつきながら飛びついて彼の胸に顔をうずめ、いかにも泣いているように肩を震わせ、呼吸三度に一度の割合で小さくしゃくりあげた。相手の気をそらすのにあまり威厳のある方法ではないけれど、うまくいったのは間違いない。

すると男性は手を出して、彼女の背中をぎこちなく二度軽く叩いた。「ダフネ、落ち着くんだ」体を引き、伸ばした腕でジョーンの肩をつかみ、顔をのぞきこむ。ジョーンは両手をおろしたが、目は大きく開けたまま涙を流しつづけた。男性はわずかに口を開いた。大ぶりの表情豊かな口、すっと筋の通った鼻は、彼を真面目そうに見せている。親切な人だ、とジョーンは思った。涙ながらに語られた話に疑問を呈したりしないような人。なにかそういう話を考え出せればいいのだが。

「中に入ろう」やがて彼は言った。「お茶を飲むといい」

ジョーンは目をぱちくりさせた。涙を流したのは、少々の同情と路銀を得られる話を考える時間を稼ぐためにすぎなかった。でもこの男性は——さっきダフネが言っていたマーティン・ハーグローヴに違いない——ダフネの顔を知らないらしい。

彼はジョーンを引っ張って屋敷に向かっている。ジョーンは唾をのみこんだ。しばらくぼうっとしていたため、人違いだと言う機を逸してしまった。逃げる機会が見つかるまでは、ダフネを演じるしかなさそうだ。

できるなら、その機会が訪れるのは夕食のあとにしてほしい。

マーティン・ハーグローヴは、物乞いが金を重視するのと同程度には時間厳守を重視している。なのに、時間を守れたことはない——いつも数分、あるいは数時間遅れてしまう。ダフネが到着するときには妹と老いぼれた付き添い《シャペロン》とともに家で待っているつもりだった。上着を乱し、靴にできれば泥であってほしいものをつけて、徒歩で来るのではなく、馬車で来るつもりだった。しかも、妹は理解不能な重要な用事で遅れてくるという。その用事とはおそらくシルクのストッキングがかかわっており、間違いなくマーティンの金がかかわっている。

だが角を曲がった瞬間、自らの不運についての思いは吹き飛んだ。ダフネ・ハーグローヴが立っていたのだ。彼が預かることに同意した——彼がその身の安全に責任を持つ——貧窮した遠縁の娘が、死体のような薄汚い茶色の粗悪なドレスを身につけ、不格好な手提げ袋ひとつを手に持ち、途方に暮れた表情でたたずんでいた。

彼女が顔をあげたとき、マーティンは一瞬人違いかと思った。前回会ったのは、ダフネがまだ幼いころだった。けれどボンネットの縁からのぞく髪は茶色、瞳は大きくて黒い。その瞳に見つめられたとき、彼は束の間言葉を失った。彼女の目は鹿のように愛らしく、体には鹿のように優雅な力強さが感じられる。彼がようやく言葉をつないでなにかあったのかと尋ねたところ、ダフネはわっと泣きだした。

この小柄な女性が胸に顔をうずめたとたん、マーティンの戸惑いは苦悩に変わった。彼は即座に、彼女を抱きしめ、こんな目に遭わせたやつを叩きのめしたくなった。通りに人けはないが、窓からのぞき見られているのはわかっている。だからマーティンは彼女の腕をおろさせて自宅まで連れてきた。

家の中に入ると、ダフネの涙はおさまり、はなをすったり息をあえがせたりするだけになった。マーティンは視線をおろして彼女をちらりと見てみた。頬には涙の跡がついている。彼女はまるで、飢え、ずぶ濡れになり、中途半端に乾いたかのようだ。ダフネの父親は娘のおつむが弱いと言っていたが、ここまで悲惨だとは想像していなかった。それにしても、ダフネをマーティンに送り届けることになっていたミセス・ファウラーはどこだろう？

マーティンはダフネを図書室まで連れていき、深い肘掛け椅子に座らせた。彼女の意外なほど力強い手から逃れると、すぐに部屋を出た。外では執事のガーランドが立っていた。マーティンが玄関に入ったとき出迎えられなかったことに対して悩ましげな顔をしている。マーティンとタイミングが合わないために、ガーランドは常に緊張を強いられている。

「紅茶だ」マーティンは言った。「ミス・ハーグローヴには紅茶が必要だ。それに大量の食べ物」

「ただちにお持ちします」ガーランドは答えた。「ほかになにかございますか?」

「妹が戻ったら知らせろ」マーティンが言うと、ガーランドは足音をたてずに去っていった。

マーティンはゆっくりダフネのほうを向き、彼女の向かい側に腰をおろした。悩める女性の相手をした経験はほとんどなく――妹が悩んで落ちこむことはあまりない――気の立った動物のように扱うべきだろうと推測することしかできない。

ダフネはさっきより落ち着いたようだ。少なくとも涙は弱まっている。マーティンが席につくと、彼女はたたんだ紙を手提げ袋にしまい、弱々しい笑みを浮かべた。

「ほんとうにごめんなさい。とても大変な一日だったの」濃いまつげの下からうかがうようにマーティンを見た瞬間の彼女の顔は、完全に穏やかで落ち着いていた。その顔は美しかった。マーティンはびっくりして大きく息をついた。最後に会ったときのダフネはよだれを垂らしてよちよち歩き、意味不明の言葉をいくつか話すだけだった。一方マーティンのほうは、女性というものにおぼろげに興味を持ちはじめたところだった。ダフネのことを考えるときは、いつも幼児として考えていた。ところがいま、涙が止まって頬をきれいな淡いピンク色に染めたダフネを見たとき、マーティンの胸の中で熱く血がたぎった。

別の箇所でも血が熱くなったものの、幸い、新たな涙を見たときおかしな気持ちは消えてくれた。彼女は棒のように痩せ細り、半ば死んだように見える。いま必要なのはたっぷりの食べ物と数日の休息であり、マーティンの紳士らしからぬ思いではない。

「なにがあったのか教えてくれ」誰を殺さねばならないのかを。あれだけ彼女の父親に約束したのだから……。父親はダフネから目を離してはいけないとしつこいほどに心配していたが、マーティンにもその理由がわかりかけてきた。

「どこから始めていいかわからないわ」

マーティンは、怯えた猫を家具の下から出させるときに使うようなやさしい口調を用いた。「ミセス・ファウラーのことから始めよう。なぜ彼女はきみをここまで送ってこなかったんだ？」

ダフネはゆっくり首を左右に振った。「ミセス・ファウラーは道中病気になったの。そのあと……」

「そのあと？」

「強盗に全部奪われたの。手提げ袋以外はすべて。親切なご婦人ふたりがいなかったら、わたしは着の身着のまま道の真ん中でひとり突っ立っていたでしょうね」また涙があふれはじめた。「わたしは――きれいなドレスをお借りして……」犬が蹴られようとしているときのような、哀れっぽい声が喉の奥から響く。マーティンは彼女の目をのぞきこんでさっきの穏やかな深みを見ようとしたが、ダフネは両手で顔を覆った。彼女の腕を軽く叩いて慰めの言葉をかけるべきだと思いつつも、マーティンは逡巡した。

「大丈夫だ。きみの荷物は見つける」それは無理だろう、と彼は思った。彼女のドレスはいまごろ犯人のみすぼらしい娘が着ているだろうし、それ以外の値打ちのあるものは犯罪者どもの薄汚れた手から手へと渡っていくだろう。「当面は、エリナーのものを借りるといい。妹はきみより背が高いが、いまきみが着ているやつよりは体に合うよ」そのみっともないドレスに比べれば、マーティンの服のほうが合うくらいだ。「そのご婦人たちというのはどなただい？」誰であろうと、彼女たちは若い娘にひとりでロンドンをうろうろさせてもいいと考えたのだ。マーティンの屋敷まで付き添ってくれればよかったのに。

「ミス・スミスとそのお母様のミセス・スミスよ」ダフネは答えた。「とてもお急ぎだったから、お引き留めしたくなかったの」

スミス。そんなありふれた姓の母子を見つけるのは困難だ。奪われたドレスを見つけるほうが簡単かもしれない。

そのとき扉がそっと開き、メイドが紅茶と食べ物を載せたトレイを運んできた。マーティンはメイドをさがらせて紅茶を注ぎ、ダフネがドレスに紅茶をこぼしそうになったときには指でティーカップを支えてやった。なにか手に持ったことで、ダフネは少し落ち着いたらしい。紅茶をひと口すすると食べ物に目を向けた。マーティンは彼女のほうに皿を押しやった。

女性がこれほど迅速にビスケットやキュウリのサンドイッチを平らげられることを、マーティンはまったく知らなかった。ダフネはひとことも発さず、最後のケイパーや皿についたクリームまできれいに食べた。ちょっと舌を出し、口角についたものを舐め取る。その動きに見入っていたマーティンは咳払いをした。さっきから咳払いばかりしている気がする。

「さて、きみの持ち物を捜して、ロンドンでぐずぐずしている時間はない。きみはエリナーとミセス・ウィンと一緒に先に出発してくれ。ぼくはここの始末をつけてから行く」田舎の領地バーチホールに落ち着くころには、ダフネも衣装を失ったショックから少しは立ち直っているだろう。マーティンが彼女に新しいドレスを送り――もちろん具体的なことはエリナーに頼まなければならない、いま彼女が着ているような服とは似ても似つかぬものであるべきだということしか彼にはわからないから――リボンやその他の飾りの代わりになるものを買ってやればいい。

「先に出発……？」ダフネが言う。

彼女は分別も失ってしまったのか？　「バーチホールへだ。夏のあいだはそこで過ごす」

「そうだったわね」ダフネは〝わたしったら、おばかさんね〟と言いたげに首を横に振った。

「そこまでは……かなりの長旅？」

「二日だな。夜を徹して進むつもりでないなら」ダフネには不幸を呼ぶ性質があるようだから、夜に旅をしたらロンドン郊外で追いはぎに身ぐるみはがれるのが関の山だ。危険は冒さないほうがいい。

「一刻も早くこの街を出たいわ」ダフネは言った。「わかってくれるでしょう」彼女はまたまつげの下からマーティンをうかがい見ている。目に涙を浮かべているが、涙はなめらかで光沢ある石を覆う水にすぎず、その石は荒れ狂う嵐の中でも動かずに立っている。マーティンにはそんな気がした。いや、これは単なる妄想だ。彼女は熱い紅茶に視線を戻し、また悲しげにすすりあげた。マーティンはため息をついた。そう、この娘をロンドンから出し、バーチホールに連れていこう。バーチホールにいれば、ときどき羊や狐に遭遇する以外の危険はない。

玄関扉が開いてガーランドの声がした。「きっとエリナーだ」よかった。エリナーなら、マーティンよりうまくダフネをなだめてくれるだろう。

「エリナー」ダフネが言う。「最後に会ったのはたしか……」

こんなふうに中途半端な話し方ばかりされていたら、いまにマーティンの頭は変になってしまう。「覚えているはずがないよ。きみはあのときまだ、やっと三語以上の単語をつなげられるようになったばかりだった」

ダフネは大きな笑みを浮かべた。「そうだったわね。再会が楽しみだわ」

マーティンはその口調に当惑して片方の眉をあげながらも立ちあがった。「すぐに戻る」と言って部屋を出た。

2

ジョーンは二十二年の人生で、数多くの豪華な屋敷に入ったことがある。といっても、たいていの場合は二階の窓から入るか、従僕にドレスの上から胸を撫でさせるのと引き換えに勝手口から入るかだった。案内されて正面から入ったことはなかった。体が沈んでしまいそうな分厚い絨毯が敷かれ、ジョーンが生まれる前に描かれた絵が飾られた、オークの羽目板張りの入り口からは。屋敷は蜜蝋と革と上等のブランデーのぴりっとした香りがする。どちらのほうが魅力的だろう。満腹感か、それともマーティンの額に刻まれた深いしわか。

ロード・フェンブルックだ、とジョーンは心の中で訂正した。どんな位の貴族《ロード》かはわからない。手紙には書かれていなかった。彼が執事と話して食べ物の手配をしているあいだ、手紙にざっと目を通しただけだが、彼女は読むのが速い。父は娘の知性に気づいて読み書きを教えてくれていた――モーゼスにはない能力だ。

裕福なハーグローヴ家の親戚であるダフネ・ハーグローヴは、レディ・エリナー・ハーグローヴの話し相手《コンパニオン》になる予定だった。ミセス・ファウラーが旅の途中で病気になり、ダフネがミス・スミスとミセス・スミス母子とともに宿を出たのは事実だ。だがダフネはその機に乗じて夢の男性にも連絡を取っていた。〝夢の男性〟とはダフネが手紙の中で使った言葉だ。名前はリチャード。リチャードはダフネがシャペロンから逃れたことを知ってロンドンまで来た。いま、ふたりは駆け落ち結婚するためスコットランドに向かっている。

つまり、ほんもののダフネ・ハーグローヴは幸せな旅の途上にあり、ひょんなことからダフネのふりをすることになったジョーンの身に危険はないわけだ。一年前なら、その機会に飛びついて金儲けをしただろう。方法はいくらでも考えられる。でもいまのジョーンの望みは、ヒューとモーゼスからできるかぎり遠く離れることだけだ。休息し、食べ、簡単に売り飛ばせるものを盗むあいだだけ偽装をつづける。ロンドンから出るには、自由に使える金が少しあればいい。

唯一残念なのは、ダフネの親愛なる従兄マーティンとすぐに別れなければならないことだ。そんなふうに思うのは、相手が男性であろうとなかろうと、人との交流に飢えているからかもしれない。彼の思いやり、彼女を慰めようとする目に見えた努力は、とてもうれしかったし魅力的だった。長らく、他人にここまで感情を気遣ってもらえたことはなかった。たとえその感情が虚偽だとしても。いや、完全な虚偽ではない。ジョーンはほんとうに苦境から逃れてきたのだから。具体的な事実はダフネとしての悲惨な話とかなり異なっているが。

そして、マーティンがジョーンが見たことがないほど魅力的な顔立ちなのも、彼に惹かれている理由のひとつだ。髪は茶色でカールしており、唇は驚くほど色が濃い。角張った顎の端にあるくぼみは小さな傷痕。ひげはあのくぼみを迂回して生えるのだろうか、とジョーンは考えた。上着――いまもまだ少し傾いている――の下の体は細いけれど筋肉質だ。指の関節あたりにいくつも見える細い傷痕は、殴り合いの経験を示唆している。ボクシングだろうか。彼は紳士だが、常に紳士的ではないらしい。

彼の豊かな髪を撫でつけたい誘惑に抵抗するため、ジョーンはティーカップをしっかりつかんだ。新たな涙を流し、マーティンがうんざりして体を引くたびに、ジョーンはひそかにたじろいだ。涙を流そうが流すまいが、どうせジョーンに魅了される人間などいないのだが。ベドラムで何カ月も過ごし、その前もろくなものを食べていなかったために、少年と言っても通じるくらい痩せ細ってしまった。胸はぺちゃんこ、腰は骨張ってシラミの噛み痕だらけ。ジョーンがドレスを脱ぎ捨てて、浮き出たあばら骨や傷痕やあざを見せたなら、マーティンは彼女をただの浮浪者だと思うだろう。

そう思わせておけばいい。ダイヤモンドを換金できたら、ジョーンはロンドン一裕福な浮浪者になる。いや、違った。できるかぎり早くロンドンを出なければならないのだった。

マーティンがまた部屋の入り口に現れた。今回は背の高い女性を伴っている。肌は乳白色、髪は濃い鳶色。彼女はマーティンの腕に軽く手を置いている。小鳥が飛行の合間にちょっと木に止まって休むように。楽しそうに小首をかしげ、ジョーンを見つめた。「まあ、なんて格好なの。ひどいわね」

「ミス・ハーグローヴ――ダフネ、妹のレディ・エリナー・ハーグローヴを紹介しよう」マーティンは体をずらし、妹の肘をつかんでジョーンのそばの長椅子まで導いた。レディ・エリナーはそんなふうに世話をされることに抗議しなかった。軽く兄に寄りかかり、彼は慣れた足取りで妹を連れて歩いた。でも、彼女に兄の手助けが必要ないことをジョーンは見抜いていた。歩みはしっかりしている。寄りかかっているのは、自分のためというより兄を満足させるためのようだ。そして目は楽しげに笑っている。ジョーンと――ダフネと――同じような黒い瞳。でも体はジョーンより丸みがある。ドレスは腰のふくらみにぴったり張りつき、胸の丸みを見せている。美しい。そして裕福。なのに、彼女を席まで導いているのは愛する夫でなく兄だった。

ふたりは間違いなく兄妹だ。流行より少し下向きの鼻も、頬の細かなそばかすもそっくりだ。

「ダフネ」エリナーは言った。「来てくれてうれしいわ。でもひどい目に遭ったみたいね。それはあなたのドレスじゃないでしょう」

「ええ」ジョーンは反射的に〝マダム〟と言いそうになり、なんとかこらえた。「残念だけど……」目を大きく開いて冷たく乾いた空気にさらす。涙を予想したのか、マーティンは咳払いをして――彼はしょっちゅう咳払いをしている――手を振った。

「話せば長い。ともかく、ダフネにおまえの服をちょっと貸してあげてほしい。ふたりはすぐに出発してくれ。明日の朝いちばんに」

「わたしの服は、そのままじゃ合わないわね。まあ、緑のドレスならいいかも」エリナーは考えこんだ。「あれはわたしには小さすぎるもの。出させておくわ。だけどそれ以外のドレスは裾が絨毯につくし、肩は落ちる。ちょっと寸法を詰めなくちゃいけないけど、それには時間がかかる。それより、もう一度買い物に出たほうがいいんじゃないかしら」彼女はいたずらっぽく言った。

「今日の買い物でいくらかかったのか訊いていいか？」マーティンの質問にジョーンは身を硬くしたが、やがて彼がわざとふざけて怒ったように言っていたことに気がついた。

エリナーは小さく笑った。その声はジョーンに、子犬の毛並みに手を滑らせているところを想像させた。喉にかたまりがこみあげ、それをのみこむ。どうしてこんなにねたましく感じたのか、自分でもよくわからない。

「訊かないほうがいいわ」エリナーは膝の上で手を組んだ。「メイドのマディはお裁縫が得意よ。寸法直しができるまでは緑のドレスで間に合わせましょう。あなたがそれでいいなら、ミス・ハーグローヴ」

「貸していただけるなら、どんなものでも助かるわ」ジョーンは努力して目を潤ませた。

「なんでも必要なものを用意するわね」エリナーはほっそりした手をジョーンの手に重ねた。

こんな純粋な好意を受けたのは、いつ以来だろう。ジョーンは目をぬぐった。涙はにせものだ、と自分に言い聞かせる。あるいは、単に疲労のために感傷的になったにすぎない。

「この人、疲れきっているわ」エリナーは兄を見て咎めるように言った。

マーティンは自分の上着の裾を引っ張った。「そうだな。うっかりしていた」彼が手を振ると廊下からメイドが現れた。ジョーンは感心した――メイドはついさっきまで、完璧に陰に隠れていたのだ。「ミス・ハーグローヴをお部屋に案内してくれないか？」ジョーンが立つと彼も立ちあがり、最後にもう一度咳払いをした。「なにも心配しなくていい。ぼくからご両親に手紙を書いて……」

そう言われるのはジョーンも予想していた。大げさに息をのんでみせる。「書かないで」そんな手紙が目的地に届くまで彼らのもとにいるつもりはないけれど、いくら可能性が低くても、よけいな疑いを招くことは避けねばならない。「手紙を見たら、両親はわたしを家に呼び戻すわ。できればバーチホールにいるほうが……」そこで言いよどむ。言葉を濁すことの利点は、たいていの人は不完全な文章に耐えられず自分でつづきを言ってくれるので、ジョーンが嘘をつかずにすむことだ。

「スウォンジーにいるよりもいい？　当然ね」エリナーが淡々と言う。

ああ、しまった。スウォンジー？　ダフネはウェールズ人なのか？　いや、さっき話したとき彼女はウェールズ人のように聞こえなかったし、何年もの経験で身につけたジョーンの洗練された話し方はなんの疑いも喚起していない。ということは、ダフネは根っからのウェールズ人ではないらしい。それでも田舎のウェールズから来たということで、ジョーンが少々行儀のよくない振る舞いをしても見過ごしてもらえるかもしれない。

ダイヤモンドを換金できたら、ダフネを捜し出してすてきな結婚のお祝いを贈ってあげよう。

それはあとの話。まずはロンドンから出ることだ。ジョーンは身を震わせ、膝の力を抜いた。「わたしが無事に到着したことだけを知らせてもらえれば……」

マーティンはしばらく考えてうなずいた。「そうだな。それから、ミセス・ファウラーの容態を尋ねておこう。シャペロンといえば……?」彼はエリナーのほうを向いた。

「ミセス・ウィンはいまごろぐっすり寝ているわ」エリナーが言う。「ドレスの買い物で、すっかりくたびれたんでしょう。あなたの部屋はミセス・ウィンの隣よ、ダフネ。あの人のいびきには我慢してね」

いびきでモーゼスにかなう人間はいないし、ジョーンは生まれてからずっと兄と同じ狭いベッドに寝ていたから、そんなのは平気だ。ジョーンは小さくうなずいたあと、うつむいて辛抱強く待っていたメイドに目をやった。マーティンは手を振り、小声でジョーンとメイドをさがらせた。メイドは「こちらです」とささやき、ジョーンを案内して階段に向かった。ジョーンは階段をのぼるあいだじゅう、エリナーの視線を背中に感じていた。肌がぴりぴりする。階段をのぼりきったところで振り返ると、エリナーは無表情でこちらを見つめていた。ジョーンはごくりと唾をのんだ。不意に、エリナーは兄ほどだましやすくないという気がした。

偽装があと数時間持つことを祈るしかない。

シーツは冷たくぱりっとして気持ちがいい。部屋はとても暖かいので、なにもかぶらず裸で寝てもいいくらいだ――メイドが部屋をのぞきこんで、むき出しの尻とそこについたみみず腫れを目にする危険がなければ。ジョーンはシーツに潜りこみ、睡眠を取ろうとした。簡単に眠れるはずだった。悲鳴も、叫び声も、夜中に起こされて氷のように冷たい水風呂に入れられることもないのだから。同房の患者数人が、その〝治療〟のあと肺炎になって死んだ。水風呂に入れられて病気が少しでもましになった患者はひとりもいなかった。

いま、ジョーンはそんな恐怖から解放された。屋敷は寝静まっている。なのに眠れなかった。眠りに落ちそうになるたびに、身震いがして息が苦しくなって覚醒するのだ。

ようやく頭がぼんやりして眠りかけたとき、床を踏む足音に目が覚めた。マディというメイドがベッドの横に忍び寄っていた。赤毛のメイドは、きれいなシュミーズを含む服一式をたたんでベッド脇の椅子に置いた。ジョーンは眠るのをあきらめ、伸びをして体を起こした。「ここでお風呂に入るには誰に鼻薬を嗅がせればいいの？」その質問に、マディは唖然としている。完全に目覚めたジョーンは、内心悪態をついた。いまのはダフネが言いそうなせりふではなかった。

でもマディは小さく微笑んだだけだった。「わたしが用意をします」マディはきついアイルランド訛りを懸命に抑えているようだ。たぶんここに来てまだ二、三年なのだろう。だがロード・フェンブルックに仕えているのであれば、かなり運がよかったわけだ。ジョーンはまだマーティンの位を知らない。伯爵？　子爵？　わからない。けれども富の存在は嗅ぎつけられる。この屋敷には富がありあまっている。

マディがさがると、ジョーンは服を見ていった。下ばきとコルセットはジョーンが持っているものより上等だけれど、標的をだますために必要なとき一、二日間もっと高級なものを借りたこともある。ドレスは灰緑色で、袖とネックラインには細かなビーズのレースが縫いつけられている。強調するべき胸のふくらみがない人間にとってネックラインはかなり深いが、人前に出られないほどではない。ジョーンはドレスを体にあて、部屋の隅に置かれた鏡で見てみた。

ひどい髪。これではいけない。立った髪が頭のまわりに突き出している。後光というより枯れ枝のリース。指ですいてみたが、乱れは直らなかった。

風呂まで案内するため戻ってきたマディは、同情して舌を鳴らした。「よかったら、あたしがなんとかして差しあげます。上品にはできませんけど、立ってるのを寝かせるくらいはできます。髪をお売りになったんですか？」

ジョーンは目をしばたたかせた。マディも目をぱちくりさせている。ひどく立ち入った質問をしてしまったことに気づいたという表情だ。ジョーンがあまりにみすぼらしい格好だったので、マディは親近感と同情を覚えたのだろう。

「そうなの」マディがこれ以上質問しないことを願って、ジョーンはそっけなく答えた。髪をつかまれて痛いほどきつく引っ張られたこと、根元近くで髪を切られたため二度はさみで頭皮を切られたことは思い出すまいとした。シラミがわいたからだ、とやつらは言ったけれど、実際には切られた髪がマディの想像どおりの運命をたどったのはわかっている。カツラにするために売られたのだ。でも、その利益はびた一文ジョーンの手に渡っていない。ジョーンのいた棟の女性は全員、髪を短く切られていた。もしもひげを生やしたなら、病院内のやつれた女性とやつれた男性は誰にも見分けられなかっただろう。

ジョーンは身を震わせた。マディは暖炉の火をかき立て、ふたたび同情で舌を鳴らした。

「ずいぶん大変な思いをなさったんですね。だけど、もう終わったんですよ。お湯が沸いてます。あたしはいつも、身ぎれいにしたら気分がよくなるんです」

マディはメイドにしてはおしゃべりすぎるが、ジョーンは彼女を気に入った。「あなたもバーチホールまで一緒に行くの？」軽く尋ねる。バーチホールはジョーンにとってすてきな幻想にすぎないのだが。夜になればすぐにここから逃げるのだから。

「ええ、そうなんです。レディ・エリナーは、あたしがお嬢さんのお世話をすることになるっておっしゃいました。ちゃんとした侍女みたいに」マディは満面の笑みを浮かべた。「必要なものはなんでもおっしゃってください。あたしがご用意します。どうぞご遠慮なく」

「親切なのね」ジョーンは昔から、親切さは宝物だと思っていた。手に持って回したら光を受けて何万通りもの輝きを放つ、金ぴかのおもちゃのようなもの。だからこそ、マディの親切さが身にしみて感じられる。

「自分の仕事をしてるだけです」マディは頭をさげた。「お風呂までご案内しますね」

ジョーンが予想していたのは洗面器と水差しだったけれど、マディが案内してくれたのは湯気のあがる湯を満たした大型浴槽の置かれた部屋だった。彼らはジョーンをひと目見て、洗面器と水差しではとてもきれいにならないと思ったのだろう。それにしても、入浴専用の部屋があるとは。しかも湯は熱い。ジョーンは笑いたいのか泣きたいのかわからなかった。

親切なマディの手伝いを断って浴室からさがらせ、浴槽に身を沈めて満足の吐息をつく。この茶番劇が始まる前にポンプの水で顔と腕を洗ってはいたが、皮膚はまだ垢じみている。あの場所の汚れは、まだ体にこびりついている。ベドラム、正式にはベスレム病院、罪を犯した狂人の住まい――ジョーンは何度となく、狂人というのは医者のことか、それとも患者のことかと考えたものだ。あそこよりもっとひどい地獄も存在するだろう。ジョーンとしては、病院の設立者がそういった地獄にいることを願うばかりだ。

赤くなるまで皮膚をこする。髪を洗い、体にラベンダーオイルをすりこみ、すっかり冷めるまで生ぬるい湯に浸かった。これまで耐えてきたような冷たい水に身を沈めたくはなかったので、立ちあがって胸からふくらはぎまでタオルで覆い、鏡で自分の姿をじっくり眺めた。よくなった。まだ痩せ衰えてはいるけれど、目の下のくまは薄れ、顔には少し血色が戻った。でも、タオルを広げて全身を確かめる勇気はなかった。まだできない。あざが消え、シラミの噛み痕がなくなるまで待とう。そのあとで、拘禁生活で自分の体がどうなったかを見てみるつもりだ。

ドンドンという音に、ジョーンははっとした。音は屋敷の裏を見おろす窓を震わせている。誰かが裏の扉を叩いているようだ。そっと窓まで行ってカーテンをずらし、勝手口をのぞいたジョーンは、思わず息をのんだ。モーゼスだ。

兄の歩き方や立ち方はふつうの人間と違っている。彼は体をよろめかせて足を引きずるように歩き、人を驚かせてぬっと立つ。体はごつごつした肉のかたまり、鼻は三度骨が折れており、全身に下手なタトゥーが入っている。いくらシャツとズボンで身を包んでも、野獣にしか見えない。シャベルのようなごつい手には相手の骨を折ったり成人男性を壁に叩きつけたりできるほどの力があるのを、ジョーンは実際に見て知っている。あのこぶしで殴られた鼻が砕かれてぐにゃぐにゃになったり血が噴出したりするところは何度も目にした。とはいえ、彼がジョーンに手を出したことはない。父に授けられたほかの教えはすべて忘れても、それだけは忘れなかった。モーゼスがジョーンの前で手をあげるのは、彼女を守るためだけだった。

ジョーンを罰するときに彼が使うのは言葉だった。

ジョーンは身震いした。モーゼスは知っているのだ。妹が家に来たこと、ダイヤモンドを奪ったことを。そして、なぜか彼女の居場所まで突き止めたようだ。尾行されているとは思わなかったけれど、腕がなまっていたのは間違いない。逃げられるだろうか？　正面玄関からは？　だめだ。おそらく表にはヒューがいるだろう。彼らが出口を固めないわけはない。窓から出て屋根を伝う？　無理だ。屋根にはしがみつくところがない。それは六カ月前、貧弱な食生活と運動不足のため体力が奪われる前でも難しかっただろう。

モーゼスの来訪に応えて、ようやく勝手口が開いた。ジョーンは息を殺し、耳を澄ませてモーゼスの言葉を聞こうとした。自分の名前が口にされたような気がする。そのあと別の声がした。冷静な口調で返事をしている。モーゼスはそれに答えた。怒りを募らせ、あの残虐なこぶしを体の脇でぎゅっと握っている。

「……わかってんだ、あいつがここにいるのは」モーゼスが言い、さっきと同じ落ち着いた冷静な声が応じる。扉が閉まった。モーゼスは自分の望みがあっさり拒絶されたことに愕然としているようだ。一歩あとずさる。もう一度扉を叩こうとするかのようにまた前進し——そして身を翻した。片方のこぶしをもう片方の手に叩きつける。彼は帰ろうとしている。歩き去ろうと。勝手口から大股で三歩進んで——そこで振り返り、まっすぐジョーンのいる窓を見あげた。

ジョーンはあわててあとずさった。その動きでバランスが崩れて床に倒れた。肘が堅木の床にぶつかる。

「お嬢様？」マディだ。ノブを回している。でもジョーンは施錠していたはずだ。ノブがガチャガチャ音をたてたが、扉は閉まったままだった。

「大丈夫よ」ジョーンは答えたものの、声は震えていた。体を起こしてそっと肘をさすり、タオルを巻き直した。「ちょっと足が滑っただけ」

「手をお貸ししましょうか？」

「いえ、いいわ」モーゼスはジョーンを見なかった。いや、見たのか？　そんなはずはない。あの角度からでは無理だ。彼はたまたま顔をあげた、それだけだ。ジョーンは自らに強いて何度か深呼吸をし、なめらかで上品な声を出そうとした。「心配いらないわ、マディ。なんともなかったから。ありがとう。もう少ししてから片づけにきてくれるかしら」

ややためらったあと、「わかりました」と返事があり、足音が離れていった。ジョーンは足音がすっかり聞こえなくなるまで待ったあと、大きく息を吐き出した。両手で頭を抱える。あと数時間の辛抱だ。そうしたらロンドンを出て、永久にモーゼスから離れられる。

3

怒声が聞こえはじめたとき、マーティンは書斎にいた。膝の上の本を閉じ、椅子の肘掛けをつかむ。真鍮製の鋲をぐっと押していると、やがて指が痛くなった。騒ぎにはガーランドが対処するだろう。執事の能力を疑ってはいない。だが、なにもせずここでじっとしているのは苦痛だ。

ガーランドはときどき、自分はイングランドでいちばん背の低い執事だと言う。それでも、彼の青い目で冷静にじっと見つめられると、巨漢でも必ず縮みあがる。小柄なガーランドが背筋をぴんと伸ばして冷や汗をかく従僕たちの前で歩きまわっている光景はマーティンも見ているので、どんな乱暴者が勝手口に現れようが対処できることに疑問は感じない。

それでもマーティンの脈拍は速くなっていた。さっきはダフネの哀れな状態への怒り、今度はこの無礼者への腹立ち。どんどん機嫌が悪くなる。彼がなにより望んでいるのは、明日の朝女性たちとともにここを出てバーチホールで快適な夏を過ごすことだ。狩り、乗馬、ボクシングを一、二試合。こんな果てしない書類仕事は投げ出したい。もともと領地の管理などしたくなかったし、爵位だって欲しくなかった。自分は伯爵に向いていない。父もわかっていたくせに、あのひどい衝突のあと出ていったチャールズを呼び戻そうとはしなかった。彼を捜す形ばかりの努力をしたあと、長男は死んだと宣言した。チャールズが行方不明だった歳月、マーティンは兄が屋敷に現れて父と和解することを望んでいた。しかし、それはついに実現しなかった。失踪してちょうど七年後、チャールズは死亡宣告を受けた。そのわずか数週間後に父もこの世を去った。

そうして伯爵となったマーティンには、勝手口でガーランドが対処している騒ぎを見にいくことも許されない。そして、まだバーチホールに向けて発《た》つこともできない。いろいろと取り決めをし、会議に出なければならない。ガーランドがどれだけ奮闘し、有能な御者が文句を言われながらどれだけがんばっても、マーティンはいつも会議に遅刻してしまう。

立ちあがり、部屋を行ったり来たりする。暖炉のそばの炉辺用具に目をやった。自分を乱暴な人間だとは思っていない。短気を起こすことはないし、別の男を――もちろん女も子どもも――殴りたいという衝動に駆られたこともない。だがこの一年のあいだ、なにか熱くて危険なものが腹の中で渦を巻き、弁護士に会うたび、社交行事に出席するたびに、それは少しずつきつく締まっていく。父が息子たちに対して行った冷酷な仕打ちの中でも、これが最悪だった――領地の管理を愛するチャールズがその権利を奪われ、まったく関心のないマーティンがその義務を負わされたこと。

ようやく勝手口の扉が閉じて怒鳴り声がやむと、マーティンは満足してうなずきながらも、少々落胆を覚えた。

するとと今度は階上からドンという音が響いた。彼は心配になって見あげたが、そのあとはなにも聞こえなかった。そこへエリナーが現れた。まるで亡霊のごとく、足が床についていないかのようにふわりと部屋に入ってきた。

「いまのはなに？」

「気にしなくていい」妹の言うのが勝手口の騒ぎのことか階上の音のことかわからないまま、マーティンは答えた。「おまえは休んでいないといけないよ」

「疲れていないのに」それでも彼はエリナーのところまで行って、自分がついさっきまで座っていた椅子に導いた。エリナーは素直に座り、肘掛けに置かれた兄の手を自分の手で覆った。「ロンドンに来られてうれしかったわ。だけど、出ていけることになってすごくうれしいわ」

「今年はずっとバーチホールにいればよかったかもしれないな」去年、そして一昨年も同じだった。もうそんなになるのか？　エリナーの婚約者が亡くなって三年たつ。エリナーは社交シーズンから遠ざかっているのを好んでいるくせに、毎年その事実をあえて忘れるようにしている。もっと若いころ、病気で体力が奪われる前でも、彼女はシーズンが終わると大喜びしていたが、それを認めようとしなかった。一度でいいから自分が社交シーズンでぐったり疲れてしまうことをエリナーが思い出してくれたらいいのに、とマーティンは思っている。

「ときどき社交行事に出ないと、人と話す材料もないもの」マーティンの心を読んだかのようにエリナーが言う。たまに、ほんとうに心が読めるのかと感じるときがある。ふたりは数分違いで生まれた双子だ。いままでの人生で、ふたりのあいだに超自然的なつながりがあるようだと言ったのは、ひとりやふたりではない。だとしても、間違いなくそれは一方通行だ。彼女の機敏な頭の中でどんな思いがめぐっているのかをマーティンが言いあてたこともあるが、それは純粋な偶然の結果だった。

「それでも、おまえがもうすぐ田舎に帰れることになってよかった」彼は言った。

「わたしのことは、そんなに心配しないで。それより自分の心配をすべきよ」

「うん？」

「あなたには奥様が必要なのよ、マーティン」

彼は笑った。「必要ない。金も、いま以上に強い縁故もいらない。残る可能性は恋愛結婚だな」

「それはありえないわね、もちろん」エリナーは重々しく言ってからかった。

マーティンがため息をつく。「ある程度謎がないと相手を愛することはできない。ところがおまえは、ぼくがダンスに誘う程度の女性すべてについてあらゆることを教えてくれる。それに、ぼくはおまえの世話をしなくてはならず、おまえにはぼくの世話をしてもらわないといけない」

「マーティン、あなたのことは心から愛しているわ。だけどあなたでは夫の代わりにならないし、わたしだって妻の代わりはできないのよ」おそらく自分が一生結婚しないであろうことを、エリナーは口にしなかった。社交界デビューしたときには、結婚は当然視されていた。

もちろん多くの男性から結婚の申しこみはされたが、父は彼女がもう少し年を取って分別を得るまで待つべきだと言い張った。だが実際には、父は彼女が美しい盛りになるまで待っていたのではないかとマーティンは考えている。それは二年後に実現した。ところがエリナーは美しくなると同時に虚弱にもなっていった。何カ月も疲労がつづき、肺に充分な空気を取りこむこともできなかった。病名は不明だった――というより、多くの医者からそれぞれ異なる病名がつけられた――が、ともかく社交生活の絶頂期は病気のため台なしになった。

彼女がついに婚約したときマーティンは安心したが、哀れにも婚約者のマシューは死んでしまった。エリナーはその後ずっと悲しみから立ち直れず、いまや二十八歳となった彼女に結婚の可能性はほとんど残されていない。もちろん、その気になれば夫を見つけることはできる――なにしろ美しく裕福なのだから。だが父の死後、マーティンとエリナーはそのことを口にしなくなった。必死になって夫を探すのは犬が残飯を求めて鼻をくんくんさせるみたいだ、とエリナーは言う。

結婚に関する話は、ガーランドが来たため中断された。マーティンは手を振って彼を呼び寄せた。ガーランドは最低限必要な歩数だけ部屋に入り、それ以上は動こうとせず、姿勢を正した。だが、まばらに髪の生えた頭では汗が一滴光っていた。

「裏でなにがあったんだ?」マーティンは尋ねた。

ガーランドはちらりとエリナーに視線を向けたが、いまでは彼女の前でなんでも話すことに慣れている。マーティンはエリナーがそばにいるほうが明瞭に考えられるし、助言を求めるとき事情を説明する手間が省ける。「妹を捜しているという男がまいりました。その者は、妹がこの屋敷に入ったと思いこんでおりました」

「妹？」マーティンは顔をしかめた。『使用人か……？』

「違います。その男の説明からしますと、どうやらミス・ハーグローヴのことを言っていたようです」

マーティンの眉は髪の生え際まではねあがった。「ダフネ？　ダフネに兄弟はいない。たとえいたとしても、勝手口の扉を叩くような粗野な人間ではありえない」

「もちろんでございます。しかしながら、人違いだと納得させるのに時間を要しました。長くかかりましたことをお詫びいたします。二度とその男がこの屋敷に来ることはないと存じます」

「そいつは正確にはなんと言ったんだ？」

なんと、ガーランドの顔がピンク色に染まった。「レディ・エリナーの前でそれを言うわけにはまいりません」不安で声が張り詰めている。

マーティンは笑いをこらえた。エリナーの手が首筋に行き、一本の指が意味もなく首の血管をなぞる。笑いを我慢しているときの仕草だ。「いや、一言一句そのまま伝えてくれなくてもいいぞ、ガーランド。要旨だけ教えてくれ」

「はい、承知いたしました。男は、自分の妹が旦那様と一緒にいるところが目撃されている、それほど――流行でないドレスを着ていた、と申しました」最後の言い方からすると、その男はあまり礼儀正しくない言葉を使ったようだ。「その妹は最近ベスレム病院から脱走し、男のかなり高価なものを盗んだそうです」

「ベスレム病院だと？」生え際まであがっていた眉は、マーティンが制御しないと髪の中に完全に消えてしまいそうだ。彼は極力落ち着いた表情を保って冷静に見えるようにした。「なんと驚くべきことだ。しかしさっきの騒ぎからすると、男のほうがその病院にふさわしいようだが」

「どういうこと、ダフネ？　あなた、最近ベドラムに行った？」エリナーの声に、マーティンはぎくりとした。ダフネが廊下と反対側の扉から入ってきていたのだ。扉のノブをしっかりつかんでいる。それが唯一しっかり立っていられる支えであるかのように。

ボンネットも、醜いドレスもなくなっている。現れた彼女の姿を見て、なぜかマーティンの口の中はからからになった。彼女の髪は短く切られてとかされ、耳のあたりで大きく波打っていて、小妖精のような容貌をいっそう女らしく見せている。そして、あの瞳――外で出会ったときもあの瞳は彼を魅了したが、いまはいっそう強い印象を与えている。もう涙は浮かんでいない。ノブをしっかり握っている様子からは、必死に力を奮い起こしていることがうかがえる。女性には望ましくないほどの強い力だ。現在のダフネは、わっと泣きだしそうな女性に見えない。

ダフネの口から音が聞こえた。一瞬ののち、それが笑い声であることにマーティンは気づいた。「ベドラム？　いいえ、行っていないわ。といっても、この二日ほどの出来事で頭が変になりそうだけど」「世の興味深い人間は皆、少し頭が変なんだ」マーティンは懸命に努力して温かな笑顔をつくった。

「あの男はもう来ないわよね？」ダフネの言葉には、単なる怯えよりも深い恐怖が感じられた。

「また来ても追い払ってやる。心配しなくていい。それに、明日になればきみたちはここを発つ。そうしたら、やつは狂人扱いするのに別の女を探さなくちゃいけなくなる」だがこの発言には、マーティンが意図したほど慰めの効果がなかったようだ。ダフネは黙ってマーティンを見つめている。かすかな笑みは、実現されなかった聞こえのいい約束には慣れていることを示している。

ダフネの父親は娘について、脳みそがあるべきところにウールが詰まっていると表現していた。頻繁に買い物——彼女がいちばん好きな活動——に行かせておけば絶え間ないおしゃべりから免れられるだろうから、たっぷりの小遣いを与えたほうがいいと示唆していた。この二日間の試練の衝撃で、ダフネは言葉を失ったのか？　それとも……。

それとも、あとになにがつづくのか、マーティンにはわからなかった。わかっているのは、いままでなにを望んだよりも強く、彼女の心からの笑顔を望んでいることだ。そのためにレースやリボンにひと財産使うことになるのなら、それでもかまわない。

モーゼスはふたたび現れず、夜にはジョーンはかなり緊張を解いていた。夕食を給仕したのはにきび面で同じようなくしゃくしゃのブロンドの従僕ふたりだった。双子だ。ハーグローヴ兄妹のどちらかが、彼らをそっくりな馬車馬二頭のように珍しがって雇ったのだろうか、とジョーンは考えた。ただし従僕ふたりは訓練された馬のように足取りを揃えて動くことはなく、テーブルの端に立つ執事は険しい表情を浮かべていた。マーティンが見ていないとき、執事の唇は〝左だ、頼むから左手で持て〟と言うように動いていた。

ジョーンは自分の皿に食べ物をわずかしか取らず、それを少量ずつ口に運んでいた。さっきは出されたものをがつがつと平らげてしまったので、きっと生まれ育ちに関して悪印象を与えただろう。偽装をつづけるあいだは、もっと慎重にダフネという人物像を演じる必要がある。

「お母上はどうしておられる？」マーティンが礼儀正しく尋ねた。彼の視線をジョーンは気に入らなかった。まなざしはあまりに強い。彼は疑いを抱いているのか？

従僕のひとりが、さっきジョーンが断ったばかりのサヤインゲンのバター炒めをまた持ってきた。ジョーンはその間違いを指摘して彼に恥をかかせないため、ほんの少し皿に取った。

「母ね。元気よ」ダフネの家族が健康であることを願って簡潔に答える。

「じゃあ回復なさったのね？」エリナーに質問され、ジョーンは自分の悪運を呪った。

「本人はそう言わないけれど」ジョーンは賭けに出たが、今回は正解だったらしい。兄妹は意味ありげにうなずき、苦笑いを浮かべた。ジョーンも小さく笑ってみた。「母がどういう人間かご存じでしょう？　それとも、あなたたちが最後に会ってから母は変わったのかしら？　変わったとしてもわからないでしょうね、長年会っていないのだから」会話を終えるのになにより効果的なのは一方的なおしゃべりだ。運がよければ、彼らは言葉の洪水を逃れるために質問をやめてくれるだろう。

「お父様もお元気にしておられるの？」いまいましいことに、エリナーもきわめて礼儀正しく質問してきた。

「元気にしているわ」ジョーンが言うと、今度は訊き返されずにすんだ。従僕がチキンのルーラード（薄切り肉で詰め物を巻いた料理）のホワイトソースがけを運んできた。濃厚な香り、立ちのぼる湯気。こうした料理を順序よく熱々で出していくためには厨房や使用人を統制する能力が必要とされるのは、ジョーンも知っている。こんなおいしそうな料理を断ってその手腕を無駄にするのは申し訳ない。でも重要なのは演技をつづけることだ。

口の中に唾がわく。マーティンをちらっと見てみると、彼はもうひとりの従僕にサヤインゲンをジョーンのほうに持っていくよう小さく手振りで示していた。彼はジョーンを疑いの目ではなく、狼狽や罪悪感による不安の目で見ている。ジョーンの身を案じているのであって、彼女の存在に不安を抱いているわけではない。安堵が夏のそよ風のようにジョーンを撫でていく。彼女はマーティンに無邪気でばかみたいな笑みを投げかけた。これ以上食べ物を拒んでマーティンを悩ませてはいけない。

ジョーンはいま取ったのと同じ量を取り、手を止め、さらにもう一度取った。マーティンがうなずいたので、従僕はやっと離れていった。サヤインゲンはチキンの横で山のように盛られている。ジョーンはもう遠慮することなく食べはじめた。マーティンが満足げにうなり、妹からいぶかしげな目を向けられた。彼はいま初めてくつろいだ様子を見せた。それでも軍人のように、通常より硬い姿勢ではあったが。

エリナーの食べ方は優雅だった。手首をなめらかに動かし、スプーンやフォークを上品に持つ。ジョーンの父が喜びそうな優雅さだ。ジョーンもその動きをまねようとしたが、何カ月も実践から遠ざかっていたため優美さは鈍っていた。もうしばらく無意味なおしゃべりをつづけたあと皆は一瞬黙りこんだが、幸いエリナーは兄のほうに注意を向けてくれた。

「なんの用事があるの？」

「なんだって？」

「用事。わたしたちと一緒に行けない理由。なんなの？」

「野暮用さ」マーティンはそう言うなりチキンのルーラードをひと切れ口に入れた。上品というには少し多すぎる量だ。質問をかわそうとしているらしいが、あまり巧みにはできていない。エリナーもそれに気づき、面白くなさそうに唇を引き結んだ。

「ねえ、マーティン、あなたが話してくれないなら、しかたがないからわたしが自分で突き止めるわ。それができるのは知っているでしょう。どうせ避けられないんだから、先延ばしにする必要がある？」

マーティンはすでに食べ物をのみこんでおり、答えを回避する手段を失っていた。口を開ける。表情からは出まかせを言おうとしているのが明らかだったけれど、彼は言葉を発する前にあきらめた。痛々しく思うべきか、面白がっていいのか、ジョーンにはわからなかった。こういう食事の場での親しげなやりとりに、ほんの少しでも参加できるのは、非常に気持ちがいい。

背後でガチャンと音がした。

動転して立ちあがり、テーブルを半分回りかけたジョーンの目に、銀色の光が飛びこんできた。従僕が屈みこんで、手から落としたトレイを拾おうとしている。ジョーンは立ち止まって壁にもたれた。急に口の中が乾燥し、息が苦しくなる。飲み物をこぼしていて、濡れた手からは赤ワインがしたたり落ちていた。指を軽く曲げて手を前に出す。皆がぽかんとして彼女を見つめていた。

「ご、ごめんなさい」ジョーンが口ごもったのは演技ではなかった。

マーティンが立ちあがった。ジョーンは冷静になろう、笑顔をつくろうとした。でも手は震えていて、まともに呼吸もできない。鎖がこすれ合う音が聞こえ、ウィスキーのまじった精神科医の熱い息のにおいが嗅げそうに――。

「謝らなくていい」マーティンはゆっくり慎重に近づいてきた。傷ついた動物に歩み寄るかのように。ジョーンは突然こみあげてきた笑いをのみこんだ。感情が自分のものでないみたいに思える――行ったり来たりして制御できない。ジョーンは目を閉じ、意識を集中させようとした。〝自分を律すれば状況を律することができる〟頭の中で父の声が聞こえてきた。

「大丈夫だ」マーティンはポケットからハンカチを出してジョーンの手を取り、やさしくワインを拭き取った。彼の手つきは胸が痛くなるくらいやさしい。「深呼吸して。ここにいれば、誰もきみを傷つけない」

エリナーは身じろぎもせず黙ったまま見つめている。同情を浮かべた顔はいっそう美しい。真っ赤な顔の従僕とそうでもない従僕は、難しい表情の執事に見つめられながら落ちたものを拾って片づけている。

ハンカチはリズミカルにジョーンの指の上で動き、すべてのワインを拭き取った。「ハンカチがだめになるわ」ジョーンが言う。

「ハンカチなら何十枚も持っている」マーティンはジョーンの手をきれいにし終わったあとも、もう片方の手を彼女の手の下に置いていたが、握りはしなかった。ジョーンは、彼の手だけが自分を支えてくれるもののように感じていた。「気分はよくなったかい？」

ジョーンの胸の鼓動はおさまり、息も楽になってきた。ここはベドラムではない。自分は拘束されて縛りつけられてはいない、精神科医の意のままにされてはいない。もう二度とそんなことは許さないと自分に言い、その思いをしっかり頭に刻みつけた。

「ダフネ」マーティンが言う。ジョーンは顔をあげ、渋々彼と目を合わせた。「ここにいれば安全だ」彼は重々しく言った。彼は心からそう信じている。ジョーンは嘘を聞き分けることができる。彼の言葉に嘘はない。自分も彼のように信じられればいいのに、とジョーンは思った。

ダフネなら彼を信じるだろう。だから今夜はダフネとなって、彼の言葉と触れ合いに慰めを得よう。

「ここにいれば安全だ」マーティンは繰り返して言った。低く、強く。

ジョーンはゆっくりとうなずいた。

4

〝ここにいれば安全だ〟覚醒したまま横たわり、屋敷が寝静まるのを待つあいだ、マーティンの言葉はジョーンの頭の中でこだましていた。道に落ちた枯れ葉を舞わす風の音さながらに、言葉はささやきかけ、何度も繰り返す。どんどん前進してどこかに向かう――ジョーンがついていくことのできないところへ。これまでの人生で、彼女は数多くの約束を耳にしてきた。愛の約束は罪悪感やさげすみを喚起した。害の約束は口の中に血の味を呼び起こさせ、胸の鼓動を速くさせた。でも、安全の約束は？　誰も、彼女に安全を約束するほど愚かではなかった。生前の父すらも。

残りの夕食の時間は……奇妙だった。ジョーンは慎重に少しずつ偽りの仮面を再構築しようと努め、食事が終わるころには、束の間の失態はばかな娘の過剰な反応によるものだったとふたりに信じさせることに成功していた。早口で言い訳をまくし立て、自分の不運にくすくす笑い、彼女の注意がほかに向いたと思うたびにマーティンの顔がますます渋くなっていくのを見ていた。

これ以上偽装をつづけるのは難しい。モーゼスがこんな近くにいて、ベドラムに連れ戻される危険に直面している状況では、もうダフネを演じつづけられない。どのみち、そろそろここを出て安全な場所まで逃げだす時間だ。

シーツをはねのけ、ベッドの横に足をおろす。夕食後に初めて会ったミセス・ウィンは、いまは壁の向こうで大いびきをかいている。廊下では時計がチクタクと時間を刻んでいる。壁の中から聞こえるゴソゴソという音は足の速い動物の存在を示唆しているが、人間の活動の音はやんでいた。

不思議なことに、ふたつ向こうのベッドでメアリー・ファーレイがマットレスに向かって叫んでいたベドラムにいたときのほうが、よく眠れていた。いや、そんなに不思議ではないかもしれない。少なくとも病院にいるかぎり、ヒューが床板を踏む足音が聞こえたりモーゼスの影が現れたりすることを恐れなくてもよかったのだから。

ジョーンは立ちあがると静かに着替え、肩にショールをはおった。勝手口から出よう。途中には盗んでいけそうな小物がたくさんある。彼女に借りのある故買屋ならひとりふたり知っている。ただし、ダイヤモンドを買い取るほど大金を持っている者、そういうものを扱う業者と付き合いがある者はいない。

二階からの逃げ道は決めていた。寝室の扉はきしみやすい。蝶番が小さな音をたてる寸前のところまで扉を開け、隙間から静かに出た。廊下には長い敷物が敷き詰められていて、足音を殺してくれる。さらに静かにするため、靴は手に持っていた。扉を数えながら歩いていく。ミセス・ウィンの部屋、エリナーの部屋、裁縫室。使用人の居室は地下にあるので、遠すぎてジョーンの動く音は聞こえないはずだ。

階段まで行くと、一段ずつ爪先で押して確認し、きしむ場所をよけておりていった。最後の一段を飛びおりて、足の指の付け根を軸にして静かにくるりと回り、架空の観客にお辞儀をする。まったく音をたてずにここまで来られた。完全に腕が鈍ったわけではなかった。

陳列棚の嗅ぎタバコ入れと小さな銀の燭台が、手に持った靴に加わった。ロード・フェンブルックと妹に対して、彼らのものを盗んでいくのではなく、なにか礼ができればいいのだが。でも、彼らはこんな安物がなくなっても惜しくないだろうし、ジョーンは生きるために盗むしかない。罪の意識はなかったが、それでも少し後悔を感じつつ、勝手口まで行った。扉をそっと開けて隙間から外をのぞき見る。

頭上では星が明るく光っていた。その光を浴びて、道の端にいるほっそりした人間の輪郭が明瞭に映し出される。あの節くれ立った棒のような手足のシルエットは知っている。ヒューだ。ジョーンは声に出さずに激しく悪態をついた。モーゼスは野蛮人だが、ヒューは根っからの性悪だ。モーゼスはヒューのせいでもっと悪い人間になった。ヒューは、モーゼスが敵の骨を折って血を流させているあいだ、見物して笑っているような人間だ。しかも望遠鏡を持った鷹のように目がいい。

ジョーンは反対側に目をやったが、逃げ道はなかった。そちらは行き止まりで、暗闇以外に身を隠してくれるものはない。ヒューが動いているなら、隙を見て逃げられるかもしれない。だが彼は居心地のいい場所を見つけたらしく、動く気配がない。

あの場所からだと屋敷の正面も見えるだろう。つまり、隠れる場所はないということだ。ジョーンは体を引っこめた。口の中が酸っぱくなる。これでは身動きがとれない。できるだけ静かに扉を閉めて施錠し、来たときの経路をたどってこっそり戻っていった。燭台と嗅ぎタバコ入れをもとの場所に返す。今夜は逃げられないし、これらの品物がなくなっているとまずいことになる。ジョーンは両手を前に伸ばして震えを止めようとした。なんとか逃げる手段を見つけよう。いくらヒューでも、一度に複数の場所にいることはできないのだから。

振り返ったとき、彼女は凍りついた。廊下に人がいる。階段の下、押し入れの扉の前。暗すぎるので、広い肩幅と少し屈めた背中しかわからない。ジョーンの口の中はからからになった。モーゼスだ。

いや、違う。楽しそうに軽く吐いた息の音が幻想を打ち破った。進み出たのはマーティンだった。彼が背筋を伸ばすと、うずくまった姿勢のためにずんぐり見えていたシルエットが変化した。「ダフネ」マーティンの低い声にはぬくもりがある。暗い中ではぼんやり顔が見えるだけだが、あの魅惑的な目は漏れ入った光を受けてきらめいている。「よく夜に屋敷の中をうろうろするのかい？」

「びっくりしたわ」言葉の途中で息が喉に引っかかったのは、驚きのほどを示している。ジョーンが燭台をもとに戻しているのをマーティンは見ていないはずだ。見たなら、こんなに落ち着いていないだろう。彼が疑念を抱く理由はひとつもない。ジョーンの恐怖は大きな興奮に変わり、胸がどきどきして目まいを感じた。一歩さがってショールを強く体に巻きつける。外出用の服装を闇が隠してくれることを願った。「ごめんなさい。眠れなかったの」

「一族共通の病気だな」困惑して黙りこんだジョーンに、マーティンは手を振った。「不眠症だよ。父は一度に三時間以上つづけて眠れなかったし、ぼくの記憶ではきみのお父上も似たようなものだった。ぼくも暗い中で何時間も廊下を歩きまわる。エリナーは、ぼくは隙間風の入る城を手に入れるべきだと言うんだ。そうしたらゴシック小説の悲劇のヒーローになれるってね」

「それは無理だわ」よく考えないまま、ジョーンの口から言葉が飛び出した。

マーティンは屈辱を感じたふりをしてはっと息を吐いた。「どうしてだ？　言っておくけど、ぼくだってその辺の人間と同じくらいには陰鬱になれるぞ」

「あなたはヒーローになれるほど危険じゃないから」ジョーンは言ってから唇を噛んだ。危険と遭遇したときには、いつでも過度に大胆になってしまう。彼にもどこか危険なところがある。でも、彼を脅威とは感じられない――そんなふうに警戒をゆるめるのは愚かだと、父なら延々と叱責しただろう。「侮辱するつもりじゃないのよ」

するとマーティンは低く笑った。彼の笑い声には話し声と同じく温かみがある。その声はジョーンの体に巻きついてくるようだ。ジョーンは彼のほうに足を踏み出さないよう、絨毯にうずもれた爪先を丸めた。「侮辱と取る男もいるだろう。だけどぼくは、そんなことで侮辱されたようには感じない。しかし、男はすべて若い女性にとっては危険だよ。存在自体がね。ぼくたちはこんなところにいちゃいけない。暗い中でふたりきりでは」

「暗い中でふたりきりでいるところを見られてはいけないということでしょう」ジョーンは訂正した。闇はふたりのあいだの距離を縮めたように感じられる。彼はすぐ目の前、手を伸ばせば触れられるところにいるのかもしれない。実際はどうなのか、ジョーンにはわからなかった。

「なにを避けようとしているかによるだろうな」ジョーンはその声にとげを感じ取った。でもマーティンは、うっかり人を傷つけることを恐れてとげを隠しているようだ。ジョーンが日常的に見ていたのは、とげを研いで尖らせ、喜んで彼女の皮膚を突き刺そうとする男たちだった。やさしく接しようというマーティンの試みに、ジョーンは警戒を解いた。彼はジョーンにとって厄介な問題を引き起こすかもしれない。彼と問題を起こせるだけの時間があればよかったのに、とジョーンは残念に思った。「気をつけたほうがいい」

「なにに気をつけるの？」ジョーンはとぼけて尋ねた。あの唇と舌で、自分たちがなにをすべきでないかをはっきり言ってほしい。マーティンがいらいらと息を吐くとジョーンは笑いをこらえた。彼に対してというより、むしろ自分を笑いたかった。六カ月も監禁されたら、若い娘はとんでもない空想を抱くものだ。

「少なくとも、田舎に身を隠していれば安全だ」マーティンは半ば自分に聞かせるように言った。

突然襲った安堵に、ジョーンはもう少しで笑いそうになった。ジョーン・プライスが闇に紛れて逃げだすことはできなくとも、ダフネ・ハーグローヴなら白昼堂々ここから出ていける。自分たちは馬車で旅をすることになる。見つからないようにして馬車に乗りこめさえすれば、そのあとは姿を見られずにすむ。昨日の野蛮人が怖いと訴えれば、こっそり馬車に乗れるようハーグローヴ兄妹も協力してくれるだろう。慎重に考えた嘘と短い馬車の旅によって、ジョーンはモーゼスとヒューの手の届かないところまで行けるのだ。

これは非常に洗練された逃げ方だ。父なら、這いつくばった逃走でなく計略的な脱出だと言うだろう。父は二階からの押しこみ強盗を認めていなかった。〝人様のものをいただくのは無作法なゲームだ。高級な泥棒は盗むんじゃない。相手から与えてもらうんだ〟父はよくそう言ったものだ。そうして酒瓶を倒し、指の関節でテーブルを叩き、ジョーンにフランス語を話せとかお辞儀をしろとか序列の規則を述べろとか命じるのだった。

ジョーンはいまこの場でマーティンにキスしたくなった。

「田舎の空気を吸うのもいいと思うわ」その代わりに軽い口調で言う。

彼はしばらく黙りこんでいた。「きみはぼくの予想していたのと違うな」その発言に、ジョーンの背筋が冷たくなった。調子に乗りすぎてしまった。偽装を解いたとき自分たちがどれくらい相性がいいのかを試してみたかったのだ。

「ご――ごめんなさい。なんだか、言っちゃいけないことを言っちゃったみたい」ジョーンはショールのようにダフネの人格をしっかり身にまとった。好奇心に駆られて戯れる余裕はない。脱出するためには、彼とは離れていなければならない。でも、そのあとどこへ行けばいいのだろう?

「非難したわけじゃない」マーティンの声には苦悩が聞き取れる。ジョーンは彼から見えない闇の中で微笑んだ。マーティンは自分が冷酷な人間ではないかと不安に思っている――ジョーンは最初からそれに気づいていた。彼が最高にやさしいとは言いがたいことを口にするたびに顔をしかめる様子から。ジョーンが気の弱い人間なら、たしかに彼を冷酷だと思っただろう。「きみに対して危険な存在にはなりたくない。きみに安全だと感じてほしい」

また〝安全〟だ。彼はその言葉を当然のように繰り返す。「わたしもそう願っているわ」ジョーンは手に持った靴を見られないよう気をつけて、マーティンの横をすり抜けていった。マーティンの視線はジョーンの顔に据えられている。彼女は腕一本分の距離をあけて立ち止まった。マーティンは彼女を守ろうとしている。ジョーンは自分でも説明できないほど熱っぽく、彼に守ってもらえればいいのにと思った。

「でも、そうは感じていないのか？」マーティンが尋ねる。

彼はジョーンにとっての逃走手段だ。彼とエリナーは遠縁の娘をバーチホールへ連れていく。ジョーン・プライスの人生から遠く離れたところへ。ジョーンはあと数日偽装をつづけるだけでいい。あと数日涙を流し、ため息をつき、決して暗闇で男性とふたりきりになることのない愚かな娘を演じる。ジョーンはこれまで嘘をついて何人もの信頼を勝ち取ってきた。でもなぜか、今回同じことをすると思うと胸が痛んだ。

「感じていないわ。いまはまだ。おやすみなさい」階段を駆けのぼり、彼が下からじっと見つめていることは気にしまいとした。やがて足音がして、彼は離れていった。

5

明るい朝になれば昨夜の出会いは夢のように忘れることができるだろう、とマーティンは思っていた。ところが記憶は消えなかった。朝食のために着替えているあいだ、昨夜交わした一語一語が頭の中を駆けまわっていた。隠れた意味を解き明かそうとするかのように。

廊下にいたのがダフネだとわかっていなかったとしたら、彼女の正体は推測できなかっただろう。闇の中では声すら違っていた。昨日、一度にほんの数秒ずつ垣間見ていた女性、心からではない涙の隙間から彼を見ていた女性の声だった。

ばかみたいな考えだが、それが正しいのは否定できない。そして、それがやさしくも保護的でもない感情をわき起こしたことも否定できない。〝暗い中でふたりきりでいるところを見られてはいけない〟と彼女は言った。考えただけで、マーティンの体は震えた。その言葉に彼が覚えた興奮を知ったなら、ダフネは自分の評判がそれほど安泰だとは感じなかっただろう。彼女の言葉は、マーティンが考えてはならないことを示唆していた。

今朝、客間に引っこんで馬車を待っているあいだ、マーティンの好奇心は戸惑いに変わっていった。ダフネは突然泣きだしたりびくびくしたりしなくなったものの、昨夜幽霊のように廊下を歩いていた女性も消えていた。今日のダフネは明るくにこやかで、声をあげて笑っている。なにも考えていないという印象を与える軽薄な笑い声だ。

「使用人は何人いるの？」いまダフネは甲高い声で訊いている。彼女は起きてからずっと、バーチホールや社交シーズンについてエリナーを質問攻めにしていた。エリナーは素直に答えているけれど、少しずつ肩がこわばっていくことからすると、いら立ちを募らせているようだ。もしかすると、昨夜の出会いはマーティンの夢だったのかもしれない。

彼は咳払いをした。「そろそろ馬車が来るぞ」

ダフネがちらりと視線を向けてくる。瞳には、炎のようにはじける喜びが浮かんでいた。そこにはなにかがある。マーティンの思い違いではない。彼女には、あの笑いや、困惑した子犬のように首をかしげた様子とは、なんの関係もない部分がある。ダフネは演技をしているのか？　だとしたら、どのダフネがにせものだ？「あなたはいつ来るの？　女ふたりで過ごすには、田舎は広すぎると思うんだけど」

「早くて一週間後だな。ぼくがいないことなど、きみたちは気づきもしないと思うよ」

「そうかしら」エリナーがそっけなく言う。ダフネとふたりきりになるのをいやがっているという示唆を察したのがマーティンだけであってほしい。ダフネはにこにこしていて、エリナーがいら立っていることに気づいてもいないようだ。エリナーにとって、舞踏会のあいだならくすくす笑う愚かな娘に耐えられても、ひと夏となるとそうはいかない。ダフネがもう少し昨夜のような女性らしくなってくれて、いまの……なにかわからないが、いまのように振る舞わずにいてくれればいいのだが。

「マーティン、出発前にちょっと話があるの」エリナーの口調は不可解だった。マーティンがダフネから妹に目を移すと、エリナーは片方の眉を少しあげ、おかしな表情をしていた。

ダフネは突然うろたえた。「ボンネットを忘れたわ」マーティンはメイドに取ってこさせればいいと言いかけたが、ダフネをのけ者にすることなく兄妹がふたりきりになれるよう、ダフネが気を利かせて下手な口実を用いたのだと悟った。彼女はスカートをはためかせて部屋を出ていき、マーティンはさっきまで彼女がいたところをぼんやりと見つめた。

「マーティン、あなたダフネをまじまじ見ているわよ」エリナーは言った。「彼女に関心があるわけ？」

マーティンはびっくりして妹を見た。そんなに見え透いていたのか？　そうではないだろう——エリナーはたいていの人間よりこういうことに敏感なのだ。しかし、マーティンがあまり巧みに表情を取り繕えなかったのは事実だ。「彼女は少し変わっていると思わないか？」

「変わっていることはたくさんあるわ」エリナーはゆったり首を横に傾けた。「たとえば、ダフネは美しいとか」ゆっくりと言う。

マーティンは喉が詰まった。「美しい……？　ぼくはそういう意味で言ったわけでは——」

「違うの？」

「違うよ——ぼくはただ——」彼は言葉を切った。最後まで言えないことが、彼の気持ちを表していた。

「なんなの？」

「興味を引かれている」ようやく言って、妹をにらみつけた。彼の思いはエリナーが示唆した方面に向かっていたのではないが、かといってそのことに気づいていなかったわけでもない。自分が彼女に惹かれているのはわかっている。ダフネの矛盾した性格だけでは、マーティンが彼女から目を離せない理由は説明できない。だが、エリナーがいくら慈悲深くても、現在の状態のダフネを〝美しい〟と表現するのには無理がある。そもそもマーティンは十八歳の女性に魅力を感じたことはない。彼自身がその年齢だったときですら。

「どんなところに興味を感じるの？」エリナーは質問した。「正直言って、わたしはあの人の話の半分しか聞いていなかったわ。ダフネには、わたしが気づかなかった才知があるの？」いったん唇を引き結ぶ。「いいえ。気にしないで。わたしは疲れているし、残酷になっているみたい。ダフネは恐ろしい目に遭ったあと、必死で元気を装っているんでしょう。でもいい人だと思う。きっとすぐに落ち着くわ」

「気になるのは彼女が言ったことじゃないんだ。今日のことじゃない。ゆうべ、ぼくたちは……屋敷の中で出くわした。ぼくは眠れなかったし、彼女も眠れなかったらしい。ぼくたちはしばらく話をしたけど、ダフネはまるで別人だった。だけど、思い違いかもしれない。必要もないのにばかみたいなふりをする理由はわからない」彼は椅子の肘掛けをつかんだ。ダフネはばかなふりをしているはずだ。そうではないのか？　昨夜の会話に作為的なところはまったくなかったが、日中の彼女の振る舞いには少しわざとらしさが感じられる。

「わたしにはわかるわ」エリナーは椅子にもたれた。「たとえば、それであなたたちを追い払える」

「それはどういう意味だ？」

「あなたのことじゃないわ」エリナーは手を振った。「あなたみたいな男性ということ。それを魅力だと感じる人もいるけれど。まさか、あなたの前でくすくす笑った女の子がひとり残らず見かけどおりうっとりしているとは思っていないでしょう？」

「ほんとうにおまえは残酷だな」マーティンは胸に手をあてた。「ぼくは深く傷ついたぞ」もちろん、エリナーの言うことにも一理ある。でも、この場合はそう思えない。ほかにもなにかマーティンの気づいていないことがあり、それについて考えると頭が変になりかける。

エリナーは無言でしばらくマーティンを見つめたあと、ふたたび口を開いた。「わたしがダフネの謎を解いてあげましょうか？　そうしてあなたに報告をする？」

「名案だ」マーティンはそっけなく言ったものの、嫉妬に似た感情が彼の心を貫いた。できれば、その謎を解く役は自分が演じたかった。

廊下の床板が大きくきしみ、ダフネが戻ったことを知らせた。彼女はボンネットをかぶらず、頬を赤くして入ってきた。「勘違いしていたわ。ボンネットは荷物に詰めていたのよ」長椅子まで歩いていき、落ちた銀器のようにどさっと腰をおろす。エリナーは慎重に無表情を保って体をずらした。

またダフネを見つめていることに気づいたマーティンは努めて目をそらした。彼女は一時間以内に出発する。それからの一週間で、彼は気持ちを落ち着けられるだろう。たぶん、保護本能が過剰な反応を引き起こしたにすぎないのだ。ダフネが苦境を乗り越えられたら、マーティンは彼女のことを頭から追い出すことができるはずだ。単なる愚かな若い親戚として。なぜこの表現が、昨夜廊下で会った女性とまったく違うように感じられるのだろう？マーティンは髪をかきむしり、問題の娘のほうを見まいとした。愚かな親戚ダフネにはなんの魅力もない。だが、昨夜ささやき声で話し、淡い影のように見えたのは、大人の女性ダフネだった。

エリナーが謎を解いて教えてくれるだろう。ダフネに二面性があることについて、きちんとした説明を施してくれる。当面は、謎は謎のまま置いておくしかなさそうだ。

ボンネット、とりわけジョーンが昨日盗んだ派手なやつのすばらしいところは、真正面からじっと見ないかぎり顔がわからないことだ。ジョーンは左右をきょろきょろ見たい衝動をぐっと抑えて扉からまっすぐ急いで馬車まで行き、乗りこんで出発した。ヒューやモーゼスが彼女の姿を見かけたとしても、正体を確かめるのは不可能だ。

太陽は明るく輝いているけれど、馬車の内部はちらちら揺れるランプの淡い光に照らされているだけだった。馬車が市の境界線を出る前にジョーンの野蛮人の兄が近づいてくる恐れがあったため、カーテンはマーティンの命令によってきつく閉じられていた。

馬車はガタガタと道路を進む。地面はでこぼこで、ジョーンは向かい側に座ったミセス・

ウィンを見つめることしかできなかった。ミセス・ウィンはすでにどこうとしている。老女に目を据えていれば、胸の中で渦巻く喜びと不安以外のものに思いを向けていられた。

出発前にマーティンとエリナーが話しているとき、ジョーンは扉の前で耳を澄まし、一言一句漏らさずに聞いていた。マーティンに軽薄なダフネ以外の面を見せてしまった愚かさについて自分をののしるべきだ。けれど、あの廊下での時間を後悔してはいない。あのとき初めて、まだベドラムの塀の中にいると感じずにいられたのだ。控えめに振る舞うべきとき調子に乗って大胆な物言いをしてしまったけれど、それはしかたのないことだった。偽装がばれるのではと不安になるとともに、ベドラムに入る前には抱いたことのなかった罪の意識の芽生えを感じたのは、朝になってからだった。

マーティンは安全を約束した。彼は真のダフネ、ジョーンより安全に守られるべき娘に約束したつもりなのだろう。ジョーンもダフネが恋人の腕に抱かれて無事でいることを願っている。自由がすぐ手を伸ばせば届くくらい近くにあるため、ダフネが困難に遭遇している可能性は考慮していなかった。自分はマーティンの約束をダフネから奪ってしまった。彼のやさしくもあり途方もなく激しくもある表情が、ほんとうに自分に向けられていればよかったのに。でもジョーンはにせものだ。

だが、ほかにどうしようもない。いまさらもとには戻れない。モーゼスから自由になるまでは。バーチホールに到着したら、すぐに逃げよう。マーティンたちはいずれほんもののダフネを見つける。そして、なにもかもがもとどおりになるだろう。

ため息をついたとき、ちょうどエリナーも大きく息を吐いた。ふたりは笑顔で互いを見た。エリナーの笑みがつくりものだったとしても、彼女はそれをうまく隠していた。

「思うに」ジョーンは頭の中を駆けめぐる思いを振りほどいた。「わたしは快活な会話であなたを楽しませなくちゃいけないのよね」

「あなたはこの前襲われたことで心に傷を負っているから、まだ無理だと思っていたわ」エリナーはいかにも貴族的に片方の眉をあげた。この兄妹の眉はよく動く、とジョーンは思った。けれどエリナーのほうが巧みに動きを操っているようだ。「マーティンがあなたを家に連れてきたときに比べたら、ずいぶん落ち着いたみたいね」

「そう？　熱いお風呂と何時間かの睡眠のおかげね」ジョーンは泣きじゃくって馬車の隅に倒れこむべきなのか？　ダフネならそうするだろう——少なくとも、マーティンと初めて会ってすぐにジョーンがつくりだしたダフネという人格の娘なら。けれどもジョーンは長年の経験から、相手が予想するものではなく望むものを与えるほうが効果的であることを学んでいた。マーティンとの会話の結果、エリナーは親戚の娘の隠された面を見つけだそうとするだろう。だからジョーンはその要望に応じることにした。「実のところ、自分にあきれているの。災難に遭っても、もう少し心を強く持っていられるつもりだったのに。それと、今朝はしつこく質問攻めにして不愉快だったんじゃないかしら」

「災難に遭ったときは、まともな服装になって、しっかり休息を取って、ちゃんとした食事をするべきよ。そうしたら、ひどく感情的になってしまうのを抑えられる。そう思わない？」

エリナーは顔を寄せて話しかけ、世界には自分たちふたりしか存在していないという印象を与えている。非常に賢明なやり方だ。彼女の声は、自分を信頼しろ、なんでも率直に打ち明けろと誘っている。どんな秘密でも話してみろ、と。彼女は優れた犯罪者になる素質がある。

「いずれにせよ、涙はとても便利なものよ」

「ということは、あなたもよく涙に頼るの？」

エリナーは自分の手に視線を落とした。優雅に組んだ手を見て、ジョーンは白鳥の翼を連想した。「いいえ。わたしの涙は正直なものよ」そのあといたずらっぽい小さな笑みを浮かべる。「だけど、わたし自身はいつも正直というわけじゃないわ」

ジョーンは驚き、楽しくなって笑い声をあげた。「あなたと一緒にいたらとても楽しめそうだわ」

「だったら、あなたは幸運ということね。これからずっと一緒に過ごしていろんなことをするんだもの。座って本を読む。座って縫い物をする。ときどきは座っておしゃべりをする。たまには、なにもせずにただ――」

「座っている？」ジョーンは楽しげに言った。「いまは夏で、わたしたちが行くのは広大な領地なんでしょう？　お客様はいらっしゃらないの？　乗馬はしないの？　アーチェリーは？」

「ちょっとした運動でもわたしがすぐに疲れてしまうことは聞いていない？　兄は、わたしがのぼる階段の段数や白い肌に浴びる日光の量まできびしく制限しているのよ」

「たしかに白い肌ね」ジョーンは言った。

「あなたほどじゃないわ」

ジョーンは自分の腕を見おろした。かつては日焼けした小麦色の肌だった。上品ではないかもしれないけれど、空を自分の肌に吸いこんだように感じられた。でも、日焼けはすっかり消えてしまった。いまは小麦色の代わりに不健康な青白い色になっている。「わたしは健康体であなたは病気。だけどあなたの肌は上品なレディらしいきれいなクリーム色、わたしのほうはマラリア患者みたいな色よ」

「マラリア患者に会ったことがあるの？　わたしはないわ。だけど、たいていのマラリア患者よりはずっと魅力的だと思うわよ」

「あなたはわたしより物知りなのね。マラリアにかかるのは不細工な人ばかりだなんて知らなかったわ」ジョーンの言葉にエリナーがくすりと笑う。すると、ジョーンのうなじから汗が引いた。エリナーを楽しませるのはいいけれど、刺激するのはやめたほうがいい。最初にマーティンを陥れた〝か弱い女〟という印象と矛盾しない人物像を演じつつエリナーの興味を引くつもりなら、言動には充分気をつけるべきだ。

マーティン・ハーグローヴを〝陥れる〟と思ったときの腹のざわめきについては考えたくない。いや、ロード・フェンブルックだ、とジョーンは自らに言った。今回は前よりも強く。親戚ではないし、ましてや夫候補ではありえない――一時的な恋人としてもふさわしくない。なにしろ自分は挫折した役者で凡庸な犯罪者の娘であり、彼女自身が犯罪に手を染めているのだから。しかもジョーンはずっと昔に一生を処女で過ごすと決意していて、非常に努力して頑固にその決意を守ってきた。

そんなことにこだわる必要はないのかもしれない。友人の中で処女はほとんどいないし、体を売って生計を立てている者も少なくない。それでも、欲望に負けて子を宿す危険を冒したくはない。とはいえ、仕事の中で必要に迫られて男と寝る寸前までいったことは何度もあり、とても貞操を守っているとは言いがたい。

いや、すべてが必要に迫られたわけではなかった。ふっくらした唇と暗い目をして、ほっそりした体でジョーンを壁に押しつけて身動きできなくした公爵の甥がいた。それから解放されるには方法がふたつあった。ふたつのうち楽しいほうをあきらめて拒絶を選ばざるをえなかったのは、実に残念だった。それから幾夜ものあいだ、あのちょっとした恋の戯れを思い出して心を慰めたものだ。でもいまそのことを思い浮かべたとき、ジョーンの体に回されているのはマーティンの腕、太腿を押さえるのはマーティンの膝、首筋にあるのはマーティンの唇……。

ジョーンは頭を左右に振った。情けない。マーティンがほんとうに彼女に惹かれているとしたら、彼が礼節を破って遠縁の娘と一夜かぎりのお楽しみを求めるような男性だとしたら、ジョーンは彼を誤解したことになる。違う、彼は結婚するつもりの女性としか寝ない男性であり、ジョーンには高嶺の花だ。

「自分ひとりで考えこまないで」エリナーが言った。「じっと黙りこんで座る機会ならこれからいくらでもあるわ。いまから始めないでもいいでしょう」

「わたしの考えていることを、あなたは気に入らないと思うわ」

「あら」エリナーは指で自分の脚をとんとん叩き、首をかしげた。「いずれ聞き出すわよ。でも、いまはまだいいわ。ちょっと耳を澄ませてみて」

都会の喧騒は消えていた。馬車の外は静かだ——無音ではないが、心の落ち着く規則的な音がしている。都会のガヤガヤしたやかましさではない。ジョーンは息をひそめた。まだ安全ではないけれど、モーゼスがついてこられないところに近づいている。まずはバーチホール、そのあとは——どこへでも。ダイヤモンドを売り飛ばした金で海を渡り、新天地で不自由のない暮らしを送ることもできる。

「まるで生まれ変わったみたいな顔」エリナーが言う。ジョーンはカーテンを開けた。窓から入ってくる光も、自分の顔から発せられる光にはかなわないだろう。ついにやった。ベドラムから逃げ、モーゼスから逃げおおせた。ジョーンは自分を取り戻せた。

自由になったのだ。


マーティンはダフネの事件を調べるためだけに残ったのではない——彼女の話だけでは、ほとんど解決の役に立たないだろう。まるで陳腐な芝居だ。顔を隠した追いはぎ、壊れた馬車の車輪、危険で人けのない道を逃げる乙女。彼はいくつかの疑問点を書き出したものの、この件は終了として心の中にしまった。ダフネは安全だ。大事なのはそれだけだ。彼女のことが今後も彼の頭を駆けまわるとしても、それはどうでもいい。

彼が対処すべきもうひとつの問題は、さらにとらえどころがないが、何倍も重要なものだ。いつもならエリナーに知恵を求めるが、これについては相談できない。数カ月前に始めた調査についてエリナーに知られるわけにいかないのだ。それが妹を落胆させたくないからか、愚かだと思われたくないからかは、自分でもよくわかっていない。

行方不明の兄チャールズを見つける。

そう考えはじめたのは父が亡くなった直後だったが、あのときは不可能だと思えた。ところがその後、手紙が届いた。くしゃくしゃで汚れていたため非常に読みにくかった。手紙は何年ものあいだ迷子になっていたのち、快活な青年の手によって届けられた。青年は金を受け取ろうとせず、マーティンが詳細な事情を聞き出す間もなく走り去った。

チャールズがその手紙を書いたのは失踪した三カ月ほどあとだった。手紙には、居場所についての手がかりはほとんどなかった。チャールズは父との口喧嘩に言及していた。マーティンは彼らが口論したのは知っていたが、その内容は知らなかったし、手紙にも書かれていなかった。それでもマーティンはひとつの事実を見いだした。父はチャールズがどこへ行くつもりか知っていたらしい。しかしもちろん、その目的地は手紙になかった。マーティンはそれを突き止めねばならない。第一の手がかりは手紙が投函された場所だ。それは下から二行目に書かれていた。

〝いまはリバプールにいます。ここには二週間滞在する予定なので、万が一返事を書きたくなったらこちらにお送りください。期待はしていませんが。わたしからは、これが最後の手紙になると思います〟

それだけなら、マーティンはチャールズを捜そうと思わなかっただろう。彼に決意させたのは最終行だった。〝エリナーとマーティンに、愛しているとお伝えください〟

その伝言をふたりは受け取らなかった。手紙がすぐ宛先に届いたとしても、彼らが伝言を受け取ることはなかっただろう。ふたりが兄に忠誠心を示す理由を父が与えたはずはない。父はマーティンたちにもチャールズのことを忘れさせ、チャールズは死んだと思わせたかったし、実際にそうした。

チャールズの失踪前の時期、マーティンとチャールズは激しく言い争っていた。ギャンブルや馬に関することだった。詳細は覚えていないが、チャールズが出ていったとき、ふたりは互いに腹を立てて口も利いていなかった。しかしチャールズの手紙によると、彼は喧嘩のことなど気にしていないようだった。弟や妹が連絡を取っていたら、チャールズは戻ったかもしれなかったのだ。

リバプールを出たあと、チャールズがどこへ行ったかはわからない。イングランドではないだろう。国内にいればとっくに見つかっているはずだ。マーティンにはひとつ思いあたる節があった。八年以上前なので記憶はぼやけているが、チャールズが未踏の荒野カナダでの冒険について話していたことは覚えている。

〝ばかばかしい〟あのときマーティンは言った。〝イングランドで伯爵になるか、荒野の開拓地できこりになるか——考える必要があるか?〟

いまならわかる。チャールズにとって、父親から自由になるにはそれが唯一の方法だった。マーティンはチャールズが逃げたことをうらやみ、そして憤った。父が死ぬまでチャールズが待っていさえしたら、自分も兄も幸せになれたのに。いや、いまでもまだ幸せになることはできる。まず兄を見つけて、彼が見いだしたエデンの園から帰ってくるよう説得するのだ。もしもチャールズがエデンの園を見いだしていて、蛇に噛まれたり熱病にかかったり冬の寒さに凍えたりして死んでいなければ。

そういうわけで、マーティンはここにやってきた。チャールズを捜させるために雇うことにしたハドソンという男性は、ロンドンのあまり治安のよくない地区で事務所を構えている。しかし彼を推薦した人物は、ハドソンより有能な者はいないと請け合っていた。事務所は狭くて不安定な階段の上にある。隣は老女の住む部屋で、いま彼女は窓から身を乗り出して敷物をはたいている。敷物は、それ自体が埃でできているのかと思うくらい埃だらけだ。反対側の隣の部屋からは数人の幼児の声が不協和音となって響いている。マーティンは懐中時計を取り出して時間を確認した。二十分近くの遅刻。さっさと行くしかない。彼は指の関節でひびの入った扉を叩いた。

「どうぞ」人間というより動物の咆哮のような声。マーティンが扉を開けると、中は暗い部屋だった。暗さに目が慣れるまで中に入るのが不安で、入り口でたたずむ。部屋の奥に大柄な体の輪郭が見えた。体が前屈みになると火花が起こり、ランプが部屋を照らした。マーティンが予想したような、みすぼらしく散らかった部屋ではなかった。奥にある棚には数冊の薄い本ときちんと重ねられた大量の書類が置かれている。机は部屋の中央にあり、その前と後ろに一脚ずつ椅子があった。椅子の横には、肩幅が広く手入れされた口ひげをたくわえた男性が立っていた。マーティンは目を凝らした。あの人物には見覚えがある。

「きみはボクシングをするか？」

「昔は」

「一度きみと試合をしたことがあると思うんだが」

「それはお気の毒でした」巨岩がぶつかったようなだみ声だ。「で、旦那はミスター・ハーグローヴですね」

「ロード・フェンブルックだ」怒りがこみあげるのを感じつつ、マーティンは訂正した。「兄のチャールズ・ハーグローヴを捜してもらいたい。兄はカナダへ行ったかもしれない」

ハドソンはうなって足首に椅子を引っかけ、座りこんだ。彼には生まれつきの優雅さはないが、獲物に襲いかかろうとする熊の動きのようななめらかさがある。〝恐るべき〟というのがマーティンの頭に最初に浮かんだ形容だった。「カナダは広大ですよ」

マーティンは手紙の写しを取り出した。原本は町屋敷に、しっかり鍵をかけてしまってある。彼は立ったまま写しを机に置いた。ハドソンはもう一度うなり、手紙を自分のほうに引き寄せた。

「兄は手紙を投函した二週間後にその地を発った。そこから捜しはじめたらいいだろう」

「八年前ですかい？」ハドソンは無精ひげの生えた顎を親指で撫で、やがてうなずいた。

「わかりました。うちの料金についてはご存じで？」

「大西洋を渡ることになれば追加料金が必要だろうな」

「自分で行くわけじゃありませんがね」

「代理人の選択についてはきみに任せるということだな」

「そうです」ハドソンは両手の指先を合わせて手紙の上に置いた。

マーティンがもっと分別のある人間なら、あらかじめこの探偵について調べさせていただろう。だがハドソンの名前を教えてくれたのは信頼できる友人だった。その友人は、兄が既婚婦人とともにその夫の金を持ち逃げしたことで苦境に立たされていたが、一週間もしないうちに三つ——兄、婦人、金——を無事にそれぞれの家に戻すことができ、その話を知らされたのはマーティンただひとりだった。マーティンはその友人を信じている。それ以上に自らの直感を信じている。このハドソンという者に不快感——下腹で渦巻いて消えようとしない激しい不快感——を覚えてはいるが、彼が与えられた仕事を成し遂げられることには全幅の信頼を置いている。

「兄上様は見つけられたくないとお思いかもしれません」

「ぼくは兄と話をしたいだけだ。兄がそれにも同意しないようなら、もうどうしようもない」

チャールズはマーティンと話したいはずだ。あの手紙の最後の言葉を見れば、それだけは間違いない。

話もできなかったら、マーティンを拘束する金箔張りの籠の扉は永遠に閉じてしまうだろう。

6

ジョーンは最初、バーチホールについてなんの期待も抱いていなかった。けれども二日間エリナーと旅をしているうちに、そこが自分の家であるような気がしてきた。もちろん、そんなはずはない。まるでばかばかしい思いだ。その田舎屋敷には、逃げる前に一日、せいぜい二日しか泊まらないのだから。

それでも、角を曲がって立派なニレの並木道に入ったとき、ジョーンはクリスマスの朝の子どものように期待に胸ふくらませて窓に身を寄せた。なんとすてきなプレゼントだろう。三階建ての背の高い屋敷、日光を取り入れるため大きく開かれた窓。広がる芝生の向こうには林があり、かなたには小川といくつもの丘が垣間見える。丘腹に点在する茶色い点は鹿だ。一匹の猟犬が芝生を自由に駆けまわっている。使用人たちはいまにも出迎えに現れるだろう。

「すてきなところね」ジョーンは言った。

「そうよ」エリナーはそっけなく話すときが気持ちを最も正直に表現していることを、ジョーンは見抜いていた。この短い返事には、証明の必要もない真実があふれている。「ここはあなたの家よ、少なくとも今後二、三カ月は。わたしの家でもあるわ。白骨になるまでね」

「恐ろしい運命」ジョーンが抑揚なく言う。

エリナーは笑った。「もっと恐ろしくなるわよ、わたしの行動範囲がかぎられていて、広い世界をほとんど見られないことを考えたら」

「もっと積極的に外出すればいいのに」ジョーンは言った。「あなたはお兄様が考えているほど虚弱じゃないと思うんだけど」

「兄と、多くの優秀なお医者様がね」

「そうなの？　その人たちの医師免状を見てみたいわね」ジョーンは医師を信用していない。なにしろ多くの医師が彼女を精神異常と診断したのだから。ある医師の診察を受けたとき、カルテをちらりと見たことがある。彼は〝明確な狂気の兆候あり——患者は自分が狂っていないと主張〟と書いていた。

以来、ジョーンは医師の質問に答えるのをやめた。

エリナーは服の襟のレースをいじった。「たしかに、そんなに虚弱じゃないわ。だけどそう考えているかぎり、マーティンはわたしの健康を心配していられる。わたしに夫を見つけるのに失敗したことではなく。もちろん夫が見つからないのはマーティンのせいじゃないけど、兄は自分を責めるでしょうね」

「なんのために夫が必要なの？　あなたはお金持ちでしょう」マーティンなら、エリナーを服従させることなく、いつまでも妹の面倒を見てくれるだろう。ジョーンには、それは理想的な状況に思える。

「夫もそれなりに役に立つのよ。わたしなんかより、あなたに夫を探したほうがいいかもしれないわね」

ジョーンは顔を赤らめた。結婚など望んでいない――自分のものをすべて夫の所有物とされ、夫の好きなときにベッドの相手をしなければならないなんて。兄のモーゼスは悪人で、多くの罪を犯しているけれど、数えきれないほど何度もヒューの好色な手からジョーンを守ってくれた。ジョーンは決して男性に支配されたくない。男性との戯れを楽しむことはあるかもしれない。でも結婚はしない。今後手に入る金があれば、結婚しなくても生きていける。

「着いたわ」ジョーンの思いはエリナーの言葉で中断された。「敵のご登場よ」エリナーは真剣さを装い、続々と出てきて並んだ使用人に言及した。メイド、従僕、女中頭とおぼしき険しい目つきの小太りの女性。まるでおとぎ話の世界だ、とジョーンは思った。ジョーンとはまったく別の娘についてのおとぎ話。なのに、そのお話の中心にいるのはジョーンだ。だったらぜひ、このおとぎ話の世界を楽しもう。

「どうして敵なの？」

「わたしたちの行動をことごとく止めようとするから。わたしの健康状態をひどく気遣っていて、わたしに無理をさせるなと兄から厳命されているようなの。自分の部屋から逃げるのなら、あの人たちをうまく出し抜かないとね」エリナーは鼻の脇に指を置き、意味ありげにウィンクをした。

「使用人の目を盗むのは得意技よ」ジョーンは笑顔で言った。

ここには二日間とどまろう、と彼女は心に決めた。エリナーの親切への礼として、彼女を一日外に連れ出そう。あんな親切を受けることはめったにないし、自分もエリナーに親切にして返すべきだ。たとえエリナーは自分の親切さがどれほど貴重な贈り物であるかに気づいていないとしても。

「だったらその才能を活用しましょう」エリナーが言ったとき、馬車が止まった。ジョーンは集まった使用人を眺めた。マディなど町屋敷の使用人は少しあとから来ることになっている。彼らが到着したあかつきには、マディは仲間になってくれるだろう——でも、貧しいコソ泥ジョーン・プライスをマディが助けてくれるという幻想は抱いていない。いや、いまはもう、そんなに貧しくはないが。けれどもダフネは……。

親愛なるダフネ、ここの優秀な使用人が一度も会ったことのないダフネ。ジョーンがどれほど下手な芝居をしても、彼らにはダフネとの違いがわからない。これは楽勝だ。唯一の脅威はエリナーだが、エリナーに対してもすでに半分勝ちをおさめている。彼女はダフネの隠された面を探り出そうとしているのであって、ジョーンの身分詐称を明らかにしようとしているわけではない。

馬車の扉が開いた。カツラをつけた従僕が、手を貸してふたりをおろす。ここで夏を過ごしにきた上流婦人ふたりを。

ここにいるのは二日にしよう、とジョーンは思った。

いいや、三日でもいいかもしれない。

弁護士の事務所から帰宅したマーティンは、いまだかつて見たことのないほど騒然とした光景に出くわした。町屋敷の玄関扉が大きく開いている。玄関ポーチに立つガーランドの頭髪は汗でぎらつき、一本だけ立った白髪は地平線に向かって飛んでいこうとするようにひらひらしている。彼は異常なほどの早口で巡査に話をしていた。マーティンは町屋敷に住んでいるあいだ何度かこの巡査を見かけているが、名前はどうしても覚えられなかった。

「旦那様」歩み寄るマーティンを見て、ガーランドは息を切らせて言った。首から上は真っ赤になり、いまにも倒れそうだ。

「なんの騒ぎだ？」マーティンはステッキの持ち手をきつくつかんだ。「誰か怪我をしたのか？」

「違います」巡査が答えた。「不審者の侵入です。怪我人はいません。また、ミスター・ガーランドの知るかぎりでは、なにも盗まれていないようです。妙な話です」

「侵入だと？　で、犯人は？」マーティンの腹が怒りで煮えくり返った。今回、彼は怒りを抑えようとせず、燃えあがるに任せた。エリナーとダフネがすでに出発していたのは不幸中の幸いだった。

「従僕が、走って逃げていく男を目撃しました。しかし後ろ姿しか見ておらず、人相はわかりません」

「一昨日の男か？」マーティンはガーランドを見やった。

ガーランドは首を大きく横に振った。「違います、ジョージが男の体格を見誤ったのでなければ。あのとき勝手口に来た男は牛のような巨漢でした。今回の犯人は、どちらかというとイタチです。ご婦人方の部屋をあさっていきました」

マーティンは歯を食いしばった。「屋敷に見張りをよこしてもらいたい」巡査に言う。「少なくともふたりのならず者が、我が家の平和を乱そうとしているんだ。いますぐ頼む。とりあえず、荒らされた部屋を見せてくれ」

巡査が案内を務めた。マーティンは抗議の声を聞きつつ、ガーランドを階段の下に残した。ガーランドの頭はしっかりしていても、呼吸はひどく乱れている。彼は体力の盛りをとうに過ぎている。本人もマーティンも口にはしないものの、引退の日が近づいているようだ。

マーティンは階段をのぼりながら、ガーランドに安泰な老後を送らせるにはどうすればいいかと思案した。路頭に迷ったりほとんど知らない姪や大甥の世話になったりしないために、中風で震える手でトレイを運んで日銭を稼ぐ――ガーランドをそんな貧乏人にはしたくない。ガーランドは苦労してマーティンの父に仕え、マーティンを一人前の人間に育ててくれたのだ。雇い主として、マーティンが彼を忘れ去ることは許されない。

「ここです」巡査は言った。「なにも盗まれなくて幸いでした。近ごろの泥棒はどんどん大胆になっています。つい数日前も、レディ・コープランドのインド産のダイヤモンドが盗まれました。しっかり鍵をかけて保管してあったのにです」

マーティンは短くうなずき、部屋をじっくり見てみた。ダフネの寝具は床に落ち、すべての引き出しが開けられている。ダフネは短期間しか部屋にいなかったので、値打ちのあるものはなにも残していないだろう。それでも侵入者は徹底的に調べたようだ。窓は開いている。賊はそこから侵入したのか？　マーティンは窓まで歩いていった。

ダフネを妹だと思いこんだ一昨日の巨漢が、彼女が出発するのを見て、仲間を送りこんで調べさせたのかもしれない。だとしたら、賊はなにも手がかりを得ず帰ったことになる。ダフネは香りひとつこの部屋に残していない。最初ここに来たときの不快で絶望的なにおいも、そのあと帯びるようになった甘い香り、廊下で会ったときほのかに漂ってきたなにか――ラベンダー？――の香りも。

「廊下の先の部屋もです」巡査は言った。

「エリナーの部屋だ」マーティンはぱっと振り返った。なにも盗まれていないとガーランドが言う以上、ほんとうにそうなのだろう。しかしエリナーの部屋には、ダフネの部屋に比べてはるかに多くのものが置いてあり、それらが壊されたり乱されたりしたかもしれない。たとえ本人が留守のあいだであっても、赤の他人の手が持ち物に触れ、視線が彼女の眠る場所に据えられたなど、考えるだけでエリナーの胸は痛むだろう――そしてマーティンの胸も。妹を危険にさらす者は、マーティンにとっても最低の野郎、人間のくず、靴についた泥だ。

しかし、エリナーの部屋はそれほどひどく荒らされていなかった。寝具は乱れていない。引き出しは半ば開いているが、中身はほとんど手つかずだ。もちろんマーティンは妹の部屋の状態について詳しく知らないが、生活習慣は知っているので、だいたいの持ち物はわかっている。衣装ダンスの服は整然としていて、急いで荒らしまわった形跡はない。

例外は机の上だった。エリナーは手紙を書き、リボンで結んで蝋で封印していた。しかしいま、蝋ははがされてテーブルの上に散乱し、リボンはテーブルの端に放置されている。紙は折ってあるが、ぞんざいなたたみ方なので、エリナーの手によるものとは思えない。マーティンは手紙を取り、一瞬ためらったあと広げてみた。

妹の私信を読みたくはない。さっと目を通していくつかの語句や名前だけを拾っていった。手紙はエリナーの友人、レディ・キャスリーン・グレイに宛てたものだった。バーチホールやダフネへの言及がある。

マーティンは手紙をくしゃくしゃにして握りしめた。大股で廊下に出て階段をおりる。耳の中では血がドクドク音をたてていた。「ガーランド。ミスター・ハドソンを呼んでくれ。連絡先はぼくの机を見ればわかる。残りの仕事はおまえに任せる。ぼくはただちにバーチホールに向かう」

「馬を用意させます。わたくしもご一緒します」ガーランドの声は張り詰めている。彼が不在のあいだバーチホールの管理をしている副執事のクロフトは有能だが、ガーランドはクロフトを充分には信用していない。

「おまえは姉を訪ねるつもりだったんだろう」マーティンが言う。

「それは延期できます」

ガーランドの姉は十歳上なので、あまり訪問を延期しないほうがいい。「ぼくひとりで大丈夫だ」そのような瑣末事に関してはじっくり考える余裕もない。鳥がビュンビュン飛ぶような、不明瞭だが非常に高速でなにかが動く音が頭の中、耳のすぐそばでしている。「ミスター・ハドソンへの連絡を頼む」

　ステッキを手に持っていてよかった。でなかったら、近くにいる人間の首を絞めてしまいそうだ。推測が正しければ、ならず者どもはバーチホールへ向かうだろう。ダフネとエリナーの身が危険にさらされている。マーティンはふたりのもとへ行かねばならない——敵より先に。


　ダフネ・ハーグローヴは非常に幸運な女性だ、とジョーンは思った。与えられた部屋は、ジョーンの実家ほどの広さがある。部屋の外の使用人が通る廊下を含めれば、それより広いくらいだ。使用人の存在に慣れ、彼らを無視できるようになったら、この広大な屋敷でエリナーとふたりきりだと思えるのだろう。

　でも、ジョーンには彼らが見える。存在が感じられる。そして彼らのほうも、ジョーンが気づいていることを知っている。ジョーンが使用人とすれ違うとき、空気が妙に震える——彼らが目をそらして急いで脇によけるからだ。ジョーンが見ていないと思ったときに彼らが見つめてくる視線が感じられる。まだこの屋敷の雰囲気にはなじめない。いくら贅を尽くした場所であっても、いまはここから逃げることをなにより望んでいる。もちろん、エリナーを外に連れ出すという決意に変わりはない。バーチホールに来て二日目の昼、ジョーンは計画を始動させた。

ふたりは客間で刺繍をしていた。エリナーのつくる縫い目は細かくて、けし粒ほど小さなものもある。ジョーンのほうは、指を突き刺さないことに専心していた。指先はすでに小さな絆創膏や赤い傷痕だらけだ。マディが腕いっぱいにリネンを持って部屋の入り口に現れた。

マディは共謀者としてジョーンの期待以上に優秀だった。彼女はジョーンの視線をとらえ、小さくうなずいた。合図だ。庭師のジョンは昼寝をしにいき、副執事のクロフトは新しく雇った従僕の指導にかかっている。そしてミセス・ウィンは――ミセス・ウィンは雷が落ちても目覚めないだろうから、部屋の隅で眠りこけさせておけばいい。

ジョーンは刺繍を脇に置いて立ちあがり、背の高い窓まで行った。窓は音をたてずに開く。地上までは短い距離だが、下は密生した茂みで、油断していると足首を怪我したりドレスが破れたりするだろう。むろん、そんなものはたいした問題ではない。ジョーンはゆるんだレンガに足をかけて三階建ての屋敷によじのぼり、ひさしにぶらさがりながら施錠された窓を壊して押し入ったこともある。だが、エリナーをうまくおろさねばならない。

振り向くと、エリナーはすでにすぐ後ろに来ていた。

「じゃあ、ここから逃げるのね?」エリナーは尋ねた。

「あなたはなにひとつ見逃さないのね」

「たいていのものはね」エリナーはスカートをたくしあげた。「行きましょうか?」

「下には茂みが――」

「茂みは回避できると思うわ」エリナーは軽い口調で言った。「ぐずぐずしていると誰かが通りかかるわ。急ぎましょう」

ジョーンはにやりと笑い、窓からひらりと飛びおりた。茂みを避けて着地し、足を踏ん張ってあとから飛びおりたエリナーを受け止めた。なんとかふたつの茂みのあいだに彼女をおろせたけれど、スカートが引っかかった。だがすぐに外すことができ、ふたりは自由になった。エリナーの頰は赤くなっていたが、呼吸は安定している。彼女の虚弱さのどれくらいが演技なのか、虚弱でないという言葉のどこまでが虚勢なのか、ジョーンにはわからない。いまのところエリナーの体調に問題はない。といっても、まだ歩きはじめたばかりだが。

「どこへ行くの？」エリナーは目を輝かせている。

「ピクニックの用意をさせているわ。森に廃墟があるみたいね。午後の太陽に照らされたら絵のようにきれいだそうよ」

「廃墟ね。ええ、とっても美しいわ。もう長年行っていないわね」エリナーは悲しげな声になったが、顔には凛とした表情が浮かんでいる。前は誰と廃墟へ行ったのだろう、とジョーンは考えた。尋ねようかと思ったけれど、ダフネならすでに知っているかもしれない。危険を冒すわけにはいかない。だから質問はせず、エリナーの手を取った。

「行きましょう」そしてふたりは草むらを横切り、丘の小さな鹿のごとく敏速に走っていった。

7

ダフネでいたなら、いつでも――この夏のあいだだけだとしても――好きなときに廃墟を見にこられるだろう。ダフネでいたなら、彼女を歓迎する家に帰ることができるだろう。恐れるべきは退屈だけだ。

ジョーンはでこぼこの石壁の上、小さな尻がちょうどおさまる狭く平らな場所に腰かけていた。マディはごちそうを詰めたバスケットと分厚い毛布を用意してくれていた。いまエリナーはその毛布の上に座って、アルコールの弱いワインを飲みながら遠くを見つめている。

「兄は好き？」エリナーは唐突に訊いた。

ジョーンはワインを飲みながら時間を稼ぎ、慎重に言葉を選んだ。自分なら〝好き〟という言葉は選ばない。この感情を一語で的確に表す言葉があるかどうかわからない――彼の守るようなまなざしを求める浅ましい下腹部の疼き、頭がくらくらするほど彼に惹かれる思い、それが実現するはずがないことへの落胆を。

「まだ彼のことはよく知らないわ」最もあたりさわりのない真実を口にした。「親戚としては充分好きよ。すごく寛大だし」

「寛大。たしかにそうね」エリナーはつづきをうながすように見つめてくる。

「わたしたちを守ってくれる」ジョーンは彼について考えた。美男子と言いたいところだが、ダフネならそんなことは言わないだろう。言うだろうか？　たくましい。檻に閉じこめられた犬のように感情を鬱積させているのは、見ればわかる。頭の中はめまぐるしく動いているみたいだ。ほんとうはどこか別の場所へ行きたいのに、それがどこか思い出せなくて、結局目的地に着くのが遅くなってしまうという感じがする。「充分好きよ」ジョーンは繰り返した。

エリナーの口元に笑みが浮かぶ。「あなたは手紙で想像していたのと違うわね。あなたの手紙は大げさな言葉であふれていたわ」

「大げさな物言いは荷物の中に置いてきたみたい」ジョーンの真顔の発言はエリナーの笑いを誘った。

ロンドンからの馬車での道中、エリナーはジョーンの正体を探ろうとしていた。でもいまは、ダフネは変わったのだと信じ、浮ついた言動は心に傷を負い神経過敏になっていたからだと考えて納得しているようだ。ジョーンはほっとした。ひと晩より長く偽装をつづけさせる成功の鍵は、できるだけ自分自身に近い人物像をつくりだすこと。そうでないと、うっかり本性をさらけ出す危険がある。残念ながら、すでに一度ならずそういう失敗を犯してしまった。

「どうして、わたしが彼をどう思うかがそんなに気になるの？」

「好奇心よ。よく、ほかの人が兄になにを見ているのかと考えるの。あなたはまだ、検討材料をそんなに与えてくれていないわね。次に会ったら、彼を観察して、見つけたことを教えてちょうだい」

「わたしはあまり生まれながらの思索家じゃないわ」口調に不安がにじみ出ているのに気づいて、ジョーンは心配を抑えつけた。いままで、別の名前、別の人格を装うのは簡単にできていた。どんなときも、最も肝心なのはその嘘に自信を持つことだ。なのにエリナーと言葉を交わしているあいだ、ジョーンは不安を覚え、少しでも疑っている兆候はないかと相手の顔を凝視していた。

一時的に腕が鈍っただけだ。きっとすぐに取り戻せる。

エリナーは親指をグラスの縁に滑らせた。「ときどき、わたしは他人の人生を見ているだけだという気がするの。見たこと、考えたことだけで何冊もの本を書けそうよ。昔は、見ているだけで満足だと思ったこともある。もちろん、別の人生を送れる可能性がなくなったとき、満足なんてできないと気づいたけれど」

「人生はやり直せるわ」

「そう夢に見ることはあっても、実現は無理よ。人生をやり直すこととして想像できるのは、スキャンダルにつながるような行動だけね」

「スキャンダルといってもいろいろよ」ジョーンはあおるように言った。「お金があればなんとかなる。スキャンダルで上流社会を喜ばせればいい。お金のある人は、それでもっと強くなれるのよ」エリナーと同じ貴族階級の人間を長年見てきているので、そういう現実はよく知っている。

「面白い考え方ね。でもわたしは、そこまで大胆じゃないわ。スキャンダルを笑い飛ばすようなご婦人の仲間にはなれない。それに、そんな人生を送りたいとは思わない。あなたはそれを望むの？」

「そうかも」ジョーンは答えた。まだそこまで真剣に考えたことはなかったが。ダイヤモンドを売って金が手に入ったなら、なろうと思えばどんな人間にもなれる。インドへも、アメリカへも、ヨーロッパ大陸へも行ける。でもいまはここにいて、日光を浴び、エリナーと気安くおしゃべりしているだけでいい。

エリナーがこちらを見て顔をしかめているのに気づいて、ジョーンはぎくりとした。いや、ジョーンを見てではない――空を見てだった。体をひねって後ろに目をやったジョーンは、思わず悪態をついた。黒雲が発生して、激しい風とともにどんどんこちらに向かってくる。風はたちまち森の木々を揺らし、ふたりがピクニックをしているところに襲いかかった。毛布はめくれあがってエリナーの顔を叩き、ナプキンは飛んでいく。エリナーはきゃっと叫んで立ちあがった。

ジョーンは石の上から飛びおりて、大きくなる黒雲から道のほうに視線を移した。

「嵐が来るまでに逃げられそうにないわね」

「小川があふれるわ」エリナーは突風に負けまいと声を張りあげた。「いつもそうなの。戻るつもりなら急がないと」彼女は屈みこんで散らばったものを集めた。

ジョーンは食べ物の残りをバスケットに放りこみ、エリナーを手伝って毛布をぞんざいに巻いた。片づけにはほんの短時間しかかからなかったのに、雨粒はすでに周囲の石をピチャピチャと鳴らしはじめていた。

ふたりは走った。エリナーが仮病を使っていたのだとしても、長期間閉じこもっていたため、体力はほんとうに落ちている。小川までの道のりの半分も行かないうちに、彼女は疲れ果てていた。小雨は土砂降りに変わっている。ジョーンは前方に日を凝らした。茶色く濁った小川がかすかに見える程度だ。流れは速く激しく、橋の下端をかすめている。嵐は上流で起こったようだ。雨がここまで来たとき、すでに川はあふれはじめていた。みるみるうちに水量は増え、水面はいまや橋の上まで来ようとしている。たとえあの橋を渡れたとしても、このやたらと広大な敷地の草むらは延々とつづいている。エリナーの呼吸はすっかり荒くなっていた。

「どこか雨宿りできる場所はない？」ジョーンは尋ねた。言葉は雨と風にのみこまれそうだ。足の下で地面はぬかるんでいき、靴底は泥にめりこんでいる。

エリナーはぐるっと体を回転させ、声を出さずに口を動かしている。敷地内の施設を思い起こしているのだろう。「北よ。北に小屋がある。無人の小屋。雨漏りはするけど、ここにいるよりましだわ」

「案内して」

エリナーはかぶりを振った。「もう何年も行っていないの」髪はぐっしょり濡れて頬に張りついている。けれど、彼女の言葉に聞こえたためらいに恐怖は含まれていなかった。いまはまだ。

「捜しましょう」ジョーンはエリナーの手をつかんだ。エリナーはそれに励まされ、ぎゅっと握り返した。ふたりは歩きはじめた。雨はどんどん強くなるけれど、ゆっくり移動をつづけた。ドレスの裾は泥だらけになり、足首にまとわりつく。エリナーが遅れはじめると、ジョーンは励ましながら引っ張った。やがてエリナーは元気を取り戻した。ときには確信を持って前進し、ときには正しい方角に向かっていることに自信が持てなくなり歯を食いしばって。

やっと小屋が見えてくると、ジョーンは勝ち誇った叫び声をあげた。ふたりの背後では稲妻が光っている。エリナーは元気よく笑いながら走りだし、今度はジョーンのほうが必死で追いかけることになった。ふたりは泥や草に足を取られながら進んでいった。

エリナーは足をゆるめることなく扉に駆け寄り、体当たりした。取っ手をつかむ。びくりとも動かない。「施錠されているわ！」小屋のひさしは短く、ほとんど雨宿りの役に立たない。風がふたりに雨を叩きつけ、ふたりの体はボロ小屋の壁にぶつかった。

ジョーンは息を殺して十まで数え、選択肢を検討した。しかたがない。エリナーを風雨の中に立たせて死なせないためには、危険を冒さざるをえない。

手を伸ばしてエリナーの髪からピンを二本抜き取り、彼女を横に押して扉の前からどかせた。「ちょっと待っててね」ピンを鍵穴に差しこみ、腰から広がって指先にまで達する体の震えを抑えつける。こんなことは目を閉じていてもできる。実際、黒雲が太陽をすっかり覆ってしまい、あたりは目を閉じているも同然の暗さだ。十秒、二十秒、三十秒。エリナーは扉に体を押しつけて、雨を逃れようと無駄な努力をしていた。

「ダフネ、そんなの無理よ。物語ではうまくいっても――」

錠がカチャリと鳴った。ジョーンは勝ち誇ってにやりと笑い、扉を押し開けた。エリナーはぽかんと立っている。ジョーンは喉の奥でいら立ちのうなり声をあげ、エリナーを引っ張って中に入らせ、扉を閉めた。

小屋の中はほぼ完全な暗闇だった。雨は屋根や窓を叩き、風は壁のひび割れから容赦なく吹きこむ。それでもここは乾燥しているし、互いの息の音も聞こえるようになった。「外よりはましね」ジョーンは言った。歯はカタカタ鳴っている。エリナーも同じだ。ジョーンは巻いた毛布をエリナーの手から取って広げた。エリナーの体と服に守られて、大部分は乾いている。少なくとも、ふたりのずぶ濡れの服よりはましだった。

「服を脱いだほうがいいわ。濡れたままでいるのに比べたら、裸で乾いているほうがいい。なんとか火を熾して温まりましょう」毛布をひったくったとき、ジョーンはエリナーと目を合わせなかった。エリナーはダフネが想像以上に利口だと思うようになっていたかもしれないが、いまやそんなことは関係ない。錠前破りなど、身分の高い女性がすることではないのだ。「エリナー、ドレスを脱いで。体を乾かすのよ」

ジョーンはようやくエリナーと目を合わせた。一瞬、エリナーの目に疑念と戸惑いが浮かぶ。そのあと彼女はすべての表情を消してよそよそしくなった。「手を貸してくれるかしら」

黙ったままエリナーのドレスを脱がせ、シュミーズの上から少し湿った毛布で体を覆う。エリナーもジョーンがドレスを脱ぐのを手伝ったが、素肌に触れないよう注意しているようだった。必要以上に注意深く。

ジョーンは身震いした。体に張りつく薄いシュミーズ以外に、冷たい空気と彼女を隔ててくれるものはない。それでも、何百グラムかの冷たい水と濡れたドレスからは逃れられた。エリナーの視線を避けながら小屋の中を歩きまわる。小屋には部屋がふたつあり、地下室に通じる扉がある。暖炉の横には薪が積んであった。木は腐っているが、乾いている。藁、そして火打石も見つかった。小屋の隅にあった手斧に火打石を叩きつけると火花が出た。十五分後、長年使われていなかった暖炉に小さな、だが正真正銘の炎があがり、ふたりのドレスとコルセットは乾燥させるため暖炉のそばに置かれた。エリナーはまだ無言を保っている。ジョーンは振り返ろうとしなかった。喉にかたまりがこみあげ、いくら唾をのんでも消えてくれない。

感じているのは不安だけではなかった。正体がばれたら罰は免れない。でも、ダフネという仮面を失うのが悲しくもあった。ダフネはすんなり簡単に社会に受け入れられる。ジョーンはどれだけ懸命に努力しても、そんなふうに受け入れてもらえない。

「あなた、誰なの？」やがてエリナーが質問したため、ジョーンの希望は靴に踏まれた卵の殻のごとく砕け散った。「手紙を読んであなたの性格を誤解したのかもしれない。あなたの性格がちぐはぐなのは強盗に遭って混乱したからかもしれない。そう思っていたわ。だけどダフネ・ハーグローヴに錠前破りはできない。できるはずがない。つまり、あなたは別人だということ。白状しなさい」エリナーは目を細めた。自分がどんな危険を冒しているかはわかっているはずだ。親戚の名前を盗んだ赤の他人に挑みかかっているのだから。

ジョーンは心を決めた。困惑を装って自分やエリナーをおとしめることはすまい。「名前はジョーンよ。ジョーン・プライス」数日間ダフネになるのは楽しかったけれど、執着するつもりはない。「ダフネに危害は加えていない。彼女は元気よ。幸せだと伝えてと言われたわ」急いでそう付け加えると、エリナーの顔に安堵がよぎった。

「どこなの？」

「スコットランド。というか、そこへ行く途中」ジョーンは暖炉のほうを向いて手斧で火をつつき、大きな薪の下に空気を入れた。

「そう」エリナーは完全に理解していた。「もう止めるには遅すぎるのね。それで、あなたは？　この件にどうかかわっているの？」

「ダフネが馬車で走ってきたとき、たまたまお屋敷の前の道にいたの。そのあとロード・フエンブルックがわたしを見つけた。わたしはダフネの手紙を渡して去っていくつもりだったけど、彼はわたしをダフネだと思いこんだ。そして、わたしには……」あのとき自分の中にわきあがったさまざまな欲求をすべては説明できない。もちろん物質的な欲求はあった。食べ物。飲み物。避難所。逃走手段。でも、ほかにもある。彼に目を向けられたとき、その顔に浮かんだ保護欲も求めた。喧嘩でもそれ以外でも、ジョーンが自分の身を守れないわけではない。けれども父が死んで以来、誰かが進んでジョーンを守ろうとしてくれたことはなかったのだ。

「じゃあ、やっぱりあなたが例の妹なのね。あの男が捜しにきていた人。なにを盗んだの？」

ジョーンは笑みをこらえきれなかった。「未来よ。兄には持つ資格がない未来」

「あなたには資格があるの？」エリナーの言葉は穏やかだが冷酷でもあった。

「兄よりはね」ジョーンの口調が激しくなる。「そうするしかなかったの。逃げる必要があった。遠く離れたところへ。あなたにはわからないでしょうね」

「そう？」

「ええ」ジョーンは譲歩したくなかった。「あなたにはわからない。あなたは怠惰にとらわれているだけ。そんなものは、その気になれば追い払える。今日、あなた自身がそれを証明したわ。あなたは囚人じゃない。とらわれの身になる苦しみを知らない」

「あなた、ベスレム病院に入っていたのよね」エリナーはいま思い出したようだ。恐怖に似たものが目に浮かぶ。さっきまではまったく怖がっていなかったのだが。

「わたしは狂っていないわ」ジョーンは言った。あまりに強い調子で。大きく息を吐き、姿勢を正す。「モーゼス——兄のことよ——と相棒のヒューが、わたしは狂っていると言ったの。異常だということにすれば絞首刑を免れるから。といっても、そもそもわたしを売ったのはあいつらだから、とくに感謝はしていないわ」

「複雑な事情があるみたいね」エリナーの声には隠しきれない好奇心が聞き取れた。

「そうでもないわ」ジョーンは肩をすくめた。病院に収容されているあいだ頭の中で何度も思い返したので、自分にとっては平凡で退屈な話になっていた。「わたしたちは標的を定めた。大物で、ちょっとおつむが弱――というか、すごくお金持ちで、あまり聡明ではない人」エリナーの困惑を見てジョーンは言い直した。「それまで恋愛をしたことがなかったから、わたしが初めての恋人になってあげた。彼を引っかけたわけ。だけど彼の父親が気づいて、わたしの身元を調べさせた。嘘はすぐにばれたわ。わたしは標的ひとりをだますだけのつもりだったから、あまり周到なつくり話は用意しなかったの。父親は、わたしと、わたしがもらった家宝の指輪を引き渡した者には報酬をやると言った。わたしは逃げようとしたけど、モーゼスとヒューはわたしを売った。この女は泥棒じゃなく、頭がおかしくて自分を貴婦人だと思いこんでいる、と話したの。さっきも言ったように、その話がなければわたしは絞首刑になっていたでしょうね。だけど、モーゼスはわたしを逃がすこともできたはずなのよ」

逃がしてくれたかもしれない、ヒューが数年前からモーゼスを操っていなかったなら。ヒューは優秀な泥棒だが、ジョーンが最初思ったよりもゆがんだ心の持ち主だった。彼とかかわったのが間違いだった。

「つまり、あなたは泥棒なのね」エリナーは言った。「お兄さんから盗んだだけじゃなかった。声も違うわ。ダフネのふりをしていないときは」

「そうよ」ジョーンは冷たく笑った。弁解の言葉を連ねる気はない。さっさと終わりにしてほしい。当局に通報され、運命が定められるのだ。「少しのあいだだったけど、楽しい休日だったわ」

「あなたを病院に送り返しはしないわ」エリナーの言葉に、ジョーンは驚いて相手を見つめた。「あなたはもう獲物を手に入れたと言ったでしょう。自分の未来を。だったら、わたしからなにも盗む必要はないわね」

「あなたからは、なにも盗んでいないわ」ジョーンは言ったものの、自分の服を見おろしてため息をついた。「あなたが与えてくれたもの以外は、だけど」それは父の言葉によく似ている。ジョーンは父を愛していたが、父と同じことを言いたくはなかった。

「その青年は、あなたに家宝の指輪をあげたのね」

ジョーンはその言葉に含まれる非難を無視しようとした。炎のほうに手を伸ばす。やけどしそうなほど近くに。熱と火花がてのひらを焼く。これまで自分の仕事に心から罪の意識を感じたことはなかったのに。ちょっと気弱になっているのかもしれない。彼女は険しい顔になった。「病院に送り返さないとしたら、わたしをどこへやるつもり?」

「どこでも好きなところに行けばいい。数日の猶予をあげる。そのあとは、もうダフネの失踪を隠しておけないわ。マーティンが来て、あなたが消えたのを知ったなら。わたしが説明して、あなたを追わないよう頼んでみる。わたしに約束できるのはそれだけ。ダフネがほんとうに無事なら、マーティンはわたしの頼みを聞いてくれるはずよ」

「無事よ。まだ手紙を持っているの。あとで見せるわ」

「そうして」エリナーは疲れているように聞こえる。分厚い毛布にくるまれた彼女の顔も疲れて見える。疲れて衰弱しているように。病気ではないことをジョーンは祈った。「残念だわ。あなたの演じるダフネはけっこう好きだったのに。ほんもののダフネは違うんでしょうね」

「たぶん。彼女はとても……若く見えたわ」

「あなただって」

「わたしは、いろんな意味であなたより年寄りだと思う。少なくともダフネよりは上よ。二十二歳くらいだから」

「はっきり知らないの？」

ジョーンは肩をすくめた。「数えるのはやめたの」手を炎から離して組む。これまではとても楽しいゲームだった。そしてエリナーが約束を守ってくれるなら、予期していたよりもいい終わり方を迎えられる。でも、いまは安堵より悲しみを感じている。すべての事情をきちんとエリナーに説明するのは難しいし、マーティンに説明する機会は持てない――ある意味ではほっとしているけれど、非常に不当な仕打ちにも感じられる。彼はジョーンを……。

彼はジョーンを、まさに泥棒だと思うだろう。ジョーンは少しのあいだマーティンをだましていただけだ。彼女は目を閉じた。泣くものか。ダフネとしての偽りの涙も、ジョーンとしてのほんものの涙も流さない。涙を流す資格はない。

なのに、ひと粒の涙が浮かんできた。熱く頑固な涙が頬を伝う。ジョーンはそれを手の甲で拭き取った。

「あなたの涙を信じられたらいいと思うわ」エリナーは言った。「でもわたしの涙と違って、あなたの涙は嘘をつく」

ジョーンはエリナーをぐっとにらんだ。「どんなことでも訊いてちょうだい。正直に答えるから。もう正体はばれたのよ。これ以上失うものはないわ」

エリナーはしばらくジョーンを見つめたあと、うなずいた。「どうして今日わたしを連れ出したの？　どうしてすぐに逃げなかったの？」

「ダフネでいたかったから」ジョーンは自嘲の笑いを漏らした。認めるのはつらかった。これまでずっと、シルクのハンカチを持つお高く止まった上流人をさげすんで生きてきた。自分は利口だから彼らの生活をうらやんだりしないと思っていた。だが、ベドラムのみじめな生活が彼女の頭から分別を奪ったのかもしれない。このほのぼのした生活の楽しみを失おうとしているいま、ジョーンはそれに爪を食いこませて、ぼろぼろになるまでしがみついていたかった。「ダフネの持つものが欲しかった。あなたとの友情。お兄さん。バーチホール――かりそめの宿だとしても。欲しかったのよ、ここでの暮らしが」

エリナーはゆっくり部屋を見まわし、きれいな片方の眉をあげた。「雨漏りのする小屋よりは高い望みを持ったほうがいいわね」ジョーンは思わず笑いだした。涙と笑いがまじって喉が詰まりそうになる。やがて笑いはしゃっくりとなり、気がつけばエリナーの腕が体に回されていた。ジョーンはエリナーの肩に顔をうずめた。

エリナーはジョーンの髪に向かってなにかをささやいている。「戻らなくていいのよ」エリナーが言ったとき、ジョーンは自分が泣きながら「戻りたくない」とまじないのように繰り返していたことに気がついた。「約束するわ」エリナーが言う。『あなたはお友達だった。あなたの親切に対して、そんな冷酷なお返しはしない。その親切がどんなに上っ面だけのものだったとしても』

ジョーンは体を引いた。さぞみじめな顔をしていることだろう。初めて町屋敷の前にいたときと同じくらい。あれはほんの数日前だったのか？　もっと昔のように感じられる。大昔に。「ありがとう」心から礼を言った。エリナーは妙な表情で見つめている。それは、一緒に仕事をするようになった最初のころ、計画を思いついて賞品の輝きが見えたときにヒューがよく浮かべていた表情と、なんとなく似ていた。

「ダフネは当分ご両親に連絡を取らないわ」エリナーは言った。「ダフネにしてみれば、長く沈黙していれば、いずれご両親の怒りはおさまることになる。実際――ダフネがスコットランドのどこに滞在する予定か知っている？」

「手紙に書いてあるわ」ジョーンは慎重に答えた。

「だったらわたしは、ダフネを連れ戻すよう手配する。人知れず。まだ結婚していないなら、評判を無傷で守れるかもしれない。ただしそのためには、彼女がその間ここに滞在していたと人に思わせなくてはならない。つまり、あなたはまだ出ていけないということ。もし心からここにいたいのなら、だけど。あと少しのあいだよ」ジョーンの戸惑いを見て、エリナーはジョーンの手の甲に触れた。「この数日間、何年もなかったくらい自分らしく感じることができたわ。さらなる冒険の機会を逃したくないの」

今度はジョーンがぽかんとする番だった。「本気じゃないでしょう」

「本気のつもりよ」エリナーは顔をあげて考えこんだ。「そう、本気よ。まだあなたと離れたくないし、休息と食事を取って体力を回復させる期間を一週間も取っていないあなたを、ひとりで放りだしたくない。それに、駆け落ちが失敗に終わった場合、これがダフネの評判を守る最良の方法よ。もし駆け落ち結婚が成就していたら……」エリナーは肩をすくめた。「いずれにせよ、そのころにはあなたは消えている。あなたのいいように手配してあげるわ。あなたは好きなところへ行けるのよ」

「ロード・フェンブルックのことは？」

「それはわたしに任せて。わたしは無知を装って、あなたが黙って逃げたと言うわ。ダフネにも、あなたのことなんて知らないと言わせる。たとえダフネが口を滑らせたとしても、マーティンは許してくれるだろうし、ダフネのご両親はどうせなにがあっても怒り狂う。ひとつだけ約束してほしいの」

「なに？」ジョーンの頭の中ではさまざまな思いが駆けめぐっている。こんな自分に対して、ひとつ約束させるだけで充分なのか？

「兄があなたを愛さないようにして」エリナーは断固たる視線でジョーンを見据えた。

ジョーンは息が苦しくなり、唾をのみこんだ。「愛……？　殿方の心を操ることはできないけれど、そんなことなら安心して約束できるわ。もともと、わたしたちは釣り合わないもの」

「肩書きや財産や家柄なら釣り合わないでしょう。でもそれは結婚の条件よ。愛は関係ない。愛に関しては、あなたたちの相性はいい。だけど、それは危険なの。兄につらい思いはしてほしくない。このままだと、あなたは兄を傷つけてしまう。遅くとも夏の終わりには、あなたは消え、新たな未来に向かって足を踏み出しているのよ。兄があなたを追うことは許されない」エリナーの視線はまったく揺るがなかった。「さあ、約束して」

「約束するわ」ジョーンは言った。簡単に守れるはずだ。なのに、その言葉は、なにかをあきらめること、自分を無為に苦しめることのように感じられた。なんと愚かな幻想を抱いているのだろう。父が生きていたなら、ジョーンの頭の中が見えたら勘当しただろう。「ここにいていいのね」ジョーンは天啓に打たれたように言った。心のむなしさが少しやわらいだ。

「いいのよ。それから明日、錠前破りの方法を教えてね」ふたりはうれしそうに微笑み合った。

そのとき扉が激しく叩かれた。

ふたりは跳びあがった。ジョーンは手斧をつかんだ。心臓は早鐘を打っている。モーゼスに違いない。エリナーの恐怖の表情からすると、同じことを考えているのだろう。ジョーンは手斧を持ちあげ、自分の背後に回るようエリナーに合図した。取っ手が回る。扉が開いた。

8

マーティンは雨が襟元から入ってくるのを防ごうと背中を丸めたが、あまり効果はなかった。下半身は小川からあふれた泥水で腰まで濡れている。つまり全身ずぶ濡れで一部は泥まみれということだ。この荒れ狂う嵐の中、エリナーはどこかにいる。女性ふたりが橋を渡ろうとして足を滑らせたことは想像しまいとした。水が橋の上まであふれていたなら、エリナーも渡ろうとはしないはずだ。それでも彼の腹の中では薄気味悪い恐怖が募っていた。そのとき、小屋の窓から光が見えた。マーティンを死へいざなう鬼火のごとく、弱々しく揺れる炎。それでも、ようやく希望が芽生えた。それがほんものであろうが間違いであろうが。

希望と恐怖が入りまじるのを感じつつ、小屋までの何メートルかを走った。閃光が走った直後に雷が鳴り、一瞬目がくらんだけれど、かまわず走りつづけた。痛くなるほどきつく歯を食いしばって扉まで行く。こぶしで強く三度叩いた。ここにいてくれ、と祈った。無事でいてくれ、と。返事はない。取っ手を回してみると、施錠されていなかった。彼は扉を押して中に入った。そして立ち止まった。

ダフネが目の前に立ちはだかっている。シュミーズ姿で全身を濡らし、錆びた手斧を振りあげている。唇をめくりあげて歯を見せ、目は狂ったように大きく見開かれている。腕がこわばり、手斧を振りおろそうとして――。

「マーティン」エリナーが叫んでダフネを落ち着かせた。ダフネは小さく身震いし、恐ろしげな武器をおろした。エリナーはダフネの後ろから肩に軽く手を置いて安心させようとしている。安堵のあまり、マーティンはぐったり扉にもたれかかった。バーチホールに到着して彼女たちがいないと知ったとき以来目の奥で感じていた痛みが、ようやくおさまった。彼は大股で進み出てふたりを引き寄せ、ぎゅっと抱きしめた。不安と緊張がやわらいでいく。

そのあと彼は身を硬くして後ろにさがった。ダフネはシュミーズしか着ていない。エリナーのほうは肩まで毛布にくるまっているだけましだった。だがふたりとも、マーティンにまじまじ見つめられる状態ではないし、さっきのように胸にかき抱かれる状態でもない――いまも彼は完全に離れてはいない。まだダフネのほっそりした肩に腕を回している。ダフネは顔をあげ、きれいな唇に小さく問いかけるような笑みを浮かべた。さっきまで泣いていたようだ。まつげは涙で濡れ、頬には筋があり、目は充血している。あの涙の跡を顔から拭き取ってやりたい、とマーティンは思った。

「マーティン」ふたたびエリナーが言ったので、彼はあわててダフネから手を離し、大きく一歩さがって咳払いをした。「いったいこんなところでなにをしているの?」

彼は暖炉に視線を据えて目の端でダフネの姿をとらえまいとしたけれど、それは難しかった。「予定より早くバーチホールに来ることにした」なにかを省いたのをエリナーが察しているのはわかっている。ダフネの前では答えを迫らないだろうが、ふたりきりになったら問い詰めるつもりだろう。妹を恐怖に陥れたくはないが、あとですべてを話さねばならない。

「着いたらきみたちの姿はなく、この嵐だろう。それで不安になって……」

エリナーは手を振った。「あなたが不安だったのはわかるわ。わたしたちだって不安だったもの。だけどここにいるわ、無事で乾いた体で」

「そう、無事よ」ダフネがまた視野に入ってきたので、マーティンはごくりと唾をのんだ。シュミーズは濡れて背中に張りついている。暖炉の炎は彼女の輪郭を薔薇色に照らしている。正直言って、彼女の体は魅力的ではない。痩せすぎていて、美しいというより飢えているように見える。けれど、動き方はしなやかで、このやつれた体が本来の姿ではないように感じられる。ダフネがもとの体を取り戻すまで毎晩ごちそうを食べさせるべきだ、という思いがふと浮かんだ。路上で追いはぎに遭った恐怖で、ここまで痩せ細ってしまったのか？　こんな短い期間で？

ダフネが少し体を回転させると、シュミーズが体に張りついた箇所を火明かりが照らし、マーティンは息をのんだ。黄ばみつつある大きなあざが胸の下に広がっていて、突き出た腰骨のあたりはかさぶただらけだ。

エリナーがマーティンの腕に触れて注意を引いた。「ダフネ、あなたの服はまだ完全には乾いていないけれど、少しは温まっているわ。わたしとマーティンはあなたが着替えるあいだ向こうで待っているわね」

マーティンは赤面し、堅苦しくうなずいた。また我を忘れてしまった。彼は妹についていて隣の部屋に入った。部屋は真っ暗なので、怒りと恥のあいだのような表情を隠してくれればいいのだが。「彼女は怪我をしているぞ」マーティンはダフネに聞こえないよう声を落とした。

「わたしも見たわ。たぶん……襲われたときね」

「怪我をさせられたという話はしていなかったが」

「言いたくなかったんでしょう。あの事件のことはなにも」

マーティンの口から声が漏れた。驚くほど野獣のうなりに似た声だ。彼はこぶしを握りしめ、ダフネを襲った追いはぎを捜さないという決意を考え直した。もしやつらが彼女を傷つけたのだとしたら——ああ、まさかやつらは……？

「切り傷やあざだけだと思うわ。それ以上のことをされたのだとしたら、ダフネは……もっと取り乱していると思う。この事件はもう終わったのだし、そっとしておくべきよ。傷の手当てはわたしがする」エリナーは身を震わせ、毛布をさらにきつく体に巻きつけた。

マーティンは自分の愚かさを呪った。「おまえは大丈夫なのか？　暖炉の前に行かないと」

「震えたのは寒いんじゃなくて、気が高ぶっているからよ。ジョ——ダフネはちゃんとわたしの世話をしてくれたわ。わたしたち、あなたが思っているよりずっとしっかりしているのよ」

「おまえがしっかりしているのはわかっている。しかし、健康じゃないのもわかっている」

マーティンは語気を弱めた。彼の怒りはエリナーに対するものでも、ダフネに対するものででもない。この嵐への怒り、マシューの命を奪った銃弾への怒り、妹から歳月を奪った病気への怒りだ。小屋の外に立って、すべての怒りを嵐にぶつけてやりたい。そうすれば怒りも少しはおさまるだろうか。なにかを殴ることで問題が解決するなら、喜んでそうするところだ。

「服を着たわ」ダフネが明るく呼びかけた。マーティンは不届きな失望を押し殺し、エリナーとともに隣室のダフネのところに行った。ダフネは暖炉のそばに座っていた――湿った服をまた冷えさせたくないからだろう。濡れた髪はくしゃくしゃにカールしている。髪はリースのように頭を覆い、そのおかげでダフネは若いというより若々しく見える――そういえばマーティンは、何年も前から自分をそんなふうに感じなくなっていた。

「しばらくここから動けないみたいね」ダフネは言った。「火が消えたらかなり寒くなりそうよ。まだ火があるうちに、あなたも上着を広げて乾かしたほうがいいわ」

マーティンは同意の言葉を発し、エリナーのほうをうかがい見た。いま妹は元気そうだが、夜までに嵐がやまなかったら寒くなるだろう。嵐の前まではかなり暖かかったのに、風が熱をすべて奪ってしまった。「裏に薪があるかもしれない」マーティンは上着を脱いで暖炉の前に広げた。ダフネは足をどけた。靴は脱いでおり、爪先を丸めている。「上着があってもなくても、濡れるのは同じだ」マーティンは上の空で言って背筋を伸ばした。

「急いでね」ダフネが言う。「なかなか戻ってこなかったら、あなたは風で飛ばされたのかと思うわ」

「誓うよ、すぐに戻ると」マーティンは厳粛に言って胸に手を置いた。ダフネから笑みを引き出すつもりだったし、現に彼女は笑ってくれた。温かで素直な笑み。でも笑みはすぐに消え、ダフネは小さく顔をしかめて部屋の隅に目をやった。マーティンはなにかまずいことをしたのか？

「マーティン」エリナーが言う。彼女がマーティンの名を呼ぶにはさまざまな言い方がある。この言い方の意味はわからなかったが、穏やかにたしなめられている響きがあった。といっても、なぜエリナーがマーティンをたしなめるのかはわからない。マーティンが渋面で妹を見ると、エリナーはそれをさらに誇張した渋面で見返し、やがて彼は笑みをこらえるため怖い顔をつくった。エリナーがさらなる勝利をおさめる前に彼は背を向け、雨の中に足を踏み出した。背後から奇妙な小さなため息の音が聞こえる——音の主がどちらかはわからなかった。

マーティンが豪雨の中を小屋の裏に向かっていくと、ジョーンは唇を噛みしめた。エリナーの不満げな視線が突き刺さる。「なに？　彼に冷たくしたほうがいいの？　意地悪に？　わたしは愛想よくしているだけよ。誘惑しているんじゃないわ」

「もう少しうまく自分の役割を演じてほしいだけ。マーティンは……浮ついた若い娘に我慢がならないの。ダフネは浮ついている。でも、いまのあなたが演じているのは、まったく逆の人間よ」

「ダフネでいるのは楽しめないわ」ジョーンは顔をしかめた。それに、いまはバーチホールに着いてから演じているのと同じ人間を演じているだけだ。いま急に違う人間になったら疑いを招きかねない。「もともとダフネはマーティンにふさわしい結婚相手じゃないわ。彼は富や肩書きのある女性と結婚すべきじゃないの？　ダフネにはどちらもない。あなたたちの親戚というだけでしょう」

「ダフネに富や肩書きがないことが問題となるのは、マーティンの理性が感情に打ち勝っている場合だけ。でもマーティンの感情は、理性の言うことをほとんど聞かないの。たまに論理によって情熱が喚起されるようなこともあるけど、たいていの場合両者は相いれない。マーティンは考えて考えて考えすぎたあげく、結局は心に従って行動する。その心をあなたの影響から守らなくちゃならないのよ。覚えていると思うけれど」

ジョーンは感心して聞き入っていた。エリナーが兄のこと、兄の内面と外面をよく知っているのは間違いない。ジョーンも自分の兄モーゼスのことは知っており、彼の行動は予測できる。でも、そんなに詳しく彼の行動原理を分析できないし、あんなに温かな愛情をこめて話すこともできない。ジョーンがモーゼスを観察してきたのは生き残るため、彼の気分を知って、彼が自分ひとりの決断で行うよりも賢明な行動に導くためだ。エリナーのほうは、愛ゆえに兄を観察しているようだ。自分もそんなふうにマーティン・ハーグローヴを観察できたらいいのに、とジョーンは理性に反して熱っぽく思ってしまった。彼の頭が謎めいた動きをしているときや、彼の心が命令を発しているとき、彼の目つきを見るだけでそれがわかればいいのに。

エリナーはひとつだけ間違っている。ジョーンは彼の心に対してなんの脅威にもなっていない。光が彼女の体にあたったとき、マーティンの表情が見えた。そこには、ほとんど嫌悪に近い不快感があった。彼はジョーンから目をそらし、できるだけ体に触れないようにした。彼がジョーンにやさしくして親しげな口を利くのは、親族としての義務感からだ。それ以上の意味はない。

ジョーンはそれ以上を求めまいと思っている。想像はした。ふたりとも嵐に濡れたままで、彼がジョーンを抱きしめるところを想像した。

彼が髪から水をしたたらせて小屋に入ってくるところを想像した。胸や肩の線が見えるくらい体にぴったり張りついたシャツの下で、たくましい腕の筋肉が盛りあがっているところを想像した。あの目が慎重に暖炉に向かうのではなく、ジョーンの目を見つめるところを想像した。

けれど現実には、マーティンは薪を置くとエリナーに近づいていった。ジョーンは自らに強いてマーティンから目をそらし、後ろを向いて暖炉で背中を温めた。エリナーは止式なシャペロンと認められるには若すぎるけれど、実質的には充分その役目を果たしている――ジョーンは不機嫌にそう考え、そんなことを思った自分を叱った。エリナーがどんな印象を抱いていようと、ジョーンはマーティンと自分とのあいだに芽生える愛情は抑えつけると誓った。それはエリナーが決めた条件であり、それによってジョーンはエリナーの保護を得られる。こんな異例の合意を結んだ以上、条件は守らねばならない。

もっとダフネらしくしよう、とジョーンは観念した。震える息を吸い、病気の犬など悲しいことを考えた。「雨は嫌い」と嘆かわしげに言う。

エリナーは笑いだしそうになり、なんとか咳をしてごまかした。まあ、これを面白いと思ってくれる人もいたわけだ。エリナーは小さくうなずき、感謝の表情を向けてきた。

決意を固めたジョーンは、大粒の涙を流し、膝を抱えて座りこみ、薄汚れたネズミに見えるように努めた。マーティンの不愉快そうな顔からすると、エリナーは正しかったらしい。マーティンに愛情を抱かせない最良の方法は、彼がダフネだと思っている人物を演じることだ。

これからのことを思うと、ジョーンは頭が痛くなりそうだった。

ダフネがロンドンを発ったあと、マーティンは改めてダフネについてじっくり考えてみたけれど、とくに新たな考えは浮かばなかった。いまもやはり彼女のことはよくわからない。ダフネには、ふたつの人格が同時に――というより交互に――現れるようだ。ひとつの人格は、マーティンが視界の端でとらえるだけだったり、一度にほんの数分だけ現れたりする。だが彼がまともに目を向けたとたん、ダフネは声を震わせて泣く愚かな少女に変わる。マーティンは涙が嫌いというわけではないが、ダフネが過剰に涙もろいのは否定できない。しかし、まったく違うこともある。

たとえば、いまがそうだ。エリナーは毛布にくるまり、ペチコートをぐるぐる巻いたものを枕にして眠っている。雷は鳴りつづけている。分厚い雲が空を覆っているため時刻はわからないが、たぶん夕方遅くだろう。ダフネは少し前まで一時間ごとにすりあげては愚痴を言い、マーティンの勇敢さについて称賛を叫び、暖炉の前で大げさにぐったりしていた。しかしいまは、ゆっくり落ち着いた足取りで部屋を歩きまわり、指先で壁に触れ、一周するごとに扉の前で立ち止まっている。唇を引き結び、希望をこめた表情で扉を眺める。

「閉じこめられるのが嫌いなんだね？」三周目に入ったとき、マーティンは尋ねた。

ダフネははっと足を止めた。マーティンがここにいるのを忘れていたかのようだ。彼女の顔を影がよぎる。それから重心を体の片側に移して首をかしげ、まったく似合わないばかみたいな笑みを浮かべた。「ここはすごく陰気だもの。そう思わない？」甲高い声を出す。

「どうしてそんなことをするんだ？」マーティンの声は険しい。

ダフネは動きを止めた。突然はっとして固まったわけではなく、徐々に止まっていった。

「なにをするって？」いま、その声は甲高くない。

「なにかのふりをすることだ」マーティンは手を振った。「なんのふりかは知らないが」

彼は暖炉に背を向けて座っていて、片方の膝をあげ、もう片方の足は前に伸ばしていた。ダフネは彼と向かい合って座りこんだ。足を横に投げ出し、ぐらぐらの古いテーブルの脚にもたれる。マーティンを見つめたが、なにも言わなかった。マーティンは彼女が黙りこむに任せた。沈黙は、彼が薪を持って戻ってきたときからダフネがぺちゃくちゃしゃべりつづけている言葉よりも正直だった。そして正直なときのダフネは美しい。自在にかぶったり外したりする仮面なしで話すときの彼女も美しい。あの偽りの仮面は嫌いだ。それはちっとも似合っていない。

「ごめんなさい」ダフネはおどおどと言った。マーティンは大きく息を吐いて横を向いた。彼女は正直に答えてくれるのではと一瞬思ったけれど、それは間違いだった。

彼に答えの見当がつけられればいいのだが。どうもダフネは、自分の言うことを真剣に取ってほしくないようだ。あるいは、自分と一緒にいることを楽しむであろう相手と心を通じ合わせたくないようだ。その理由として考えられるのは……。

マーティンはダフネが出発してからの数日間、女性が男性――その男性が従兄であっても――との友情を築きたがらない理由、愚かさという仮面の陰に隠れたがる理由をいろいろと考えてきた。どの理由も、裏切られたり悪い目的に利用されたりしたこと、信頼が破られたり愛情を叩きつぶされたりしたことに原因がある。だが、ダフネに関してそうした話は聞いたことがない。彼女が人畜無害であるという話や、しっかり監視しておく必要があるという話しか知らない。本人に会う前、マーティンはダフネを純朴な娘だと考えていた。

「謝らなくていい。むしろ謝るのはぼくのほうだ。きつい言い方をしてしまった。頼むから泣かないでくれ。外はもう充分濡れているから、中までこれ以上湿っぽくしたくない」

ダフネは小さくうなずき、下唇を噛んだ。「あのね」少し息を切らせて言う。「このひどい雨が降りだす前はすごく楽しかったのよ。エリナーは以前ほど体調が悪くはないわ。だけどいまは……病人生活がすっかりなじんでしまったみたい。もっと活動的になって、昔楽しんだことをしてみたら、エリナーは……もっと幸せになれると思うの」

「まだ体は弱い。一生完全には回復しないかもしれない」

「弱くないわ。なにもしないから体力が落ちているだけ。エリナーは、彼女の孤独を心配するより体の弱さを心配するほうが、あなたの気が楽だと考えているのよ」

マーティンは鋭く息を吸った。その言葉はこたえた。それは耳の痛い真実だ。彼がエリナーを世間から離してきたのは、彼女を守る義務があるからだった。しかしそのことで、義務を怠ってもいた。エリナーの行動を制限してきたこと、マシューの死後結婚相手を探してやろうとしなかったのは、彼女のためではなかったのかもしれない。エリナーが去ったら自分がどれほど寂しくなるかを考えると耐えられなかったのだ。しかし、それはあまりに身勝手というものだろう。

「マーティン？」ダフネは深い物思いに沈んだ彼を呼び戻した。「あなたは考えて考えて考えすぎるわ」そんなふうに繰り返すのがふざけているからか、単に次の言葉が出てこないからか、マーティンにはわからなかった。そのときダフネの口の左端がぴくりと動くのが見えた。かすかな笑みだ。彼女は演技をしているが、いまはそれを楽しんでいるらしい。

「そうだな。ぼくの直感は、きみが正しいと言っている。直感は厄介なやつだけど、信頼している。さっき、冷たい雨に打たれてずぶ濡れのときでも、エリナーの血色はいつもよりよかった。だから、きみの提案を受け入れるよ。まずはアーチェリーをやってみよう。みんながほんもののベッドでちゃんとした睡眠を取ってからね」

ダフネの笑みが少しこわばった。「いいわね」そして「雨はやんだわ」暗い天井のほうに目をやる。ほんの一瞬、また仮面がはがれた。その一瞬のうちに、マーティンは心を決めた。仮面に隠れた真のダフネをマーティンが無理やり引きずり出そうとしても、彼女は抵抗するだろう。だからやさしく説こう。彼女の不意をつこう。なんとかして、マーティンには真情をさらけ出してもいいのだと説得しよう。

9

まぶたに光を浴びて、ジョーンは目が覚めた。背中にはエリナーの背中があたっている。昨夜ようやく眠気が訪れたとき、エリナーの隣で毛布に横たわったのだった。互いの体温で温め合ったため快適な夜を過ごすことができた。もっと贅沢な睡眠環境に慣れているエリナーにとっては、快適ではなかったかもしれないが。

大きくあくびをして上体を起こす。マーティンの姿はない。まあいい。夢でたっぷり彼を見ていたのだから。寝言を言う癖がなくてよかった。あったとしたら、夢の内容や使った言葉についてマーティンに弁解しなくてはならなかっただろう。

エリナーが動いた。エリナーにも弁解する必要があるかもしれない。ふたりの取り決めが完全に成立しているという確信はまだ持てない。ほんもののダフネが元気にしていること、エリナーが引きつづきジョーンを気遣ってくれることを確認しなければならない。いまのジョーンは、いわば興味深い程度の危険な存在であるにすぎない。真の脅威であるとわかったら、エリナーは即刻マーティンにすべてを明らかにするに違いない。

エリナーが完全に眠りから覚める前に、ジョーンは起きあがった。太陽は地平線から顔をのぞかせているので、夜明けになったばかりのようだ。こびりついた汚れがつくのもかまわず窓枠に手を置き、身を乗り出す。あたり一面が輝いている。ジョーンはほとんどロンドンを出たことがない。それも、あまり上品でない地域しか知らない。宝石のごとく水滴がきらめく広大な緑の草原を見ていると、なぜか胸がどきどきした。

エリナーがショールのように毛布をはおって、ジョーンのすぐ後ろまでやってきた。「きれいじゃない？」

ジョーンはうなずいた。人影が草むらをこちらに向かってくる。マーティンだ。二頭の馬を引いている。一頭は白、もう一頭はぶち入りの葦毛だ。

「我らがヒーローの登場ね」エリナーが言う。

「わたし、馬に乗れないの」

「ダフネも乗れないわ。マーティンが前に乗せてくれるわよ」エリナーは眉間にしわを寄せた。

ジョーンは顔をしかめた。「彼のおかげで、あなたの命令に従うのが難しくなるわね」

「あなたが彼を意識しなければいいのよ」エリナーは軽く言ったが、その楽しげな口調の裏には警告が聞き取れた。

「ダフネはアーチェリーができるの？」

「知らないわ」

ジョーンは安堵のため息をついた。「よかった。だって、明日からアーチェリーの練習を始めるみたいだけど、わたしは弓を持ったこともないんだもの」

エリナーは不満げにうめいた。「マーティンはあなたに教えたがるわね」

「それで？」

「きっとマーティンは……」エリナーはジョーンの肘に触れた。「腕をあげろ」気味悪いほど巧みにマーティンのぶっきらぼうな声をまねて命令する。手はジョーンのウエストをつかんだ。「じっとしていろ」今度は背中。「ぴんとまっすぐに立て」

触れられてジョーンはぶるっと震えた。

エリナーは眉をあげた。「なにが問題かわかったでしょう？」

「約束するわ、ひどくいらいらさせるような態度をとるって」

「そうして」エリナーはそっけなく言ったあと、ジョーンの手を取った。「邪険にしたいわけじゃないのよ、ジョーン。あなたのことは好き。だからこそ、もう少しここにいてと頼んだの。それでも、あなたは遠からず出ていく身なのよ」

「わかっているわ」ジョーンは答えた。「だけど本音を言うなら……」

エリナーは軽くジョーンの手を握った。「あなたの心も守ってちょうだい。あなたたちふたりが見つめ合っているのは知っているわ。あなたがダフネの仮面を外したときの話し方も。人生が公平なら、あなたは泥棒でなく、マーティンは伯爵でないかもしれない。でも、これが現実なの。そうであるかぎり、あなたたちふたりは一緒になれない。お互いを破滅させるだけで、悲惨な結果に終わる。心を檻に閉じこめておくくらいなら、失う危険を冒すほうがいいと思うかもしれない。だけどマーティンと戯れたら、心を失う危険を冒すだけではすまない。必ず失ってしまうの。それなら檻に閉じこめておくほうがましよ」

今度はジョーンがエリナーの手を握った。ジョーンは想像や推測によって、エリナーの過去を思い描いていた。エリナーが恋人を失って、いまだに傷が癒えていないのは知っている。兄をそんな不幸から守りたいと思うエリナーを責めることはできない。そして、ジョーンの正体を知った上でそういう不幸な目に遭わせたくないとエリナーが思ってくれることには、感激している。でも、そのような内面の思いを見せるわけにはいかない。

「彼が来たわ」エリナーが言う。たしかに来た。馬の手綱を古い柱に巻きつけて、いつもの落ち着いた足取りで小屋に向かって歩いてくる。二度ノックをして待った――昨日より礼儀正しく。

マーティンを小屋に入れたエリナーは、彼が食べ物を詰めたバスケットに加えてふたりのために乗馬服を持ってきたのを見て、うれしそうに声をあげた。ふたりが着替えられるようマーティンがふたたび小屋の外に出たので、ジョーンとエリナーは湿って泥だらけの服を脱ぎ、シュミーズから順にきれいな服を着ていった。エリナーが同情の目でジョーンの裸体をじっと見つめているのが感じられる。もはや傷を隠す必要はないけれど、それでもジョーンは急いで服を着てエリナーの視線を逃れた。

「ちょっと手当てしたほうがいい傷もあるわね」エリナーはそっと言った。

「いずれ治るわ」

「感染したら困るでしょう。それに、かさぶたの一部は昨日の騒ぎではがれたみたい。あとでちゃんと手当てをさせて。これも条件の一部よ」

「あなた、自分の好きなように条件を変えつづけるつもり？」

「家族、わたし、そしてあなたを守るために必要ならね」

「その順番にね」ジョーンはつぶやいた。

「それ以上のことは期待しないで」

「ええ、もちろんよ。ごめんなさい。ただちょっと……いろいろ予想外のことばかりが起こっているから。それに、わたしにとっては少なからず恐ろしくもあるわ」

「犯罪者の狂人をコンパニオンにしているのは、わたしのほうなんだけど」

「尖ったものは隠しておいたほうがいいわね」ジョーンは真顔で返した。

「あら。あなた、アーチェリーについてはなんと言っていたかしら？」エリナーは緊張を装って訊いた。

　のんびり小屋を出て、いらいらと待つマーティンのもとへ向かうとき、ふたりは笑いをこらえていた。マーティンは戸惑ったように頭を横に振り、昨日から大活躍している毛布を地面に広げた。三人はそこに座り、軽く無意味な会話をしながら食事をした。軽い話題ならジョーンも簡単についていくことができる。だがエリナーが食べている途中で笑いの鼻息を吐き、むせているふりをしたとき、ジョーンは自分の役をあまりに熱っぽく演じすぎていることに気がついた。

マーティンのほうは、ジョーンがダフネとしてばかみたいな発言をするたびに、不快そうな顔を見せた。ようやく食べ終わって妹を馬に乗せるときには、ほっとしたようだった。エリナーの予言どおり、マーティンはジョーンを自分の前に乗せようとした。ジョーンは体を持ちあげられるとき、ウエストをつかんだ彼の手は単なる道具、便宜的な目的のための無機的な物体にすぎないと思いこもうとした。自分の背中が触れるたくましい胸、体に回された腕のことは考えまいとした。マーティンのほうはまったく気にしていないようだ。彼はまっすぐ前を向くか、エリナーを見ている。腕の中にいるジョーンは、彼にとってはジャガイモの袋同然らしい。

屋敷が目に入るまでには長い時間がかかり、気詰まりな乗馬が終わるまではさらに長くかかった。マーティンはおざなりな手つきでジョーンをおろした。そのあと、小麦色の髪をしてひどく首の長い侍女が現れて、エリナーの乱れた髪についてたしなめながら、女性ふたりを屋敷に連れていった。ジョーンの髪については、たしなめようもないのだろう。

玄関を入っていくとき、マーティンが見つめているのに気がついた。ジョーンひとりを見つめている。彼の目にはなにかがあった。決意だ。ただし、どんな決意かはジョーンに知るよしもなかった。

エリナーがメイドのマディを連れて部屋に現れたのは、ジョーンができるかぎり髪を撫でつけ、洗面器と水差しの水で手や顔を洗い終えたときだった。マディは湯気のあがる大きなティーポットを載せたトレイと、もう少し小さな、ナプキンをかけたトレイを持っている。ジョーンはいぶかしげにトレイを眺めた。

「中に入って」エリナーが言い、マディは足を急がせた。エリナーは扉を閉めるとジョーンに手で合図した。「脱いで。傷の手当てをするわ」

ジョーンはマディをちらりと見た。

「大丈夫ですよ、お嬢様」マディは言った。「怪我はなにも恥ずかしいことじゃありません」

ジョーンは恥ずかしいというより秘密を守れるかどうかを心配していたのだが、エリナーは断るのを許さない様子だった。

「いい、ジョーン？　まだお湯が温かいうちにやりましょう」

ジョーンはマディがサイドテーブルに置いたトレイをよく見てみた。ポットに入っていたのは紅茶でなく湯で、ナプキンの下にあるのは包帯と軟膏の小瓶だった。ため息をつき、ドレスのホックを外す。これまでの生涯で、これだけ頻繁に服を着たり脱いだりしたことはなかった。

頭からシュミーズを脱ぐと、マディは小さく息をのんだ。ジョーンはそれを無視してくるりと回り、エリナーにすべての傷を見せた。エリナーは唇を尖らせ、頭を横に振った。

「こんなにひどいとは知らなかったわ。横になって。背中から始めるわね」

ジョーンは歯を食いしばった。最後に受けた医療行為は悪夢だった。治療目的で他人の手に触れられると考えるといやな気分になる。でも、ここにいるのはエリナーだ。息が臭くて全身からアルコールのにおいをぷんぷんさせた医師ではない。だからジョーンは身を硬くしてゆっくり横たわり、目を閉じた。

エリナーはほとんど黙ったまま手当てを進め、口を開くのは、マディになにかを持ってくるよう命じたりジョーンに体の向きを変えるよう言ったりするときだけだった。彼女の触れ方は軽く、短く、やさしい。エリナーは以前にも傷の手当てをしたことがあるのだろうか。もちろん、たいした処置はしていない。ひとつひとつの傷を清め、切り傷やみみず腫れには軟膏をすりこんだあと、腰から胸まで胴体に薄い包帯を巻いていっただけだ。

処置が終わると、マディはトレイを持ってそっと出ていき、エリナーはひとり残ってジョーンが服を着るのに手を貸した。

「ひどい目に遭ったのね」エリナーはドレスの後ろのホックを留めながら小声で言った。「さぞ痛かったでしょう」

「そうでもないわ。痛みはね。病院から出られたんだから、それで充分。もう、あのときのことは夢みたいな気がしているの。だけど夜に夢を見ているときは、現実のように感じられる」ジョーンは暗い顔になった。「戻りたくない。心も体も。病院のことはもう考えたくない」

「どこへ行くつもり？　ここを出たあとは」

「わからない」今後について空想することもできない。ほんとうに求めているのはここだから。誓いに反して心の中で本音を言うなら、求めているのは彼なのだ。ほんの一時間でも、ひと晩だけでも、幻想の中だけでもいい。それ以上彼を求めることはできない。

「わたしは知らないほうがいいかもしれないわね」エリナーは言った。「だけど、落ち着いたら連絡して。場所は教えてくれなくていいから、ただ……ただ、この狂った計画がうまくいったかどうかだけ知らせて」

ジョーンは笑った。「狂ってはいないわ。狂っているとは言わないで」

「そうね。だったら目覚ましい計画よ。そして大胆、かつばかげている」いったん間を置く。「ダフネに手紙を書いたわ。近いうちに詳しい事情がわかるでしょう。でもそれまでには、まだ時間がある」

「アーチェリーをするには充分な時間ね」

エリナーはくすりと笑った。「よかった。計画が実行されたら、きっとマーティンはわたしを監禁するわ。だからいまのうちに楽しんでおくべきでしょう？」

「まさか監禁はしないでしょう。彼はあなたがなにをしても許すわ」

「わたしはそれを利用すべきね」エリナーが言い、ふたりはいたずらっぽく笑い合った。


新たな一日のぬくもりに包まれていると、バーチホールに向かって馬を走らせていたときの恐怖や、エリナーとダフネが行方不明だと知ったときの狼狽を忘れてしまいそうだ。ハドソンは、町屋敷に押し入った賊がバーチホールまで来るのは考えにくいと言っていた。それでもマーティンは、この件を調査するよう依頼しておいた。

彼は廊下で赤毛のメイドとすれ違った。名前はどうしても思い出せない。もちろん、マーティンが名前を混同してもメイドたちは文句を言わないだろう。彼がいいかげんな名前で呼んでも不平を言う者はいないだろう。だが彼自身は、名前を思い出せないことが恥ずかしかった。赤毛ということは、マディかメアリーのどちらかだ。このふたりの名前を逆にしたとしても、マーティンを責める人間はいないだろうが。

メイドをやり過ごそうとしたとき、彼女が持つトレイに包帯が載っているのを見て、マーティンは足を止めた。「ミス・ハーグローヴの部屋から出てきたんだね？」と声をかける。軽く穏やかな口調を心がけはしたが、きっと彼女は声の緊張を感じ取っただろう。

メイドはぱっと目をあげたあと、すぐに視線を落とし、トレイを見ながら小声で答えた。

「はい、旦那様」

「いいんだ。彼女に……治療が必要だったことはわかっている。どんな具合だ？」

「すぐによくなられます。古くてほとんど治りかけの傷もありました。いくつかは痕が残りそうです。でも新しい傷は軟膏を塗って手当てしておきましたから、ひどくならないと思います」

メイドの顔は髪に負けないほどあざやかに染まった。髪よりもっとピンク色に。彼女の言葉が意味することをマーティンが理解するのに、少し時間を要した。古い傷。「古い傷もあるのか？」声は自分の耳にも険しく聞こえた。メイドは身を縮め、絨毯に視線を据えた。

「どれくらい古いんだ？」

「旦那様……」

「いいんだ。ぼくには話していい……マディ」コインを投げたときと同じく可能性は五分五分だったが、幸運の女神は味方についてくれた。正しい名前を呼ばれたことで彼女は勇気が出たらしく、視線はマーティンの胸まであがっていった。

「見たところ、何カ月か前の傷もありました。だいたい治っていますけど」

「切り傷か？　どういう傷だ？」ベルトで鞭打たれたのか？　穏やかな気質の男性でも、ときにはきびしい罰をくだすことがある。といってもマーティンの父は、消えない傷痕が残るほどの厳罰は与えなかった。

マディはためらった。「わかりません。あたしが思ったのは……思ったのは、拘束されていたみたいということです」彼女はそこまで言って唐突に口を閉じ、後ろめたそうな表情になった。「あたしの思いなど関係ありませんけれど。言ってはいけないことでした」

「ぼくは言い触らさないから安心してくれ。これ以上きみを問い詰めないよ。行ってくれ。引き留めてしまったね」マーティンはやさしく言ったものの、心の中は昨日の嵐以上に荒れ狂っていた。〝何カ月か前〟とマディは言った。〝拘束されていた〟とも。その言葉には、いく通りもの可能性がひそんでいる。新しい傷は先日の追いはぎにつけられたものだろうが、古い傷は違う。父親ではないだろう。彼は気弱そうな男だ。しかし父親でないとしたら、いったい誰だ？　父親が直接手をくだしたのではないとしても、娘を守れなかったのは事実だ。

もちろん、そういうことが起こりうるのはマーティンも知っている。イートン校時代の同級生に、抵抗できない弱い者を殴って楽しむ人間がいた。マーティンは、そんなやつと結婚することになる女性を気の毒に思った。しかしここ、マーティンの家では、そんなことは考えられない。

たとえ白昼でも、彼女が身を隠したがるのは無理もない。たまにマーティンに真の自分を見せたときでも、内にこもって心を閉ざすのは無理もない。

マーティンは廊下で立ち止まって、女性たちのかすかなささやき声に耳を傾けた。言葉は不明瞭だが、急がずゆっくり話しているようだ。彼は首の後ろを揉みながら廊下を行ったり来たりしはじめた。いますぐにでもエリナーと話して、彼女がなにを突き止めたかを知りたい。事実がわからないために、ダフネが受けた残酷な虐待をいろいろと想像してしまう。彼は歯を噛みしめた。彼女に暴力を振るった犯人が判明したなら――。

エリナーが廊下に出てきて扉を閉めた。いつもの平静な表情に、マーティンがいることへの驚きがよぎる。唇に指をあて、階段を指し示し、差し出されたマーティンの腕を取る。階段を半分ほどおりたところで顔を寄せ、声を落として話しはじめた。

「まじまじ見つめるだけじゃ飽き足らなくて、物陰にひそんで様子をうかがうようになったの?」

マーティンは歯のあいだから短く息を吐いた。エリナーのからかいに耐える気分ではない。

「ダフネの傷は、おまえが言っていたよりもひどいようだな」

エリナーは顔を引いた。マーティンは目の高さが合うよう一段下にさがって、彼女に顔を向けた。「傷のことはわたしが面倒を見るわ。あなたは心配しないで」

「すべて最近の傷か？　道中追いはぎに襲われたときの？」メイドを巻きこみたくはないけれど、マーティンは真実を知りたかった。

エリナーは口をへの字にした。「傷は個人的な問題だし、それについて話さないようダフネに頼まれたわ。問題は解決したのよ。ダフネはあなたの保護を求めていないし、あなたに注意を向けられるのも喜ばない」

「そうなのか？」マーティンは薄笑いで失望を――そしてまだ腹でくすぶっている怒りを――隠した。「では、おまえはミス・ダフネ・ハーグローヴの謎を解いたわけだな」

エリナーはびくりとした。そして、マーティンの記憶にないことをした。彼に嘘をついたのだ。「謎はなかったわ。たいていの若い娘と同じく、ダフネも気分屋の若い娘よ。ばかでかわいい女の子。心配していたほど悲惨なコンパニオンじゃないけど、どんな謎も抱えていないわ」

エリナーが嘘をついていることを知っている理由を問い詰められたら、満足のいく答えを思いつけそうにない。ダフネが自らを偽っていると考える理由も話せない。「この前ぼくが彼女と話したとき――」

「ふたりとも疲れていたのよ。もしかしたらあなたは、ダフネがこれからなる女性の片鱗を目にしたのかもしれない。だって、わたしたちも十八歳のときとは全然違っているでしょう。残念だけど、あなたは別に興味の対象を探さなくちゃいけないわね」エリナーは相手の警戒心を解くような笑みを浮かべ、手を差し伸べた。「ちょっと散歩しない？　昨日あれだけ濡れネズミになったから、もう少し太陽を浴びたいの」

「メイドは、ダフネの体に古い傷があると言っていた。どうしても知りたい――」

「なにも知る必要はないわ。あなたは解くべき問題がないところに問題を見いだそうとしているの。すべては終わったことだし、ダフネは無事よ」

それでも最後の言葉を言うときエリナーの声は震えていて、マーティンはふたたび妹を疑った。物心ついたときからずっと、ふたりは互いの秘密を守ってきた。マーティンは失意に沈んだ妹を慰めたし、互いに喜びを分かち合った。どんなときでも、エリナーはすぐにわかる嘘しかつかなかった。誰もが口にするような、悪意のない軽い嘘だ。そのエリナーがいま、真剣に彼に対して隠しごとをしている。世界じゅうの人々が逆立ちをして、マーティンのほうがさかさまだと言っているかのように、マーティンは戸惑いを覚えた。

「エリナー――」マーティンは言いかけたが、彼女はにらみつけてさえぎった。

「ダフネにかまわないで。お願い、マーティン、あの人にかまわないで」

マーティンは身を硬くした。反射的に体の脇でこぶしを握る。エリナーは彼と見つめ合った。「失礼」彼は言葉を吐き出した。「ちょっと用事がある」エリナーはもっとなにか言いかけたが、マーティンはきびすを返し、あとで悔やむことを言う前に階段をおりていった。自分の書斎まで来て、ようやく足をゆるめる。扉を閉め、てのひらを戸板に置いた。

なぜエリナーは嘘をつく？　たとえマーティンの気持ちを察しているとしても――どんな

気持ちか自分でもわからないのだが——エリナーならはっきりそう言うだろう。賛成できないなら、穏やかな言葉で理由を話して、あきらめるよう説得するはずだ。嘘をつくのは、マーティンを信頼していないからだ。

いいや、もしかすると、ダフネがマーティンを信頼しておらず、秘密を守るとエリナーに約束させたのかもしれない。マーティンは自分を信頼していい理由を充分与えたつもりだ。しかしダフネの古傷は、表面だけでなく心にまで達している可能性がある。

これは事態を複雑にするけれど、事情が変わるわけではない。どんな苦しみを味わったとしても、いまダフネは安全だ。それを彼女に信じさせねばならない。エリナーの意図がどうあれ、マーティンはエリナーの態度から決意を固めた。

ハドソンに頼むべき仕事がまた増えた、とマーティンは暗い気持ちで考えた。誰がダフネを傷つけたのか判明するまでは、彼女をバーチホールから一歩も出すわけにいかない。できればマーティンが、自らの手で犯人を叩きのめしてやりたいものだ。

10

矢は気持ちのいいグサッという音をたてて的からほんの数センチのところに刺さり、エリナーは満足して小さくうなずいた。「まだ腕は完全には落ちていないわね。まあ昔なら、あれだけ外しても恥ずかしかったところだけど」

彼らは広い屋敷の前に広がる芝生に立っている。後ろでは数匹の猟犬が寝そべり、ミセス・ウィンは彼女のために持ち出された腰掛けに座っていた。三つの的が一定の距離をあけて置かれている。エリナーは自分の軽い弓を使い、最初に射ると言い張った。マディが用意してくれた中でいちばんお気に入りの服――締めつけることなく体にぴったり合い、薄いペチコートを裾から少しのぞかせた、紫灰色のドレス――に身を包んだジョーンは、一歩さがって見ていた。

マーティンはジョーンのそばに立っている。といっても近すぎず、注意深く計算したと思われる距離をあけている。ところどころに薄い雲が出ているだけのいい天気なのに、マーティンのいるところだけはどんよりと暗く感じられる。彼は自分の殻にこもっている。すっかりふさぎこんでいる。昨日、変わったことはなにも起こらなかった。だから彼がそんな怖い顔をしている理由が、ジョーンには想像もできない。あまりいい表情ではない。少なくとも、ジョーンの好む表情ではない。こんなに陰気でもマーティンは美男子だし、暗い彼に惹かれる娘はたくさんいるだろう。でもジョーンは、不幸せな雰囲気に引きつけられたことはなかった。

「あなたの番よ」エリナーが言った。ジョーンは自分の弓を持ちあげた。エリナーのより小ぶりで軽い。まるで木切れだ。これを投げたほうが、矢を射るより的にあたりやすいかもしれない。

「犬をどけたほうがいいかも」ジョーンは少しやけになって言った。

「矢は後ろに飛ばないわよ」エリナーが指摘する。

「そんなことができるなら、やっているわ」いまはジョーンとダフネが重なってしゃべっていた。「誰か教えてちょうだい。じゃないと、なにが起きても責任は取らないわよ」エリナーに向かって目を大きく開いてみせる――講師ふたりのうち安全なほうに。エリナーは歩きだした。

「こうするんだ」ところが妹より先にマーティンが進み出た。「正しい方向に矢を向けるだけなら簡単にできる。そのあと的に照準を合わせる方法を教えよう」彼は笑みを見せた――よく知らない小さな子どもに向けるような、妙にやさしい笑みだ。マーティンはジョーンの横に立った。ジョーンは申し訳ない思いでエリナーに目をやり、エリナーは黙って肩をすくめた。たいしたことではない。

「弓は右手で持つ。そう、そんなふうに。まだ弦は引かず、動きだけやってみるんだ」マーティンは自分の手を耳のあたりまで後ろに引いて実演した。「そうしたら照準を合わせて、矢がまっすぐ的に向かっているかどうかがわかる。そう、そうだ。いや、肘が低すぎる。もう少しあげて」彼の手はぴくぴくしている。触れて修正したいようだが、手はあがらなかった。彼は五歩離れたところからそれ以上近づくことなく、弦を引いて離す動作を三度繰り返させた。

それでいいのだとジョーンが自分に言い聞かせたのは、もう百回目になる。それでも、マーティンが腕を伸ばして矢を渡したとき、小さな吐息をこらえることができなかった。心を痛めることなく冷淡になることもできるはずだ、と不満げに考えつつ、矢を弓まで持っていく。つがえようとしたが、つるりと滑った。なんとか矢筈を弦にあてがったものの、矢尻はしおれたチューリップのようにだらりとさがってしまった。非常にダフネらしくない悪態をつきかけて、寸前で思いとどまった。

マーティンの悪態は小声だったが、ジョーンは耳がいい。彼女はマーティンをまねて眉をあげ、彼を見やった。彼は模倣に気づかないままジョーンに近づいた。「やってみせようか?」早口で言う。

「そのほうがいいみたい」

片方の手がジョーンの右手をつかみ、指の位置を調節する。マーティンの手つきはしっかりしていて、素肌は温かい。彼は次に左手をつかんで、矢筈を弦にかけさせた。彼が話すとき、息はジョーンの耳にあたった。「こうするんだ。わかるか?」

よくわからない。こんなことはよくない。冷淡なほうがよかった。彼の胸は背中のすぐ後ろ、体温が感じられるほど近くにある。彼の指はそっと触れているだけなのに、ジョーンの肌に烙印を押しているかのようだ。そして彼の香り――クローブと蜂蜜と鞍の革のにおい。ジョーンの後ろを向いて彼の首に顔をうずめ、あの香りを吸いこみたい。「わかったわ」ささやき声で答えた。

マーティンの手は腰の近くまで移動したが、触れはしなかった。それでもジョーンには、彼の手が置かれて指がスカートの生地をつかむのが感じられるようだった。「足を広げる。体を安定させる。肩の力を抜く。胸と腕に力をためる。さ、引け」

ジョーンが弦を引くと、マーティンも一緒に動いた。彼女の両手を導き、腕がまっすぐ的に向かうよう指先で肘をつかんで支える。ジョーンは的に照準を合わせた。これにはなんの意味もない。彼が触れていることにはなんの意味もない。ジョーンにとっても、マーティンにとっても。なにも意味するはずはないのだ。

「嫌いな人間を想定すると役に立つわ」エリナーが声をあげた。

「弦を放すときは息を吐く」マーティンはうなるように言った。

モーゼス。ジョーンは弦を放すとき、その名前を口にしそうになった。弦がビュンと鳴る。背後で息をのむ音が聞こえる。矢が刺さった。的の真ん中だ。ジョーンは唖然とした。するとエリナーが歓声をあげて拍手をしたので、ジョーンはにやりと笑った。マーティンも笑い、彼女の肩に手を置いて自分のほうを向かせた。

「女神ディアーナだ」ジョーンは彼の手を見た。片方の親指はドレスのネックライン、素肌からほんの数ミリのところにある。ジョーンの視線を追ったマーティンは、あわてて手をおろした。

「許してくれ」

「なにを?」ジョーンは当惑して尋ねたが、彼は頭を横に振るだけだった。

「もう一度やってみて」エリナーがうながした。「あなたの才能のほどを見てみましょう」

マーティンは一歩さがって両手を後ろで組み、首を傾けた。ジョーンは顔をしかめて次の矢を引いた。ヒュー、と思いながら右側の的を狙う。

グサッ。真ん中だ。

次の矢をつがえる。弦を引き、手を離す。ジョーン・プライス、と唱えながら。すると矢は左の的の中心に刺さった。自分がダフネだったらいいのに。

エリナーは拍手喝采している。マーティンは呆然としていたが、やがてにやりと笑った。顔から嵐雲はすっかり消えている。

「ほんとうにディアーナだな。我らが狩猟の女神! ぼくたちをだましたんだろう。アーチェリーの経験があるんじゃないか」

ジョーンはかぶりを振った。ぱちんこで石を飛ばしたり、レンガのひとつふたつや泥のかたまりを投げたり、一度は槍投げのように棒を投げたりしたことならある。でも弓矢は使ったことがない。「的が近いからよ。運もよかったんだわ」そして絶好の的を想定したからだ。

「最高の教師がいたことは言うまでもなく」マーティンが付け加えた。

「そうね。だったら、どこまで運がつづくか見てみましょう」エリナーは言った。「マーティン、あなたの番よ」

「きみたちふたりと競わされるのは、ぼくのプライドが許さない。ぼくは見ているだけでいいよ」彼は形式張ったお辞儀をし、安全な距離を取って後ろにさがった。ジョーンは次の矢をつがえた。彼が手をジョーンの腰に置いて姿勢を定め、それから肩と肘をつかむところを想像する。背中を撫でるところを。彼が硬い壁のように背後に立つところを。矢を射るためでなく、ジョーンの体を支えるために。

今回、矢は大きくそれた。的には刺さったものの、端でぷるぷる揺れている。ジョーンは歯と歯のあいだから息を吸った。「ちく——しくじったわ」もっと悪い言葉を使いそうになり、あわてて言い直した。

エリナーはくすりと笑った。「ああ、よかった。あなたが一度も失敗しなかったら、わたしは恥ずかしくて二度と弓を持てなくなるんじゃないかと心配していたの。あなたも考えすぎる傾向があるみたいね。だけど大丈夫。練習をつづけたら体が覚えるし、体は頭に比べて一度覚えたことを忘れにくいのよ」

ジョーンはうなずき、心を強く持った。男性への愚かな思いに支配されてなるものか。モーゼス、と考える。ヒュー。ジョーンとエリナーは並んで立ち、次々と矢を放っていった。

そのあいだじゅう、ジョーンはマーティンの視線を感じていた。

マーティンは、体に触れたらダフネが怯えるのではと心配していた。彼女がたじろいだり、身をすくめたりするのではと。でも、彼女はびくびくしなかった。嵐のあと屋敷に帰るため一緒に馬に乗ったときほどは。あのときと同じく、今日マーティンにできたのは、顔を近づけて頬で彼女の髪を感じないようにすることだけだった。手を背中や腰に滑らせ、さらに上に向かわないこと。ミセス・ウィンや猟犬や庭師の見ている前で彼女のドレスを引き裂くことを考えていたも同然だ。

彼は書斎をせかせか歩きまわった。とっくに就寝時間を過ぎているというのに、横になって眠りを取ることなど、考えもできない。あのときダフネは彼が近づいても怯えなかった。どこかの男に暴行を受けたのだとしたら、怯えるはずではないのか？

彼女が暴行を受けたのかどうかはわからない。マーティンはハドソンに手紙を書いて、事件についてひそかに調べるよう指示をした。しかし調査結果がわかるまでにはしばらくかかるだろう。朝が来るまでひと晩じゅう歩きまわっても、情報が早く届くわけではない。睡眠を取るべきだ。正気の人間らしく振る舞うべきだ。だが、自分が正気だとは感じられない。

ダフネが壊れ物のように扱われるのを望んでいないのは明らかだ。しかしマーティンを求めていないことも明らかだ。エリナーの言葉にもかかわらず、ダフネが彼に気があるのかと思えるときがある。でもそのたびに、彼女はまつげをはためかせ、仮面の下に真の自分を隠してしまう。マーティンが彼女のことを考えるのをやめられればいいのだが。

隣の部屋で床がきしみ、金属をこする音がした。マーティンは身を硬くした。こんな時間にうろうろしている人間がいるはずはない。隣室は〈青の間〉だ。といっても、名前の由来になった色はずいぶん前に父が好きな淡いクリーム色に変わっている。そこは女性たちが紅茶を飲む部屋だ。なにかがぶつかる音、そしてきぬずれ。間違いなく誰かがいる。マーティンは壁に立てかけていたステッキをつかみ、できるかぎり音をたてずに動いた。隣室の扉はかすかに開いていて、暖かな光が廊下に漏れている。彼は扉を押し開け、ギーッというきしみ音に顔をしかめた。

ダフネが暖炉の前にひざまずいて、小さな炎をかき立てていた。マーティンが部屋に入っていくと、彼女はあわてて立ちあがった。銀器に手をかけているところを発見された泥棒のごとく、顔を真っ青にしている。彼女は寝間着の上に毛皮《ペリース》つきマントをはおっており、袖は手首のまわりで波打っている。手は炉の灰をかぶって真っ黒だ。

「ダフネ」マーティンはステッキを握る手をゆるめた。「まだ不眠は治らないんだな」

ダフネは視線をさげた。「うるさくしてごめんなさい。あなたがいることを忘れていたわ」

「謝らなくていい。バーチホールに来たら、きみは眠れるようになるかと思っていたんだが。きみは……眠れないのは悪夢を見るからか？」

「ときどきはね。でもそれより、いろいろと考えてしまうからよ。それで、フェンブルック伯爵の眠りを妨げるのはなに？」ダフネは軽い口調で尋ねた。自分への注意をそらしている。

マーティンがもっと心やさしい人間なら、それを許しただろう。曖昧な返事をしておやすみと言おうかと考えたけれど、その代わりにまっすぐダフネを見つめた。

「きみだ」その言葉は意図したとおりの効果をもたらした。ダフネを覆いかけていた仮面がはがれ、彼女は自分自身の目でマーティンを見つめ返したのだ。

ジョーンは笑うべきだ。あるいは昆虫を観察する小鳥のように、不思議そうに首をかしげるべきだ。なのに、そうはしなかった。「どうして、わたしのせいで眠れないの？」

「きみのことが心配だから」

「わたしは元気よ」賢明にとは言えなくとも、少なくとも用心深く返事をした。

マーティンはいったん黙り、ステッキの持ち手を指でいじった。「きみを傷つけたのは誰だ？」長い沈黙のあと尋ねる。

ジョーンは困惑して口を開いた。「言ったでしょう、知らない人たちだって」マーティンは彼女のつくり話を疑っているのか？　ロンドンでは納得していたようだったのに。

するとマーティンは大きく首を横に振った。「そいつらじゃない。その前だ。きみの体にはもっと古い傷がついている。誰がやった？　エリナーは教えてくれないんだ」

ジョーンは息ができなくなった。答えることはできない。ジョーンを鎖で縛り、水に沈め、髪を切った男たち——名前も顔も覚えていない。彼らのことなどどうでもいい。いまジョーンは彼らにつかまっていないし、彼らを恐れていない。恐れているのはヒューとモーゼスだが、マーティンにそれを言えば、すべてを明かさねばならなくなる。

「どうしても知りたいんだ。教えてくれ」

ジョーンはかぶりを振った。「言えないわ」

「ぼくならきみを守ってあげられるよ、ダフネ」

ジョーンは目をそらした。そう、ダフネだ。マーティンが守りたいのはダフネだった。真実を知ったら、彼はエリナーほど寛大ではないだろう。彼の声に含まれる怒りは、ジョーンを傷つけた者にでなく、ジョーンに向けられることになる。「言えないの。お願い、もう訊かないで。終わったことよ。やつらはもう二度と危害を加えないから」

「もちろんだ」マーティンは近づいてきた。あまりにも近くまで。手を伸ばせば触れられるところまで。火明かりが彼の皮膚を照らし、首やこめかみのこわばった輪郭をくっきり浮きあがらせている。ジョーンは炉棚に視線を据えた。「ダフネ」マーティンは顎に触れ、自分のほうを向かせた。ジョーンの口から、自分のものと思えない声が漏れた。うーんという小さな声は、やがてため息に変わった。「話してくれ」

「話せない」マーティンの手は離れてくれない。親指が顎を撫でた。やさしく円を描き、口の端をかすめた。「あなたは言ったわね、わたしはここにいれば安全だって。ほんとうに安全だわ」マーティンが手をどけてくれなかったら、ジョーンは約束を破って彼とキスをしてしまう。「マーティン」非難するつもりでそう言った。ところが彼は怒ったように息を吐くと屈みこみ、手をジョーンの後頭部にあてがい、顔を自分のほうに向かせた——ジョーンは口を彼の口のほうに向けた。ふたりの唇が軽く触れ合う。

ためらいは消えた。マーティンは唇を押しつけると同時に、ジョーンの体を抱き寄せた。しっかりと、だがありえないほど軽く背中に手を置く。ジョーンが彼の下唇を甘噛みすると、彼はぶるっと身を震わせた。マーティンの両手は髪に手を滑らせたあと、触れて形を確かめるかのように肩へとおりていく。片方の手を首に、もう片方を腰の後ろにあてがい、やさしく力を加えてジョーンを抱きしめる。彼は自分の唇でジョーンの唇を開かせ、舌を口の中に滑りこませた。ジョーンも同じようにした。最初はからかうように、やがて貪るように。マーティンの指が胸の下を探る。そして――。

彼は不意に体を引いた。ふたりはじっと見つめ合った。

エリナー。エリナーと交わした約束。ジョーンは自らをののしってマーティンから顔をそらし、激しい胸の鼓動を無視しようとした。

「悪かった」

「あなたは謝りすぎるわ」ジョーンはたしなめた。

「だったら、悪く思わなくていいのか？」マーティンの声は低い。ジョーンの背筋がぞくりとした。体をよろめかせて彼のほうに倒れこみ、手を上にやる。濃い茶色の髪に指を潜りこませて引っ張った。彼が喜びの声をあげる。ジョーンは彼に腰を押しつけ、爪先立ちになってキスをした。今回はゆっくり、甘く。もう一度、そして最後のキスだった。

ジョーンはかかとをおろした。マーティンが体を寄せてきたが、胸に手を置いて止めた。

「悪く思わなくてもいいの。だけど、もう二度としてはいけないわ」

マーティンは彼女の手を握って自分の唇まで持ちあげた。指一本一本に口づけていく。ジョーンは唇を噛みしめ、息を殺した。離してくれと思いながらも、彼が離さないことを願った。

「二度と、誰にもきみを傷つけさせない。きみに触れさせない」

「わたしはあなたが望む人間にはなれないのよ」

「ぼくがなにを望んでいると思うんだ？」

「それは——」わからない。マーティンは遠縁の娘の面倒を見たいだけだと思っていたけれど、さっきのキスによってその考えは打ち消された。マーティンのキスは嘘をつかない。いやというほど嘘を味わってきたジョーンには、嘘が嗅ぎ分けられる。彼女自身、いままで男性をだましてきた。うめき声やため息や心のこもらない愛撫によって。今回はジョーンも嘘をついていない。皮膚で真実を見分ける方法についてなら論文も書けそうだ。ジョーンは顔をあげ、いずまいを正した。「あなたはわたしと結婚したいと言うかもしれないけど、それはあなたが、高潔でない欲望を抱いてしまった高潔な人だからよ」

「たしかに、きみに欲望を抱いている」

「でも妻として求めてはいない」

マーティンは返事をしなかった。ジョーンは図星をついたのだ。ふたりともそのことはわかっている。ジョーンが妻になる望みを抱いていないことは関係ない。マーティンは遠縁の娘を愛人にして評判を台なしにするようなことはしないし、ジョーンはエリナーを裏切りたくない。あるいはマーティンを。

「やっぱり眠ろうとしたほうがいいみたいね」ジョーンがそう言って彼の横をすり抜けていったとき、マーティンは引き留めようとも、あとを追おうともしなかった。ジョーンは自分に強いて歩調を一定に保ち、自分の部屋に着くと中に入って扉を閉めた。頭を扉にもたせかけ、胸の谷間に手を置いた。

「ばか」小声で言う。「ああ、ジョーンのばか」

暗闇は慰めを与えず、返事もしてくれなかった。

マーティンは無言でダフネを見送った。彼女の言葉が間違いであればいいのに。その場でひざまずき、ダフネとの結婚をなにより望んでいると言えればよかったのに。彼女を求めてはいる――体だけでなく、彼女とともに過ごすことも、彼女の信頼も求めている。だが結婚は求めていない。少なくとも、いまはまだ。

チャールズを捜していることを隠したまま――チャールズが見つかればマーティンは伯爵でなくなることを知らせないまま――ダフネに求婚はできない。ダフネに話すならエリナーにも話さねばならないが、まだエリナーには話せない。チャールズの消息が判明するまでは。いたずらにエリナーに希望を持たせ、そのあと失望させるのは耐えられない。

さっさとことを進めてもいいかもしれない。まず求婚して、そのあと説明するのだ。たとえチャールズが見つかっても、マーティンには財産がある。それに、あのキスがマーティンの爵位と関係があるとは思いたくない。だが説明しないままだと、嘘をついて求婚することになる。

彼は指の背で眉間を叩いた。ハドソンを呼び戻そうか？　チャールズは死んだことにしておいて、自分はロード・フェンブルックのままでいようか？　いや、だめだ。チャールズと再会して和解する望みを捨てることはできない。

こぶしで炉棚を叩く。毎日ダフネに会わずにすむよう、ロンドンに戻るべきかもしれない。これほど彼女のことで心が占められるのは、一種の狂気だ。彼女が仮面をつけたり外したりするのを見つめ、意図的にそれをずらす瞬間をとらえようと気を張り詰めていなければならない。ダフネはマーティンを求め、マーティンはダフネを求めている。そういう単純な話ではだめなのか？

だがダフネにはダフネの立場があり、マーティンにはマーティンの肩書きがある。いくらそれが不都合であっても、無視することはできない。でも、ああ。あのキス。彼女にとって初めてのキスでないのは明らかだ。そのこと自体は気にしていない。だが、彼女がどういう状況で経験したとしても、その結果――。

マーティンは下唇に触れた。まだ彼女が噛んだ歯の感触が残っている気がする。彼に体を押しつけたとき、ダフネは乳房を彼の胸板にあて、腰を押しつけ……。思い出しただけで、股間が硬くなった。彼女を壁に釘づけにして、彼女がキスされたことのない場所すべてに唇を這わせたい。もう一度あのうめき声を聞きたい。

マーティンは思いをその方向から引き戻した。チャールズを見つけるのが先決だ。そのあと、ダフネが実際にどんな目に遭ったのかを突き止める。状況が明らかになれば、どうすればいいかわかるだろう。どうすれば彼女の心を射止められるか。それまでは待つ。どれだけつらくとも、待つことはできるはずだ。

11

ジョーンがマーティンを避けているのか、あるいはマーティンのほうが避けているのかはわからない。いずれにせよ、意図的にであれ偶然であれ、その後数日間はすれ違うとき会釈する以上のことをしなかった。エリナーは気づいていたようだが、とくに感想は述べなかった。それでもエリナーが顔を引きつらせて〈青の間〉に駆けこんできたとき、ジョーンは罪悪感を覚えてびくりとした。

「彼女がいないの」エリナーは声をあげたあと、心配そうに後ろを見た。廊下に人影はないけれど、それでも扉を閉めた。手になにかを握りしめている――手紙だ。そこでジョーンは合点した。

「ダフネのこと?」

エリナーはこわばった顔でうなずいた。「わたしの手紙は、ダフネが泊まっていた宿に届いたの。そうしたら宿の主人が、ダフネは泊まっていたと書いてきたわ。ある――ある男の人と」つらそうに言葉を吐き出す。「だけどその男はダフネを置いて出ていったんですって。ダフネもそのあとすぐ宿を出た。シャペロンもなく、ひどく落ちこんで」エリナーも意気消沈した顔になり、血色のない唇をきつく結んだ。「すぐマーティンにダフネを追いかけてもらえばよかった」

「わたしのせいね。わたしが真実を隠してダフネのふりをしていたからだわ」とはいえ、その過去をなかったことにはしたくない。ダフネの愚かな決断がなければ、ジョーンは死んだか、死ぬよりひどい目に遭ったかもしれないのだ。

「あなたは生きるために必死だったのよ。それを責める気はないわ」エリナーは強く言った。「だけど、いまダフネを見つける努力をしないなら、わたしにもあなたにも責任があることになる」

ジョーンは焦った。エリナーはマーティンに話すつもりだ。これでジョーンはおしまいだ。いますぐ逃げるか、ほかの方法を考えねばならない。ダフネが現れるのをもう少し待つようエリナーを説得することをちょっと考えたけれど、すぐにそんな思いは捨てた。エリナーはぜったいに承知しない。それに、エリナーに影響されたのか、ジョーンはダフネへの同情を禁じえなかった。ダフネは虚偽の約束に踊らされ、相手に捨てられて将来に絶望したらしい。ダフネがジョーンの扮しているとおりの娘だとすれば、たったひとりで家から遠く離れたところに置き去りにされたら生きていけないだろう。そして、助けが来ないのはジョーンのせいなのだ。

ダニーに手紙を書けばいい、とジョーンは思いついた。それでマーティンを巻きこむのを遅らせ、芝居をあとしばらくつづけられる。ダニーは昔ジョーンにのぼせていたが、仕事のため自分の兄に呼ばれてスコットランドへ行った男性だ。かつて借金を踏み倒して、ヒューに命じられたモーゼスに指を三本折られた。そんな恨みを持つダニーが、モーゼスたちにジョーンのことを密告するはずはない。しかもダニーは字が読める。たどたどしく声に出しながらだが、それでも読むことができる。

「まだマーティンに話さなくていいわ。ダフネを捜してくれそうな人を知っているの。あなたたちみたいな上流階級とは交流のない人だから、ダフネに迷惑はかからない」ダフネやエリナーといった女性にとって、すべては評判にかかっている。この事件をひそかに調べられる可能性があるなら、エリナーはそれに飛びつく。ジョーンはそう確信していた。

エリナーはしばらくジョーンを見つめて考えこんだ。「いいわ。まずはその人に頼んでみましょう。だけどそのあいだに準備を進めておくべきね——あなたを急いで逃がす必要が生じたときに備えて。その……あなたのお兄さんが持っていたものは、いまどこにあるの？」

「安全なところよ」ジョーンは言葉を濁した。宝石は部屋の中で考えうる最良の場所に隠してある。メイドが掃除をするときも手が届かない、鏡台の奥の隅だ。「すぐに逃げられるよう、必要なものは小屋に隠しておくわ。でもいまは、紙とペンとお金を貸してちょうだい。わたしが協力を依頼する人は、ただでは動いてくれないから」

「協力してもらえるなら、いくらでも使って。それと、お金はあなたの旅に必要な分も取っておいて。わたしにもいくらか貯えがあるの。マディに言って、紙とペンを持ってこさせるわ。明日マディが村へ行ったとき手紙を出してもらうわね。バーチホールで誰かに見られるとまずいから」

ジョーンはうなずいた。自分とエリナーのふたり以外には手紙を見られたくないけれど、マディなら信頼できる。マディは秘密を守ることを楽しんでいる――そしてエリナーに半ば恋をしている。ベドラムで互いに愛し合う何人かの女性を見ていなかったら、ジョーンもそういったことには気づかなかっただろう。エリナーが黙っておくようマディに命じたなら、マディは必ず沈黙を守るはずだ。

エリナーは膝の上で軽く手を組んで遠くに目をやっていた。ジョーンは自分の手をエリナーの手に重ねた。「ダフネは無事よ。わたしたちが見つける」

「安易な約束はしないほうがいいわ。その約束を守るのに自分以外の人の力が必要なときには」


マーティンは届けられた二通の手紙を読むため書斎に引っこんだ。エリナーは自分宛ての手紙が届くなり、封を開けながら早足で出ていっていた。妹がそんなに興奮するとは、どんな知らせを待っていたのか想像もできない。男性と文通しているとは思えない。そういうことはまったく口にしていなかったし、社交シーズンで出会った男性――老いも若きも――への関心などまったく示していなかったのだ。

マーティンは自分が受け取った二通の手紙に不安を覚え、どちらを先に読もうかと思案して手の中でもてあそんだ。一通はハドソンから、もう一通は幼なじみのファーレイ侯爵ことコリン・スペンサーからだ。ファーレイとはここ数カ月会っていない。しかし彼の母親と、現在存命中の姉妹の中では二番目である妹フィービーとは、よく顔を合わせている。フィービーはダフネと同年代の愛らしい娘で、これから美の盛りを迎えようとしているところだ。それでもマーティンもフィービーも相手に異性としての関心は抱いておらず、この二年間、ふたりを結びつけようとする彼女の母親の試みを頑として拒んでいる。協力して抵抗しているうちに互いに好意を持つようにはなったけれど、前回会ったとき、どちらも相手との結婚はまったく頭にないことをはっきり確認し合っていた。

ちょっと考えたのち、マーティンはハドソンからの手紙を開封した。見ずに放っておいても内容を変えることはできない。

手紙は短く事務的だった。ハドソンの部下はリバプールへ行って昔の乗船名簿を調べているが、まだチャールズの消息はわかっていないという。想定内の返事ではある。だが実を言うとマーティンは、チャールズがまだリバプールにいて、家に帰れとの連絡を待っているという空想を抱いていたのだ。

手紙の大部分はマーティンが調査を依頼した別の件に関することだった。まずはダフネについて。彼女の持ち物、襲撃した犯人、過去に彼女が受けた被害に関する噂などは、いまのところ調査で明らかになっていない。父親に悪い評判はひとつもない。母親は心がやさしく内気だ。さらなる調査には時間がかかる。ハドソンはマーティンが確信している以上に強い調子で、いかなる悪行も白日のもとにさらされ、調査は徹底的に、だがひそかに進められる、と書いていた。マーティンはある程度の満足を覚えた。言葉も、力強い筆致も、ハドソンに関するマーティンの印象を裏づけている。ハドソンは若い女性に害がなされるのを黙って見ている人間ではないようだ。

手紙は次に、町屋敷に押し入った者に言及していた。犯人はモーゼス・プライスとヒュー・グリーン。彼らが捜す妹はジョーン・プライスで、たしかに最近ベスレム病院から脱走していた。そこで手紙の調子が変わった。モーゼスとヒューには乱暴者で泥棒という最悪の評判がある。ハドソンが話をした者は口を揃えて、拘束されるべきはやつらのほうだと言っていた。一方ジョーン・プライスは泥棒ではあるが、仲間内では好かれている。人間としてまともな泥棒がいるとしたら、それはジョーンだという。彼女を狂人だと信じる者はひとりもおらず、数人は、モーゼスとヒューが罪を免れるため彼女の狂気をでっちあげたのではないかと言っていた。

マーティンは鼻を鳴らした。まるで、ハドソンはジョーン・プライスという幻の女に恋をしているかのように感じられる。

〝結論としては〟とハドソンは書いていた。〝あなた様の屋敷もご親戚の娘さんも、これらの男たちの魔の手から安全に守られるべきではありますが、ミス・プライスを強制的に昔の仲間のもとに送り返すべきでないと考えます〟

ハドソンの交際範囲を考えると、おそらく友人にも泥棒やちんぴらがいるのだろう。マーティンがハドソンに接触したのは、彼の清廉な道徳観を求めたからではない。それでも最後の提案には多少の共感を覚えた。ジョーン・プライスという若い女がふたりの悪人から逃げたのだとしたら、マーティンも彼女をどうこうするつもりはない。家族にかまわずにいてくれるかぎり、彼があの者たちとかかわる必要はない。

マーティンは手紙を脇に置いてため息をついた。では、なにも変わりがないわけだ。最後の件以外にめぼしい答えはなく、最後の件はマーティンと関係がない。プライスもグリーンもふたたび現れてダフネを脅そうとしていない。たぶん人違いだと気づいて、もっと有望な手がかりを追っているのだろう。そうだとしたら、神がほんもののジョーン・プライスを助けることを祈るばかりだ。

残るはファーレイからの手紙だ。彼は少々おののきながら封を開けた。彼の母親が息子に命じて、若きレディ・フィービーのことを手紙に書かせたのかもしれないと思ったからだ。いつものようにファーレイは必要以上のことに言葉を費やしていなかった。手紙は短く、単刀直入で、気持ちがいいほど無礼だった。

〝マーティン

夏じゅう閉じこもっているつもりはないだろう。来週の火曜に遊びにいく。母は誘っていない。行くのはキティ、スティックス、フィービー、ハーケンだ。文句は言うな。

ファーレイ〟

こんなくだけた手紙を見たら、ファーレイの母親は卒倒するだろう。マーティンはにやりと笑った。友人たちの陽気な集まりは、いまの彼にうってつけだ——少なくともこれでダフネとのあいだに少し距離を置ける。それに、五人ともいい友人だ。レディ・グレイ——キティ——はファーレイの妹、フィービーの数歳上の姉。スティックスはロジャー・グレイの学校時代のあだ名だ。正式にはロード・グレイ、オックスフォード時代の彼らの友人で、去年キティと結婚した。ジョージ・ハーケンのことは、ほかの男たちほどはよく知らない。彼は海軍で活躍し、敵船を多く捕獲して賞金でひと財産つくった。それ以外にマーティンが知っているのは、ハーケンは酒を三杯飲むまではカードの名手だが、四杯目以降は悲惨になるということだけだ。

前回ファーレイが友人を引き連れてバーチホールを訪れたのは、マシューとエリナーが婚約した夏だった。顔ぶれは違っていた——レディ・フィービーはまだ初の社交シーズンを終えたばかりで来ておらず、夏のあいだじゅうその他二十数人の若い男女が出たり入ったりしていた。だがそれを思い出したとき、マーティンの胸は悲しみで痛んだ。あのときにいた若い男性の中で、その後命を落としたのはマシューひとりではなかったのだ。

またバーチホールを開放するのもいいかもしれない。マーティンがロンドンを出たとき、都会では勝利の祝いがにぎやかに行われていた。ナポレオンが二度目の——願わくは決定的な——敗北を喫したことで、街全体が愛国的な熱狂で浮かれていた。その浮ついた雰囲気を少しここに持ってきてもいいだろう。自分たちはあまりにも長く過去にこだわりすぎていた。マーティンの視線はハドソンの手紙に向かった。チャールズを捜すのも、まさにそういうことではないのか？　過去にこだわることでは？

違う。これは未来を確保することだ。自分自身のために、チャールズのために、エリナーのために。そしてダフネのために――彼女がマーティンを受け入れてくれるならば。


ジョーンはバーチホールをのんびりした穏やかな場所と感じるようになっていた。使用人が目立たないところで動きまわっているのは知っている――気づかずにはいられない――けれど、多くの部屋は使われず閉鎖されているので、彼らが動いているのは必要があるためというより見せかけのためだった。でもいまは、そこらじゅうが大騒ぎになっている。屋敷全体が活気づいていた。マディは村への散歩をやめることを余儀なくされ、客室棟の部屋から部屋へと飛びまわり、熟れたサクランボのように頬を赤くして、シーツをはがし、ベッドを整え直している。親戚以外の男性が屋敷を訪れると知ってミセス・ウィンすら覚醒し、予想もしなかったほど元気になっていた。

ジョーンはできるかぎり騒ぎを避けた。マーティンが投函させるために置いた手紙の下にダニーへの手紙をこっそり入れ、誰も注意を向けないことを祈った。そしてエリナーが刺繍にいそしむ〈青の間〉に静かに戻った。何度か針と糸で悲惨な試みを行ったあと、いまではエリナーとミセス・ウィンが刺繍をしているあいだ本を朗読する役目を与えられている。ふだんはなにも考えずに読めるのに、今日はうまく舌が回らない。バーチホールに客が来るのだ。会う人間が増えれば、それだけ化けの皮がはがれる可能性は高まる。ほんもののダフネが夏じゅうバーチホールに滞在したと偽装するためには、自分たちは――少なくもエリナーは――嘘を貫き通さねばならない。

ジョーンは本を見つめた。ダフネが戻ったあかつきには、ダフネをジョーンが接触した人間の誰とも会わせないようにせねばならない。でないと計略が露見する。ダフネは親戚のいる社会から除外されることになる。両親が望んだような、自分たちと近い階級の相手との結婚ができなくなる。六カ月前なら、ジョーンはダフネの運命に無関心だっただろう。いくら評判が落ちても、ダフネはジョーンが子どものころから必死で逃げようとしていた生活に比べたら快適な暮らしを送れるだろう。なのに、バーチホールの雰囲気に影響されたのか、一時的な感傷に襲われたのかはわからないが、ジョーンはひどい罪の意識を感じていた。

ジョーンがかかわってもかかわらなくても、ダフネは結局同じ運命をたどることになっただろう。ジョーンは自分の思いに反してそう正当化した。ダフネは自ら決断をくだし、自らの評判を台なしにした。ジョーンの存在は、むしろ彼女をその状況から救うものだ。それに、ジョーンはいつから、良家の子女が快適に暮らせるかどうかを気にするようになったのだろう？

それでも、ジョーンとエリナーが数秒置きに視線を交わすたびに、ふたりのあいだの空気は不安で重くなっていった。ジョーンはエリナーとマーティン相手にあまり自分の役をうまく演じられなかった。今度は五人の新たな審判の前で演じなければならない。その準備のためには三日間しか与えられていない。

ついにジョーンは朗読をあきらめた。膝の上で本を閉じる。ミセス・ウィンはしかめ面で目をあげた。「訪ねてこられるお友達のことを教えてちょうだい」ジョーンは軽く言った。ダフネだって、彼らのことをしきりに知りたがるはずだ。

エリナーはただちに調子を合わせた。「そうね。まずはキティ——レディ・グレイね。きっと好きになるわ。とても愛想がいいの。あらゆる知人から身の上話を聞き出す名人よ。あの人にかかったら、一時間もあれば子ども時代に飼っていた犬の名前から夕食の好みまで知られてしまうわ」

その警告にジョーンはうなずいた。ダフネの人生について答えることは、そんなに心配しなくてもいい。自分がどう答えたかを覚えておくだけで充分だ。彼らがジョーンの紡いだ話の真偽を確認する相手はジョーン自身しかいない。

エリナーは話をつづけた。穏やかな言葉の裏には示唆や警告がらりばめられている。ロード・ファーレイは人に思われている以上に頭がよく、その魅力で女性を失神させるという評判がある。船乗りのハーケン船長はダフネの故郷の近くでかなりの歳月を過ごしており、レディ・グレイに報われない愛を抱いている。話を聞いているうちに、エリナーに対するジョーンの好意はいっそう増していった。エリナーは長年世間に背を向けて隠遁していたわけではない。世間を観察し、細かいところまで記憶にとどめていたのだ。彼女がハーケン船長の人物像を生き生きと表現していたので、実際には一度も会ったことがないと聞いてジョーンは驚いた。

　ひとり詳細な描写が省かれたのはロード・グレイだが、エリナーが彼への言及を避けたという事実が充分な情報になっていた。最初ジョーンは、エリナーが昔彼と恋仲だったのかと思ったけれど、そのときエリナーの口元が不安そうにこわばるのに気がついた。エリナーはマーティンの親友であるロード・グレイにまったく好感を抱いていないらしい。ジョーンも彼とかかわらないほうがよさそうだ。

　やがて刺繍は終わり、ミセス・ウィンはいつもの半ば眠った状態に戻り、時刻は夕方から夜に向かった。ジョーンは頭痛を訴えて自分の部屋に向かったが、廊下で立ち止まった。ジョーンの部屋からふたつ向こう、レディ・フィービーが泊まる予定の部屋から、すすり泣きが聞こえる。ジョーンはそっと行ってのぞきこんだ。マディがベッドからはがしたシーツの上に座りこみ、手ではなを拭いている。漏れた涙は頬を伝い落ちていた。ジョーンが部屋に入って扉を閉めると、マディはあわてて立ちあがった。

「すみません、お嬢様」声はガラガラだったものの、マディは泣いていても愛らしいという稀有な娘であるのを見て、ジョーンは少しうらやましくなった。鼻の頭は赤いけれど、きらめく涙が顎に向かっているときも、マディの顔は完璧に整っている。

「これを使って」ジョーンはハンカチを差し出した。「謝らなくていいのよ。あなたもマ――ロード・フェンブルックも、わたしに謝ってばかりいるのね。悪い癖だわ」

マディはハンカチを受け取り、かすかに微笑んだ。ジョーンも励ますように笑みを投げかけた。

「どうして泣いているの？」

「気にしないでください。ベッドを整えてしまわないと」

ジョーンは吐息をこらえた。エリナーはやさしさと機知にあふれているが、正直言ってジョーンはエリナーよりマディと一緒にいるほうが気楽だ。自分だって、立派な屋敷で使用人に囲まれてではなく、継ぎはぎした服を着て育ったのだから。「話してちょうだい」ジョーンはハンカチを握ったままのマディの両手をつかんだ。「話してくれなかったら、よけいに心配するわ」

「たいしたことではないんです……。姉がわたしをここで雇うようロード・フェンブルックにお願いする前、あたしはロード・グレイのお屋敷で働いてました。それで、怖いんです……」マディは途中で言葉を切った。

「彼が怖いのね」ジョーンは図星をついた。思ったとおりだ。エリナーが言えなかったのはこういうことだろう。おそらくマーティンはまったく気づいていない。ダフネについてなら、体に手がかけられることを考えただけで激しい怒りにとらわれるのに。「いやなことをされたの？」

マディはかぶりを振った。「そういうことをおっしゃっただけです。あたしの前にも、辞めた女の人はたくさんいます」

ジョーンはうなずいた。多くの女性がなんらかの口実で屋敷を去ったのだろう。そういう女性がジョーンのような人間の住む地域に流れてくることもある。赤ん坊を抱き、手切れ金として渡されたほんの数枚の硬貨を持って。ジョーンはそんな話で幸せな結末を迎えた人に会ったことがない。

「なんでもいいから、彼があなたになにか言ってきたり、いやなことをするそぶりを見せたりしたら、わたしに教えて」ジョーンは語気を強くした。「言うまでもないでしょうけど、ふたりきりにならないようにね。もしそいつがあなたの部屋に行ったら……」ジョーンはいったん黙った。相手はモーゼスではない。モーゼスがマディの部屋に行ったなら、マディに身を守るすべはないだろうが、相手が貴族なら対処の方法はある。「あなたの部屋に行ったら、股間を蹴ってやりなさい。かわいそうにね。いいことを教えるわ。わたしはお金持ちなの。辞めたかったら、わたしがここを離れるときあなたを連れていってあげる」

「お嬢様は、あたしがいままでお仕えした方とは全然違いますね」マディの声は不安と尊敬のあいだで揺れている。「お嬢様がおっしゃったようなことはできそうにありません。でも、あの方はなにもなさらないと思います。ここでは」マディは身を震わせた。

「忘れないで。わたしに言いにくるのよ。なにがあっても」ジョーンは顔をしかめて考えた。

「あなた、フランス語はしゃべれないわよね?」

「はい」マディはジョーンの帽子の中に唾を吐いたかと尋ねられたかのように恥じ入っている。

「それは残念ね。戦争は終わったから、フランスに行ったらいろいろ楽しいことがあると思うの。ここを出てわたしのもとで働く気があるなら、連れていってあげる。あなたはわたしの侍女になって、ふたりで思いっきり羽目を外しましょう」

「羽目を外せるのは殿方だけだと思ってました」そう言いながらも、マディは笑顔になった。

「フランスでは違うわ。フランスでは誰でも羽目を外していいのよ。さ、涙を拭いて。ロード・グレイを怖がらないでね」ジョーンはマディの帽子をまっすぐ直し、慎重にピンを調節した。触れられてマディがぶるっと震える。ジョーンは眉間にしわを寄せて考えこんだ。自分はほんとうに金持ちだ。というか、金持ちになるはずだ。小さな家を手に入れて、働き口のない者を数人、使用人として雇うくらいの金はあるだろう。誰もダフネ・ハーグローヴやジョーン・プライスを知らない、どこかの田舎で。ジョーンはもう、排水管をよじのぼったり、男性とキスをしてそのあいだにポケットから鍵を盗んだりしなくてよくなる。

なかなかいい考えだ。

「あら！」ジョーンが出ていこうとしたとき、マディは叫んだ。「忘れるところでした。ロード・フェンブルックがお手紙になにかお書き忘れになって、出す予定の手紙の束のところまでご自身で取りにいかれたんです。あたしはあわててお嬢様のお手紙を取り返しました。ちょっと変な目で見られましたけど」エプロンの下から小さく折りたたんだ紙を取って差し出す。「お嬢様の秘密は守りました。だけど手紙はまだここにあります」

ジョーンはため息をつき、暗い気持ちで手紙を受け取った。「じゃあ、自分で手紙を出しにいくしかないわね」自分の短い髪を引っ張る。「リボンを買いにいくという口実は使えないけれど」

「新しいハンカチはどうでしょう」マディがおそるおそる言う。ジョーンのうながすような表情を見て顔を赤らめた。「お嬢様はよくお泣きになりますから、保管室いっぱいのハンカチがいるとおっしゃっても、みんな信じると思います。すみません、よけいなことを言って」

ジョーンは唇に手をあてたが、笑いを抑えることはできなかった。


マーティンは階段の下で足を止めた。ダフネが笑っている。彼はうっとりとその声に聞き入った——温かみのある、レディらしからぬ、魅力的で退廃的な雰囲気のある声。階段を駆けあがり、なにが彼女を笑わせたのかを知り、自分も笑わせてみたい。一日に二回、日曜日には三回、ふたりのうちどちらかが墓に入るまで。できればあの世でも。

だが彼は手すりの下端を握ったまま目を閉じて耳を傾けた。すぐに笑いはやみ、扉を閉める音とスカートのきぬずれが聞こえてきた。足音はダフネの部屋の前を通り過ぎ——部屋の場所をどうして自分が鮮明に覚えているかは考えたくない——急いで階段のほうに近づいてくる。彼が目を開けた瞬間、ダフネの姿が廊下に現れた。頬は赤らみ、いつもの半ば問いかけるような表情の代わりにいたずらっぽい表情が浮かんでいる。彼女はマーティンを見たが、ふだんのように立ち止まるのではなく、少女っぽい大きな笑みを浮かべて飛ぶように階段をおりてきた。

「マーティン」甲高い声を出す。「お天気はいい？　村までお散歩しようかと思っていたの。エリナーはすごく疲れているのよ。わたしが子犬みたいにまとわりついていたから」

「今朝会ったときは大丈夫そうだったが」マーティンはなぜ自分が反論を試みているのかわからないまま言った。たぶん、彼女を屋敷から出さないためだ。彼の近くにいさせるため。そうしたら、また笑い声を聞く機会があるかもしれない。落ち着いて少し悲しそうなダフネのほうが好きだと思っていたが、それは楽しそうな彼女を見たことがなかったからだ。いまのダフネはとてもにこやかだ。

「どうしたの？」エリナーがミセス・ウィンを伴って角を曲がってきた。

「疲れているようには見えないな」マーティンが言う。「とても元気そうだ」

エリナーは片方の手を壁につき、もう片方で胸を押さえた。「まあ、ダフネ。うまく隠していたつもりだったのに。でもあなたの言うとおりよ。もう倒れそう。夕食までしばらく横になっておくわ」

マーティンはダフネとエリナーを交互に見た。ふたりはなにか企んでいるようだが、彼にそれを阻止する力はない。若い女性に順に会釈して――最後にミセス・ウィンに向かって大仰に優雅なお辞儀をしてみせると、彼女は女学生のように赤面した――ダフネに腕を差し出す。「怖い思いをしてきたきみを、ひとりで外に出すわけにはいかない。ぼくが付き添おう」

ダフネの口は小さな〝O《オー》〟を形づくった。「でもふたりきりで外へ行くのは許されないわ」いまにも逃げていこうとする馬のように怯えた顔でミセス・ウィンとエリナーを見る。

「ばからしい。いまは真っ昼間で、これからの来客に備えて必要なものを運んでくる荷馬車が出入りしている。それに、ぼくは遠縁であっても親戚だし、ここは田舎だ。田舎には田舎の規則がある。ミセス・ウィンも反対なさらないだろう」

ミセス・ウィンは、できるものなら反対したいと言いたげに鼻を鳴らした。エリナーは嫌いな人――たとえば未婚の叔母ファニー――にキスしようとするかのように唇を尖らせている。ミセス・ウィンはようやく返事をした。「しかたありませんね。わたしはレディ・エリナーがおつらいとき、そばを離れられませんから」

兄妹それぞれが片方の眉をあげ、ダフネからは鼻息のような音がした。マーティンは振り返って得意げにダフネのほうを見た。

「いいわ。あなたに付き添ってもらうわね」ダフネがエリナーに向けた表情は――すまなさそう？　なるほど、それで事情が少しわかった。エリナーはマーティンの傷つきやすい心の守護者を気取っているのではないか？　妹はダフネの頭にどんな恐ろしい警告を吹きこんだのだろう？　おそらく真実をだ。つまり、彼らは釣り合わない、男性は相手にのぼせたとき女性の名誉を守ることができない、と。マーティンはダフネと結婚すべきでない、ゆえにダフネはマーティンの注意を引いてはいけない、と。

エリナーはいくつかの点で間違っている。マーティンは自分を制御できる。ヘラクレス以上の苦難かもしれないが、ダフネの名誉を傷つけることをするくらいなら、聞き分けのない股間のものを自ら切り落とす――それを考えたとき彼は顔をしかめた。それに、自分はダフネと結婚することができる。

ハドソンがチャールズを見つけたならば、すぐにでも。

ダフネはまだ彼の差し伸べた手を取らない。マーティンは指を曲げた。「なにか問題かな?」

「ちゃんとした格好じゃないわ」ダフネは過剰なほど辛抱強く言った。マーティンは彼女のほっそりした体を上から下まで見てみた。服は着ている。マーティンが望む以上にたくさん着ている。ボディスの襟ぐりは鎖骨から少しさがっているだけだし――彼はそこで視線を止め、鎖骨の左側にあるそばかす三つを眺めた――波形の襟は魅惑的な首筋を隠している。彼女の足に目を落とし、ペチコートも優美な足首も見せていない長すぎる裾からのぞく緑色の室内履きで視線を止めた。

「なるほど。わかった」この履き物では村まで行きつけないだろう。半分も行かないうちに、マーティンが彼女を抱いて運ぶことになりそうだ。彼にとってはなんの支障もない優れた考えに思えるが、エリナーやミセス・ウィンは認めそうにない。「待つよ」彼はきっぱりと言った。

ダフネは小さな唇の奥に笑いを押しこめた。束の間見えた楽しそうな表情に、マーティンの胸が熱くなった。彼女を笑わせよう。彼女を幸せにしよう。

12

マーティンは羊や花の横を通るたびにそれについてべらべらしゃべり、話す内容はどんどんばかげたものになっている。ジョーンは彼が酒に酔っているのかと思いはじめた。まだ飲むには早い時間に思えるけれど、まだこの人と知り合って長くはない。〝三週間に一度、土曜日は午後一時までに酔っ払うこと〟と彼が書き留めているところが想像できる。それをどんなところに書くのかはわからない。人生の目標を書き出した日記かもしれない。〝常に美男子でいて、行かず後家の妹に付き添う若い貴婦人を誘惑すること〟

でもジョーンは貴婦人ではないし、マーティンは妹を行かず後家と呼ぶほど残酷ではない。自分がそんな表現を用いたことに、ジョーンはあきれてしまった。

「いいね！　小さな笑顔。ツグミが面白いと思ったのかい？」

ジョーンはびっくりしてマーティンを見やった。「その話をしていたの？」マーティンの顔が失望でくしゃくしゃになる。それを見てジョーンは笑いそうになり、唇に指を押しあてて不安そうな表情を装った。「ごめんなさい」

「かまわないよ。きみが、どうしたら笑ってくれるかを教えてくれるならね」ふたりは路上で立ち止まった。マーティンがばかにしていたらしいツグミが、いましがた自分に向けられた侮辱を意にも介さず塀を飛び越えていった。

ジョーンは唇を引き結んだ。「エリナーは一生独身を貫くような人ではないと考えていたの。実際、とても美人だし、親切だし、魅力的。いまでも二十年後でも、どこかの男の人を情熱で狂わせて、すぐにひざまずかせることになるわ」いまそう考えていたというのは嘘だけれど、実際そんなふうに思ってはいる。さっきの〝行かず後家〟などという意地悪な思いに比べれば、はるかにダフネらしいせりふだ。

「たしかにそうだろうな」マーティンは不意に真顔になった。「きみたちふたりが仲よくなってくれてよかった。心配していたんだ……」

「わたしがエリナーに不快感を与えるんじゃないかと、でしょ」ジョーンは自分たちがじっと見つめ合っていたことに急に気づいて、また歩きだした。散歩だけならシャペロンなしでもかまわない。足元に気をつけてまっすぐ前を見ているかぎり、ふたたび彼にもたれこまないよう懸命にこらえる必要もない。いや、一度ももたれこんだりしていないのだ、と自らに言い聞かせた。

唇の――そしてもっと下のほうの――熱がその嘘を証明している。もう一度するわけにはいかないのだ、とジョーンは思い直した。ほてったのを隠すかのように、手を胸にあてる。この散歩のために、春の花を描いた淡い色のドレスに着替えていた。低いネックラインが暑さを逃すのに役立つと思ったからだ。でも問題は外界の暑さより内面の熱さのほうであり、ドレスはそれをいっそう目立たせていた。じっと見たなら、マーティンもほてりに気づくだろう。

「きみをコンパニオンにしたのは、エリナーよりもむしろきみのご両親のためだった」マーティンは言った。「侮辱と思わないでくれ」

「自分がどんな印象を与えているかはわかっているわ」ジョーンは恥ずかしさを装って言った。「それと、あなたがわたしを預かってくださったのがとても親切なことも」

「お父上は、きみに社交シーズンを味わわせたいとお思いだ。ぼくたちが段取りしよう。きみの後ろ盾になってくれる人を見つけるよ」

「わたしは単なる牧師の娘よ。田舎の教区の」ジョーン・プライスがロンドンで社交界デビューするなど、ばかばかしすぎて笑ってしまう。

「ああ、しかしきみのお父上が単なる牧師なのは、その父親が十六人の子どもを持つという分別のないことをして、きみのお父上が最後に生まれたからだ。うちの一族は家柄がいい。枝分かれしたいちばん先の分家までね」

「十六人」ジョーンはつぶやき、小さく首を横に振った。十五人も兄弟姉妹がいるなんて想像できない。ひとりでも充分悪い。ひとりの兄弟姉妹とうまくやっていけるかどうかは五分五分だと思っている。兄弟姉妹の数が増えれば、それだけ避けるべき数が増えることになる。

「子どもは十六人もいらないのか？」

「ひとりもいらないわ」ジョーンはにべもなく答えた。マーティンが驚いて顔を向ける。ジヨーンは彼の視線を無視し、道路の向かい側で満足して草を食《は》む牛に目を据えた。田舎暮らしにはすっかり慣れた。初めて来たときは、どこまでも広がる金色の草原を見て宮殿に来た気がしたものだ。

「ひとりも？」

「危険は冒したくないの」

「出産で死ぬ危険？」

「子どもを好きになれない危険。別の人間と一緒に暮らすことを余儀なくされて、相性が悪いとわかったら、おぞましいでしょ」

「たいての母親は子どもを好きになるものだと思っていた。相性がよかろうが悪かろうが。もし好きになれなかったら子守をたくさん雇って、クリスマスや誕生日にだけ会えばいいんだ」マーティンは軽く言ったものの、ジョーンは彼の口調の底に流れる不快感を察知した。そして切望を。そうか、彼は子どもを欲しがっているのだ。おそらく大勢の子どもを。

「わたしなら、子どもの代わりに犬を飼うわ」

「犬？」いま、マーティンは面白がっている。「白い小型犬？　メイドに向かってキャンキャン吠えて、足で人の膝を泥だらけにするようなやつ？」

「いいえ。毛がすべすべした大型の猟犬よ。追いはぎに遭わないよう村への散歩に付き添ってくれて、望まない求婚者や気取った猫に吠えてくれる犬」

「猫は気取っているものだろう」

「昔、とても謙虚な三毛猫を飼っていたわ」ジョーンはなぜ自分が彼と言葉のやりとりをつづけているのか、よくわからなかった。少しでも分別があるなら、じっと前を見て、村までずっと彼にひとりでしゃべらせておくだろうに。

「子どものころ、エリナーは子猫を二匹飼っていた。スノーフレークとパーシヴァルと呼んでいたけど、ぼくにはそんな名前をつけた理由がさっぱりわからなかった。パーシヴァルはいつも苦悩しているような表情だった。スノーフレークはちょっとでも気に食わないところがあるとパーシヴァルの頭を殴ってばかりいた。謙虚な猫がいるとしたら、パーシヴァルだな」

「あら、それは真の謙虚さじゃないわ」ジョーンは反論した。「殴られておとなしくしているだけだったら。わたしのプリンセス・ペリラスは近所じゅうの猫を手下にしていたわ。それでも子猫が道を渡るときは注意して見てやっていたし、人が撫でようとしたら大きくて柔らかいおなかを差し出したの」

「それが謙虚さ？」

「猫にとってはね」ジョーンは懸命に真顔を保とうとしている。

「プリンセス・ペリラス？」マーティンがぽつりと言い、ジョーンは笑みを見られないよう横を向いた。

「わたしのお――」ジョーンははっと口をつぐんだ。〝お兄さんが名づけたの〟と言いかけてしまった。ジョーンが病気だったある日、モーゼスがその子猫をプレゼントしてくれたのだ。泣くな、と彼は言った。プリンセス・ペリラスが守ってくれるから、と。ジョーンは“冒険的《ペリラス》”の意味を尋ねたが、モーゼスは知らないと答えた。ある新聞の見出しに書かれた言葉を人が読むのを聞いて、猫に似合いそうだし格好いいと考えたらしい。

昔の自分たちは、あんなふうに仲がよかったのか？　夢みたいに思える。

「きみの……？」マーティンは訊き返した。

ジョーンは自分の唇を湿らせた。「お友達のアンが名前をつけてくれたの」

「そうか」

ジョーンは目の端で彼をちらりと見た。マーティンは思いにふけった表情をしている。エリナーの顔によく見る表情だ。そんな顔をしているときのエリナーは、観察したものを知恵に変え、新たな情報を知識の宝庫に加えようとしている。ジョーンの知るかぎりマーティンにそうした宝庫はないので、この表情はなにを意味するのだろうと彼女はいぶかった。

一台の荷馬車が近づいてきた。御者は白いものがまじった顎ひげを生やしたしわだらけの男性だ。彼はふたりに向かって帽子のつばをあげて挨拶し、マーティンの名前を呼んだ。彼らは立ち止まることなく早口で短く言葉を交わした——天気のようなありきたりの話題だったが、マーティンはじっくり相手の言うことに耳を傾け、最後に別れの挨拶をした。その後ジョーンとマーティンは黙ったまま歩きつづけた。荷馬車が背後に消え、すぐ前方に村が見えてきたとき、ふたたび話しはじめた。

「子どもを選ぶことはできない」マーティンが言う。「しかし夫を慎重に選んだなら、子どもを好きになれる可能性は大きい。それに、いつでも彼がいる。夫が。たとえ子どもたちと過ごすのが楽しくなくても」

ジョーンは用事をすませるためどうやってマーティンをまこうかと考えていた。そのときマーティンが自分の額の上に落ちた髪をつまんだ。ジョーンが前にも二回ほど見たことがある癖だ。マーティンはジョーンに向かって軽くうなずいた。

「ミセス・タックの店で待っていてくれるかい？　ぼくはちょっと用があるんだ」

「あなたの用はわたしの付き添いだけだと思っていたのに」思わずそんな言葉が口をついて出た。それは本音だった。ジョーンはがっかりしていた。とはいえ、ジョーンだってマーティンを排除する必要があったのだ。彼女は心の中で自らを叱った。

「すぐ戻る。ちょっと思いついたことがあるんだ。村にいるかぎり安全だよ。それに、用事は急いですませるから」

そして彼は身を翻し、もと来たほうに歩いていった。ジョーンは彼の後ろ姿を見つめた。マーティンは彼女に心底うんざりしたのだろうか？　子どもが嫌いという話で……でも、あれは本心だ。そのためにマーティンが彼女を嫌いになったらなったでしかたがない。ジョーンは子どもを欲しくない。それを言うなら夫もいらない。〝夫〟というのが抽象的な存在であるかぎりは。

けれど、その夫がマーティンなら、その子どもが自分とマーティンのあいだに生まれる子なら……。

そんなことは考えても意味がない。ジョーンはスカートのひだに隠した手紙の角に触れ、村に向かって歩きはじめた。

手紙は急いで出した。郵便局の職員は陰気な男性で、手紙にちらっと目をやったあと、〝どうしてまだここでぐずぐずしているんだ？〟と言いたげな顔でジョーンをにらみつけた。ジョーンはダフネっぽい笑みを見せ、そそくさと郵便局を出た。

太陽は家々の屋根を照らし、昨夜の雨で濡れた石畳をきらきら輝かせている。でも村の風景はとくに魅力的にも感じられない。単に古いだけの野暮ったい土地で、こういう場所にありそうな健康にいい雰囲気もない。だが村人は愛想がよく、ジョーンが次に向かった店の女将《おかみ》のミセス・タックは早口で延々と村の自慢をつづけた。そしてこの地の領主の自慢も。マーティンの評判はいい。ジョーンはそれをうれしく思った。

新しいハンカチ三枚、新しいボンネット、そして髪を早く伸ばす効果があるとミセス・タックが保証した養毛剤を手に入れたあと、急いで店を出た。表の道に出たとき、店内でマーティンが戻るのを待つことになっていたのを思い出して振り返った。ミセス・タックは店の中を忙しそうに動きまわっている。その日唯一の客の訪問によって異常に活気づいたかのようだ。ジョーンは頭を横に振った。戻ってまた言葉の洪水を浴びせられるのには、とても耐えられそうにない。

広場にいれば、マーティンが来るところが見えるだろう。古い井戸――鉢植えの花が吊るされているところを見ると、もう井戸としては使われていないらしい——のまわりには、子どもたち、老女ふたり、くすんだ茶色の野良犬二匹が集まっている。ジョーンがそちらを見ると、老女が挨拶し、野良犬は気がなさそうに鼻息を吐いた。ジョーンは井戸の縁に座って顔を上に向け、日光を浴びた。すると犬のうちの一匹、老齢のため鼻先が白くなっているほうがやってきて、ジョーンのふくらはぎにもたれかかった。彼女は上の空で犬を撫で、猫のたてるゴロゴロという音をまねるように喉の奥から声を出してみた。

指をマーティンの茶色の髪に差し入れる楽しい白昼夢を見ていたとき、急に犬が身を硬くしてうなり声をあげた。野良犬が気まぐれに噛んでくることがあるのを知るジョーンはぱっと手を引っこめたが、そのとき犬がにらみつけている対象が目に入った。

まさか。彼がここにいるわけはない。ありえない。

モーゼス。彼はまだジョーンを見ていない。見ていないはずだ。少し離れたところで白髪の男性と話している。でもいつこちらを向くかわからないし、そうなったら一巻の終わりだ。あわてて立ちあがり、逃げ道を探してきょろきょろとまわりを見る。あった。細い路地だ。ミセス・タックの店で買った袋をつかんで路地まで突進した。あの足音はこちらに向かっているのか？　ジョーンはいちばん近い扉に飛びついた。ノブが回る。足をよろめかせて暗い部屋に入り、しっかりと扉を閉めた。

すねがなにかにぶつかった。熊手だった。彼女はボンネットやハンカチを投げ捨てて熊手を持ちあげ、背中が壁につくまであとずさっていった。ここは物置小屋らしい。埃で鼻がむずむずする。膝の裏が木箱にあたった。ここからはどこへも逃げられない。ノブが回っている。これが拳銃だったらいいのにと思いつつ、ジョーンは熊手を構えた。扉が開く。彼女は熊手を振りおろした。

「ダフネ?」マーティンの言葉と同時に熊手が空気を切り裂き、ジョーンはなにか柔らかいものを思いきり殴りつけた。

身をかわしてよかった、とマーティンはぼんやり考えた。第一に、頭は無事だった。ただし、横にある巻いたキャンバス生地のテントについてはそう言えないが。第二に、ダフネの語彙の豊かさを彼はけっこう面白がっている。貴婦人がこんな言葉を発するのがけしからんとはよくいわれることだし、彼自身そう思っていた。だが、それは間違いだった。そんな言葉には不思議なほど官能的な魅力がある。たぶん、彼女がこれまで口にした中で最も正直に心情を表した言葉だからだろう。

「マーティン、マーティン、くそっ、ごめんなさい」ジョーンはしきりに言っている。危うく彼の死をもたらしそうになった道具はまだ彼女の両手に握られていて、扉のわずかな隙間から漏れ入る日光に照らされている。マーティンは体を起こして武器を取りあげ、そっと脇に置いた。「わたしのばか」彼女は言った。「あなたは生きているのね」

「よけたんだ」マーティンは弱々しく答えた。

「扉を閉めてちょうだい」

彼は迅速に従ったが、そのせいでダフネの顔がまったく見えなくなった。あの唇が、牧師の娘よりも波止場の酒場の男に似合う言葉を形づくるところも。あのいたずらな唇。まだマーティンが充分に味わっていない唇。彼は暗闇の中でダフネの手を捜しあてて自分のほうに引っ張った。「どうして熊手でぼくを殺そうとしたんだい？」ささやき声で尋ねる。心臓は激しく打っていた。下腹部がむずむずする。なぜかはわからない。農機具で襲いかかられるのは、誘惑とはほど遠いことのはずなのに。

「あいつを見たの」ダフネは彼のように発情してはいないようだ。鼓動は激しいが、声には欲望でなく恐怖がある。マーティンの手つきが変わった。ダフネを抱き寄せたけれど、うなじに手をあてたのは彼女を守ろうとする仕草だった。

「誰を？」

「ロンドンで見た男」ダフネは消え入るように言った。「屋敷を訪ねてきた人」

「あいつを見たことがあったのか？」マーティンは鋭く訊いた。

「窓から」

マーティンは小声で悪態をついた。ハドソンのばかめ。よくも彼らが追ってくる可能性はないなどと言えたものだ。「間違いないんだな」

ダフネがうなずくのがわかった。マーティンは手を上にやり、親指で彼女の頬をなぞった。

「あいつらがきみを傷つけることはできない。ぼくがここにいるうちは。だけど……まだ外には出ないほうがよさそうだ」

「そうね。しばらくここに隠れていたほうがいいみたい。念のために」マーティンの手の下で彼女の肌は温かくなった。脈拍は落ち着き、呼吸は安定した。ダフネは彼のほうに足を踏み出した。「ここは昼の太陽の下じゃないわ。いくら田舎であっても――」

「きみの安全が最優先だ」マーティンの声はかすれている。ダフネの手が彼の胸に触れた。そこから徐々に上に向かい、首に達する。指先が彼の喉に触れ、顎までなぞっていった。マーティンは小さくうなった。ダフネの後頭部をつかんだ指に力をこめ、彼女を抱き寄せた。ダフネは進んでやってきた。自ら望んで。指を彼の髪に差し入れ、顔を自分のほうに引きおろした。

キスをしたとたん、熱がマーティンの体内を駆け抜けた。暗闇の中、手で彼を見ようとするかのように、彼女はマーティンの体の輪郭をなぞった。マーティンは自分の手をおろし、ドレスのボディスにさまよわせた。いまボディスはさがって魅惑的な白い肌をあらわにしている。彼は指を襟ぐりに這わせた。ダフネは息をのみ、唇を彼の唇からわずかに離した。マーティンはドレスの中に手を入れ、コルセットがないのを知ってうれしく思った。彼の親指に撫でられて乳首が柔らかく立つ。ダフネの唇が微笑みを形づくるのを、彼の唇は感じ取った。彼女は小さくうめいて彼をうながしている。マーティンはドレスの前を引きおろして小ぶりの乳房をあらわにした。もう一度うめき声を引き出すべく、舌をそこまで移動させようとした。ダフネをさらに抱き寄せて体をぴったり接し――。

ダフネは身を硬くした。「ねえ、それはなに？」

13

なにか温かいものが腹をつついている。ジョーンは咳払いをした。「ロード・フェンブルック?」声は思慕や欲望でかすれていたが、ジョーンはそんな感情を抑えつけた。乳房が冷たくなっていく。

「ええっと」マーティンがうつむくのがわかった。

男性が興奮したとき、体のある器官が変化するのはわかっている。その器官のことは、手や唇によって詳しく知っている。地面を掘り返す豚の鼻のように腹をつついてくるのがマーティンの股間のものでないのは間違いない。少なくとも、そうでないことを願っている。

「こいつがいるのを忘れていた」マーティンは手を引っこめた。ジョーンは急いで胸をドレスで覆い、あとずさった。彼は腰からぶらさげた大きな袋を開けようと苦心している。袋の中ではなにかが動いている。キャンキャンという甲高い声がする。するとマーティンは袋からくねくね動くものを取ってジョーンに差し出した。温かいものが体に押しつけられる。今回胸に触れてきたのは、毛むくじゃらの足と、紛れもなく小さく湿った鼻だった。ジョーンは叫び声をあげ、本能的にそれをつかんだ。

「犬だわ」前脚の後ろに手を入れると、簡単に抱くことができる。犬の下半身はぶらさがってうねうね動いた。犬は毛が短く、とても柔らかく、さっきのマーティンと同じくらい熱心にジョーンの胸に舌を走らせたがっている。ジョーンが子犬をもっときつく――もっと高く――抱きかかえると、子犬は彼女の首筋を舐めた。ジョーンは犬の頭を撫でた。額はとても広くて、耳はいままでに触れたものの中で最高になめらかだ。「マーティン、犬をどうするつもり？」

「きみにあげるつもりだ。村人のジム・フェザーストックの飼い犬が何匹も子犬を産んで、一匹いらないかと言われていたのを思い出したんだ。ほとんどはもらい手が決まっていたんだが、きみはこいつが気に入るんじゃないかと思った。きみによく似合うよ」

「そう？」ジョーンがもう一度犬の顔を撫でると、子犬はてのひらを舐めてべとべとにし、うれしそうにクーンと鳴いた。「名前は？」

「まだない。ぼくならデュークと名づけるところだが、きみの昔のペットは王女《プリンセス》だったから、公爵《デューク》だと位が一段さがってしまう」

「この子は公爵じゃないわ」ジョーンはきっぱりと言った。「猫ならどんな境遇であってもプリンセスになれるけれど、犬が飼い主の位を上まわってはいけないのよ」

「きみの顔を見たいな」マーティンの声はしわがれている。「きみが微笑んでいるかどうか知りたい」

ジョーンは子犬と額を合わせた。子犬は顎や鼻を舐めつづけているが、幸い唇は回避してくれた。とても柔らかい。そしてジョーンのものだ。マーティンが連れてきてくれた。子どもが嫌いで犬が好きだというジョーンのばかげた話に耳を傾けてくれたから。彼女の笑顔を見たかったから。

今回流れたのは、自分自身の涙だった。ジョーン自身の涙。それは子犬の唾と一緒になって頬を濡らす。ジョーンが子犬の首に顔をうずめると、子犬はいやがって身をくねらせたが、やがて彼女の肩につかまって落ち着いた。

「泣いているんだね」マーティンの声はつらそうに張り詰めている。「きみを泣かせるつもりじゃなかったのに」

「笑ってもいるわ」目から涙をあふれさせながらも、ジョーンは頬が痛くなるほど大きな笑みを浮かべていた。マーティンはジョーンを引き寄せた。今回はやさしく抱きしめ、よくわからないことを彼女の髪に向かってささやきかけた。彼女の顔から涙が消えて笑みだけが残るまで抱きしめつづけた。そして暗闇の中、眠りかけた子犬をあいだに挟んだまま、ふたりはまたキスをした。今回、そこに情熱はなかったけれど、代わりに光があった。ジョーンの心の中にふたりの姿を詳細に描き出す光だった。

犬がいてよかった。この小さくやかましいやつがいなかったら、マーティンは物置小屋で、ダフネを木箱にもたれさせ、スカートを腰までめくりあげて、売春婦のように抱いてしまうところだった。彼女がひとことでも抗議の声を漏らしていたなら、マーティンは自分を止められたかもしれない――ところがダフネは彼に抱きついていた。マーティンが彼女を求めるのと同じように、彼女もマーティンを求めている。それは彼女の手つきから明らかだ。暗闇では、ふたりは互いに嘘をつけない。

だから犬の存在については神に感謝している。いや、本音を言うなら、この子犬を地獄の底まで落としてやりたい。犬はいまマーティンが最初運んできた袋におさまっているが、現在その袋はダフネが肩から提げている。犬は袋から顔を出し、新たな女主人を明白な崇拝の目で見あげている。当然だろう。ダフネは帰り道、数秒置きにやさしい声を出して撫でてやっているのだから。

物置小屋から出るときははらはらした。あの暴漢がまだ外でうろついているかもしれなかったからだ。あるいは村人の群れがいたかもしれない。その場合、犬に邪魔されたかどうかに関係なく、マーティンのせいでダフネは身持ちが悪いとみなされることになっただろう。だが道に人通りはなく、暴漢は霧と消えていた。おかげで、疑いを招かないようマーティンとダフネが距離を置いて別々に小屋から出るだけでよかった。

日光の下に出るやいなや、ダフネは子犬を子細に観察して、ものすごくかわいいと言った。子犬の兄弟は純粋な猟犬に見えていたが、この子犬にはなにか別の血が入ったようだった。片方の目は青く、もう片方は茶色で、頭は体に比べてひどく大きく、不規則にぶちが入っており、全体的に不均衡。マーティンがいままで見た中で最も見苦しい生き物だった。それでも彼女にこれを選んだのが正解だったことには大満足している。こいつ以外の、非の打ちどころなく美しい犬だったら、ダフネは喜ばなかっただろう。

ダフネは喜びながらも、頻繁に道の前後に目をやっている。マーティンもそうしていた。ロンドンの暴漢どもはここまで追いかけてきた。まだダフネを逃げた共犯者だと思っているらしい。またハドソンに手紙を書いたほうがいい。ハドソンは屋敷を見張るのに人をよこしてくれるかもしれない。女性たちを怖がらせないよう、遠くから見張ってもらうのだ。それから、客が来たらすぐに事情を打ち明けよう。ファーレイたちがここに来ることにしたのは幸いだった。モーゼス・プライスの悪の手からダフネを守るのが、マーティンと使用人たちだけでは心もとない。

マーティンは後悔と安堵を感じつつバーチホールに入っていった。まだ名前のない犬（帰り道にいろいろな名前を考えては却下していた。オリヴァー、フリップ、パッチ、レックス、そして――ちょっとした事故のあと――水たまり《パドルズ》）は下におろされるとすぐダフネの足にまとわりついた。すぐそばで走りまわっているため、ダフネは子犬を踏まないよう足元に注意せねばならなかった。メイドに謝る必要がありそうだ。犬をダフネから引き離すのは不可能だし、まだ排泄のしつけができていないのは明らかだった。

動け、ダフネを見つめるのはやめろ、とマーティンは自分に命じた。どうせ夕食の席でまた会えるのだし、まずは彼女の安全を確保する対策を取らねばならない。

副執事のクロフトを呼び、厩番と庭師と従僕に交代で屋敷を見張らせるよう指示した。犯罪者が敷地内をうろつくと知らされて驚いたとしても、クロフトは顔色ひとつ変えなかった。

さすが、ガーランドに指導を受けただけのことはある。

ハドソンへの手紙を書き終えたあと、マーティンはウィスキーをグラスに一フィンガー分注いで暖炉の前に座り、炎に見入った。なぜモーゼス・プライスはこれほどダフネにこだわるのだろう？　彼女がほんとうにモーゼスの捜す妹だという可能性は捨てていい。ダフネ・ハーグローヴのにせものがいるとは考えられないし、エリナーなら即座に偽装を見抜くだろう。もしかすると、モーゼス・プライスはダフネを妹だと思いこんでいるわけではないのかもしれない。なにかほかに狙いがあるのだ。もっと大きな戦利品が。しかしダフネには財産がない。マーティンは彼女のまつげの一本一本、そばかすの一個一個に惹かれているけれど、彼女は遠くから見た人間がとりこになるほどの美人ではない。

プライスという家族の血には狂気が流れているのかもしれない。だがハドソンは、ジョーン・プライスが狂っている可能性を強く否定していた。

マーティンはひと口でウィスキーを飲み干した。こんなことであれやこれや考えていたら、彼のほうがベドラムに入ることになりそうだ。プライスの動機などどうでもいい。問題はプライスがここにいるという事実だ。あの男については一刻も早く対処するにかぎる。

子犬（ジョーンとエリナーは彼をスポットでもブルータスでもダッシュでもないと結論づけていた）は翌日の夕食時、温かなジョーンの膝にのぼることを禁じられ、彼女の足元で体を丸めた。食事は静かに進み、いくら明るくしようとエリナーが試みても、張り詰めた雰囲気はやわらがなかった。モーゼスがここにいる。ジョーンは追い詰められたように感じていた。フォークで肉を突き刺す様子からすると、マーティンもそう感じているらしい。

「ダフネの新しいハンカチを見た？」エリナーは必死の努力をしている。「すごくすてきだと思うわ」

「ふむ」マーティンはほとんどの質問に対してこう答えている。彼はジョーンに、モーゼスのことをエリナーに言わないよう頼んでいた。もちろんジョーンはミセス・ウィンが居眠りを始めた瞬間に命令に背いて話していたが、エリナーは巧みに平気な顔を装っている。マーティンも同じようにできたらいいのに、とジョーンは思った。彼が不安にとらわれ、ほとんど食事に手をつけていないのを見ていると、ジョーンの胃袋も締めつけられるようだ。

「昨日、村はどんな様子だった？」エリナーが質問する。

「一度くらい、食事のあいだじゅう黙っていることはできないのか？」マーティンはぶつぶつ言ったが、エリナーとジョーンににらまれて咳払いをした。「申し訳ない」

「あまり心配ばかりしないほうがいいわ」ジョーンは料理の合間に出されたアイスクリームの小さな器を見おろした。「おでこがしわくちゃになるわよ」アイスクリームをそっとひと口すくいあげる。

「しわくちゃか」マーティンが繰り返す。

エリナーは険しい顔になった。「一生しわが取れなくなるかも」

マーティンは渋面で額に触れた。「徒党を組んでぼくに対抗するのはやめてほしいな」

「徒党じゃないわ」エリナーが高慢に言った。「戦略的同盟よ」

「はるかに文明的ね」ジョーンも同意した。

「きみはギャングみたいに徒党を組むのも似合っていそうだ」マーティンの言葉がまったく見当違いであることが面白くて、ジョーンは片方の口角をあげて小さく微笑んだ。ヒューとモーゼスと組んで仕事をするだけでもつらかったのだ。彼らのような人間がそれ以上増えたら、ジョーンは自ら進んでベドラムに入院しただろう。マーティンは温かな笑みを返してきた。

「なんとひどいことを言うのかしら」ミセス・ウィンが声をあげた。彼女の存在をすっかり忘れていた三人は振り返って見つめた。ミセス・ウィンはアイスクリームをひとすくい口に放りこむと、また沈黙に陥った。

「これは失礼」マーティンはためらいなく謝った。そのあと彼がなにを言おうとしたにせよ、それは玄関前での騒ぎにさえぎられた――犬の吠え声、馬車の車輪の回転音、興奮した馬のいななき。

名なしの子犬が驚いて顔をあげ、騒ぎに合わせて吠えだした。

「くそっ、なんの騒ぎだ……？」マーティンはすぐさまミセス・ウィンにふたたび謝罪した。マーティンとエリナーとジョーンが立ちあがる。子犬は彼らの足の周囲を狂ったように駆けまわる。誰かにぶつかる前にジョーンが子犬を抱きあげられたのはちょっとした奇跡だった。

クロフトが当惑の表情で晩餐室に現れた。「お客様方がおみえになりました」〝ナポレオンが進軍しています〟と言うときに用いるような口調。

「もう来たのか？」

マーティンは決して軍隊を率いてはいけない、とジョーンは思った。彼のあわてふためいた声を聞いたら、歩兵は一目散に逃げだすだろう。

「ご挨拶しなくては」エリナーが快活に言って歩きだした。これでサーベルを持っていれば、彼女は立派な将校だ。子犬は体をくねらせて吠え、ジョーンとマーティンはエリナーのあとにつづいた。マーティンは悲しげにジョーンを見やった。

「彼らの相手は大変だよ。とにかく熱狂の洪水だ。エリナーにくっついていないと流されてしまうぞ」

「そのつもりよ」ジョーンは陰鬱に言った。二日かけた心構えなど消滅してしまった。マーティンの友人が彼のように鈍感であること、エリナーほど鋭敏でないことを願う。さもないと厄介なことになってしまうだろう。

四台の馬車が屋敷の前に止まっていた。最初の馬車からは三人の男性がおりてきた。最年長はおそらくマーティンより少し年上、最年少は二十代半ば。二台目から出てきたのは女性ふたり。まったく同じ淡いブロンド、ハート形の顔をしていて、姉妹なのは明らかだ。ひとりは、体が細くてむっつりした顔のぶち犬の引き紐を持っている。同じ種類の犬があと二匹、鼻をくんくんさせ、もとからバーチホールにいる犬と噛み合ったり転がし合ったりして乱暴にじゃれながらついてきた。三台目と四台目の馬車からは荷物、使用人、さらに荷物、そして堂々とした体躯の年配女性が現れた。年配女性は、名のあるスリを見張る治安官よろしく、若いほうの女性に鋭い警戒の目を向けている。シャペロンだろう。若きレディ・フィービーはおてんばなのかもしれない。

「マーティン！」最年長の、手足が長く体は細くて砂色の髪をした、長い馬車の旅のあとでも服にしわひとつついていない男性が進み出た。骨も砕かんばかりにマーティンをひしと抱きしめ、エリナーの手に向かってお辞儀をして指先に口づけ、ぱっと振り返ってジョーンと向き合った。ジョーンは目をしばたたかせて彼を見つめた。身を縮ませ、いまにも逃げだしそうになる。だが男性は、喉の奥でコホンと咳をして横目でマーティンを見ただけだった。

マーティンはびくりとした。「ロード・ファーレイ、遠縁のミス・ダフネ・ハーグローヴを紹介しよう。ミス・ハーグローヴ、ロード・ファーレイだ」

するとロード・ファーレイはジョーンの手を取り、指の背にごく軽く口づけた。お辞儀とキスなど、ジョーンにはもったいない挨拶だ。意外にも胸から上がほてった。「ロード・ファーレイ」もごもごと言う。「お目にかかれて光栄です」

マーティンはロード・ファーレイの背後であきれ顔になった。集まってきたほかの者たちも同様の表情を浮かべている。その後、簡潔に残りの者の紹介が行われた。思ったとおりフィービーは猟犬を連れた若いほうの女性で、キティはその姉だった。キティは礼儀作法上顔をあげることを要求されるとき以外はおどおどして恥ずかしそうに目を伏せている。フィービーは姉を補ってあまりあるほど陽気で、エリナーの肩をつかみ、マーティンにいたずらっぼくウィンクをする。マーティンがフィービーに苦笑いを見せる以上のことをしたなら、ジョーンは襲いかかってフィービーを殴ったかもしれない。

がっしりして見るからに船乗りらしい威厳ある歩きぶりのハーケン船長が控えめな挨拶の言葉を言ったとき、ジョーンの腕から子犬が逃げだした。すぐさまほかの犬のほうに駆けていったので、ジョーンは金切り声をあげた。フィービーの猟犬とバーチホールの犬を合わせると、場には七匹の大型犬がいる。犬たちはたちまち子犬を取り囲んだ。引き紐をつけられた猟犬だけは優越感たっぷりの気取った態度で高みの見物を決めこんでいる。ジョーンは騒ぎの渦中に飛びこんだ。鼻息荒い毛むくじゃらの犬たちをかき分けて、子犬のもとへ行く。子犬はあおむけになって至福の表情を浮かべて身をくねらせ、三匹の犬がその体のあちこちに鼻を突っこんでいた。

「ランスロット。ケイ。離れなさい」フィービーが命じる。脚長の猟犬二匹はすぐに彼女の横に駆けていったものの、名残惜しそうに残った群れに目をやっていた。

ほかの犬たちは新参者を見物する機会を得たことに喜び、ジョーンの横を通って走ってきた。子犬の叫びは苦しみでなく喜びと興奮によるものだったし、犬たちは皆うれしそうにしっぽを振っている。だからジョーンはしかたなく両手を投げあげ、輪からあとずさった。気がつけばマーティンはすぐ後ろに立っていた。彼女を救いに飛び出そうとしているかのようだった。

「噛まれたかもしれないんだぞ」彼は仏頂面で言った。

「あなたのところの犬はみんな、わたしが会った中でも最高に愛想がいいわね。いつもエリナーと一緒にいるからでしょうね。あの犬たちにどうやって狐を追わせているのか、想像もできないわ」

「追わせていないよ」ロード・ファーレイが口を挟んできた。「狐狩りは嫌いなんだ。だからこいつは政治の世界で成功しないのさ。狩りをしない人間の言うことなんて、まともに取り合ってもらえない」

「狩りはするぞ」マーティンは抗議した。

「キジだろう」ロード・ファーレイが言う。「もっと……毛むくじゃらの生き物は狩らない」

ジョーンが笑うと、ロード・ファーレイはにやりとした。「予定外に早く着いたことを謝るつもりだった。しかし来てよかったよ。ミス・ハーグローヴにはマーティンの不得意なことを教える必要があるようだ。これは非常に興味があるね。学生時代、マーティンはあらゆる分野においてわたしよりはるかに優秀だったのだから。腹が立つことに」

「視野を広げられることを楽しみにしていますわ」ジョーンはそう言ったあと、はっとした。自分はダフネとしての性格をあの暗い物置小屋に忘れてきたようだ。ダフネらしい第一印象を与える機会を逸してしまった。「ロ、ロード・ファーレイ」言葉に詰まることで大胆さをやわらげられることを願って付け加える。

ロード・ファーレイは彼女が言葉に詰まったことに気づいてもいない。でもロード・グレイは気づいて、突然、わずかな興味の表情を向けた。ロード・グレイも狩りをする。といっても、狩りの対象は気が弱く無力な相手のようだ。彼の前では、あまりダフネを強調して演じないほうがいいかもしれない。

「兄はほんとうに謝るつもりだったのよ」レディ・フィービーが声をあげた。「ごめんなさいね。前もって手紙は届けたんだけど、わたしたちが手紙を追い越しちゃったみたい。泊まろうとした宿には空き部屋がなくて、そのまま進むことにしたの。兄がイエス様みたいに厩に泊まるのはいやだと言ったから。わたしが思うに、兄はイエスというより、うすのろ《アス》――」

言葉を切ってシャペロンに目をやる。シャペロンが冷ややかな顔で見つめていたので、フィービーはしゅんとした。「ええっと、あなた方のおもてなしには大変感謝しているとともに、ご迷惑をおかけして申し訳なく思っています」

「ちっとも迷惑じゃないわ」エリナーが言う。

「とはいえ、我々は食事の途中だった」マーティンが言った。「ぼくと使用人が荷物を預かり、きみたちとそちらの使用人を泊まってもらう部屋に案内する。そのあいだに女性たちは食事をすませてしまうよ」マーティンの視線はジョーンに向かった。ジョーンは小枝のように細い体を隠すため自分の腕を体に回したい衝動に抵抗した。少し肉がついてきてはいるが、彼女が食べるところをマーティンが見て喜ぶ様子を、ジョーンも楽しんでいる。願わくはジョーンがミセス・タックのような体になる前に、大量に食べさせるのを控えてほしいものだ。

またひととおり握手がなされ、挨拶の言葉が交わされたあと、エリナーとジョーンは集団から離れた。子犬が群れから抜け出てあとを追う。犬の毛はくしゃくしゃで、顔はとても満足そうだ。「お友達ができてよかったわね」ジョーンは子犬を抱きあげてささやきかけた。

食事のあと、男女は分かれてそれぞれ部屋に集まった。男性は酒を飲んで話すため、女性は単に話すために。子犬と大きな猟犬は女性陣についてきて、各自の女主人の足元で丸まり、互いに相手を哀れむように見つめ合った。

〝おまえのご主人様は安っぽいにおいがするな〟ジョーンは大型犬がそう言うところを空想した。

〝おまえのご主人様は退屈のにおいがする〟子犬はそう答えるだろう。

「面白い犬ね」レディ・フィービーが言った。男性がいなくなるとすぐに、彼女はボディスの中から眼鏡を出してきていた。眼鏡は鼻の上にちょこんと載っていて、いまにもどこかに飛んでいきそうだ。そのとき子犬が熱心に股間を舐めはじめた。

「ロード・フェンブルックは、この子は純血種だと言っているわ」ジョーンは疑わしげに答えた。彼女が子どものころ知っていた犬のほとんどは、犬自身が混乱するほど血統が入りまじった雑種だった。でもこの子犬に不思議なほど奇妙なところがあるのは認めねばならない。

フィービーは唇をすぼめた。「この子はかなり……不均衡な感じよね」

「ロード・フェンブルックの贈り物ですって？」キティの言葉に、ふたりは少しびくっとした。紹介のあとキティはほとんど口を開いておらず、ソファの端で、脚を彼女たちから遠ざけるように斜めにして座っていたのだ。エリナーはほとんど関心を隠すことなく彼女を見つめていた。「だったら、あなたたちはかなり親しいのね」

「ロード・フェンブルックはとても気前がいい、と言うほうが正確ですわ、レディ・グレイ」ジョーンはこういう状況にはあまり慣れていなかった。できるだけ女性の集団は避けるようにしてきたのだ。男性のほうが女性よりはるかに御しやすい。

「どうぞキティと呼んで。レディ・グレイと呼ばれるのには慣れられそうにないわ」キティは軽く自嘲ぎみに言うつもりだったのだろうが、つらそうに聞こえた。

ジョーンはエリナーをちらりと見た。エリナーの目は、〝キティは昔はこんな人ではなかった〟と語っている。貴族の妻と、ジョーンがふだん交流している女性たちとの違いは、目に見える傷の有無だけに思える。それ以外の部分はほとんど変わらない。

「あなたたちがどういう関係だったか思い出そうとしているの」フィービーは顔をしかめた。

「あなたはマーティンの――お父様の弟さんの娘さん？」

ジョーンは身を硬くした。このことはエリナーに尋ねて記憶していた。なのに名前や日付や結婚のことは突然頭から消えてしまった。

「もっと遠いわ」エリナーがなめらかに言う。「ダフネのお父様は、わたしたちの祖父の異母弟なの」

「そういう十六人のうちのひとり」ジョーンはなんとか頭に残っていたひとつの事実を付け加えた。

エリナーはうなずいた。「実は、お互いの母親同士が子どものころ親しくしていたの。でなければ、わたしたちが出会うこともなかったでしょうね。あなたの伯父様や伯母様のうちひとりかふたりにしかお会いしたことはないと思うわ、ダフネ」

「十六人。すごいわね」フィービーは腹の上で手を広げた。十六人の胎児が同時に自分の中で育っているところを想像しているようだ。「わたしなら、十人も産んだらやめるわね。あなたはそう思わない？」

ジョーンはかねてより、子どもを持つのを避けるのは簡単だと思っていた。でも最近、子どもを持ちたい気持ちがよく理解できるようになってきた。もちろんジョーン自身は子どもを欲しくないけれど、それに先立つ行為には魅力がある。「あなたはもうお子さんがいるの、キティ？」ジョーンは尋ねた。子どもはマーティンよりも無難な話題だ。

「まだよ」キティの手も腹に向かったが、触れはしなかった。「でも、近いうちにね」彼女は言った。「たぶん」

「まあ、キティ」エリナーは大きく息を吐いた。「よかったじゃない」

「ええ」キティは目を輝かせ、うっとりした口調になった。「まだ誰にも言っていないのよ。コリンお兄様にも、夫のロジャーにも。だからあなたも言わないでね」

「あら、心配しないで」エリナーは当然のように言った。「ここではみんな、秘密を守るのが得意だから」

フィービーが興味深そうに顔をあげたが、キティはうなずいただけだった。それ以上の説明がなされないようだとみると、フィービーはジョーンのほうを向いた。「彼はあなたにぞっこんみたいね」

「誰のこと？」ジョーンの口の中はからからに乾いた。レディ・グレイからの控えめな質問には心構えをしていたけれど、こんなふうに明るく詰問されることは予想していなかった。

「ロード・フェンブルックよ、もちろん。あなたが彼と結婚してくれたら、わたしもすごく助かるわ。求婚者を次々押しつけられるのは別にかまわないけど、母はどうしてもわたしをマーティンとくっつけたがっているの。もうちょっといろんな人とお付き合いしてみたいのに」フィービーは上の空で猟犬の耳のあいだをかいてやった。犬は長い鼻を上に向けて目を閉じ、とても幸せそうな顔になった。

子犬はジョーンの靴を嚙みはじめた。

「あの」ジョーンは言った。「残念だけど、わたしは伯爵とは釣り合わないの。牧師の娘にすぎないもの。それもウェールズのスウォンジーの」

「あら、出身はそこじゃないでしょう」フィービーは引きさがらない。

ジョーンは救いを求めてエリナーを見やった。エリナーは抜け目ない表情をフィービーに向けた。「今年か来年、ダフネには社交シーズンを経験させてあげようと考えていたの。いくつか噂話を教えてちょうだい。わたしが知っているのは古くさい話ばかりだから」

狙いは的中した。フィービーが複雑きわまりない話を始めたので、ジョーンはほっとした。いくつかの逸話には知っている名前も登場する。自分が舞踏会で社交界デビューを果たしたら昔の標的はどう思うだろうと想像すると、面白くなった。彼らがジョーンを追おうとしたら多くを失うよう画策してきたので——なにしろ彼らのような人々にとって評判はこの上なく大切であり、脅迫は非常にたやすい――ジョーンを糾弾できるほど勇気のある者はいないだろう。

ジョーンが脅迫を実行に移さなかったことは関係ない。肝心なのは、脅しが実行されるかもしれないと相手に危惧させることだ。実行したほうがもっと効果的だったかもしれない。でも、モーゼスやヒューに、脅迫が効果的な手段であることを知られたくなかった。彼らに、そんなことを思いつける頭脳はない。それにジョーンは、自分がだました好色な貴族や仕事熱心な従僕に好意を持っている。

フィービーは非常に話上手だった。キティすら我慢できずに声をあげて笑った。ジョーンが壁際のソファをちらりと見たところ、シャペロンたちも笑っていた。やがて男性陣が合流する時間となった。ノックの音と同時にフィービーの眼鏡はボディスの中に消え、話は中断した。

「あら、まだ来ないでよ」エリナーが声をあげた。「庭園でロード・ファーレイになにがあったかが、あと少しでわかるところなのに」

「〝鯉事件〟よ」フィービーが扉の向こうまで聞こえるような大声で言う。扉はすぐに大きく開き、ロード・ファーレイが尊大な顔で入ってきた。

「皆のいるところで言う話じゃないぞ。来てくれ、紳士諸君、この悪意ある中傷を止めるのを手伝ってくれ」

「中傷じゃないわよ、事実なら」フィービーは抗議した。

「では、おまえのデビュー前夜のことを紳士諸君に話すのも中傷ではない——」

フィービーは跳びあがって兄の口に自分の手で蓋をした。「お兄様、言わないって誓ったでしょ」食いしばった歯のあいだから言う。

キティはため息をついた。「みんなそわそわしているわ、フィービー。あなたが変なことを言うから、お兄様がいじめるのよ」

「だってお兄様は言わないって誓ったんだもの」フィービーは強く言って手をおろした。ロード・ファーレイは楽しそうに目を輝かせている。ジョーンは胸が痛くなるのを感じて、敷物の模様に見入った。彼らはどうしてそんなに仲がいいのだろう？　ジョーンはモーゼスとマーティンを比べて、やさしい兄という意味ではいい勝負だと考えていた。でもここにいる三人兄妹は互いに気安く愛情を持って接している。

そのとき、ある記憶がよみがえった。明るく照らされた部屋、いまのようにわきあがる笑い声。継ぎあてだらけの靴下から雪がしみこむのを感じながら、窓からその光景をのぞいていた。当時ジョーンは幼く、モーゼスは彼女の手を引き、自分の薄い上着を肩にかけてくれていた。ジョーンが中を見つめているのに気づいてウィンクをした。そのあとふたりは家の裏の路地に入り、モーゼスはジョーンの小さな体を二階の窓まで押しあげた。ジョーンは窓の隙間から入りこみ、燭台といくつかの骨董品をつかんで出てきた。二日後の朝、モーゼスは新しい靴をジョーンの足に履かせてくれた。

どうしてあの兄と、病院に引っ張っていかれるジョーンに名前を呼ばれたとき振り返りもしなかった男性とが、同じ人間でありうるのだろう？

部屋のうるささに落ち着きを失った子犬は起きあがり、いくつもの靴のあいだをよちよち歩いて、やがて気に入った足を見つけた。マーティンの左足の上に座りこむ。爪先に尻を置き、片方の後ろ足を上に向けた。マーティンは面白がって下を見た。ジョーンはそんなひとりと一匹に目を据えて、心に宿った寒々しさを追い払おうとした。

「やあ」マーティンは子犬を抱きあげ、自分の顔の前まで持ちあげた。子犬はしっぽを振り、同じくらいの速度で舌を動かしてマーティンの顔を舐めようとした。マーティンは賢明にも、舌が届かないところまで顔を離していた。「もう名前はつけたのかい？」

「フォックスよ」ジョーンは突然思いついて言った。

「それは紛らわしいな」

ジョーンは弱々しい笑みを浮かべ、楽しそうな口調をつくった。「その子をもらってきてくれた人と同じく、その子も狩りはしないわ。だから狩りの獲物と混同される恐れはないの」

マーティンが鼻を軽く叩くと、フォックスはくしゃみをし、マーティンは顔をしかめた。

「おいおい、顔が汚れたじゃないか」フォックスを置いてハンカチを取り出す。「しかし残念だな。ぼくのディアーナは猟犬を手に入れたというのに、そいつと一緒に狩りをしようとしないとは」

「きみのディアーナ？」ロード・ファーレイが戸惑って尋ね、同時にロード・グレイも「きみのディアーナ？」と言った。

ジョーンの息が止まった。マーティンは一瞬あわてたように見えた。だが返事をしたとき、その口調はいつもどおりなめらかだった。「ミス・ハーグローヴは弓矢の名手なんだ。彼女に指導したのはぼくだから、当然ながら称賛されるべきはぼくだけどね」暖炉の前の椅子に腰をおろして足を組む。「明日実演してもらってもいいぞ。きみたちに恥をかく覚悟があるなら」

「単なる素人のまぐれよ」ジョーンの声は震えている。〝ぼくのディアーナ〟と言うとは、彼はなんと愚かだろう。ジョーンと同じくらい愚かだ。マーティンがジョーンを見るときの様子は、誰が見ても明らかだ。自分はそこまで熱心に彼を見つめていなければいいのだが。でも、それははかない望みだ。胸のざわめきは隠せない。完全には。そして最も気を使うべき相手であるエリナーは、ちょっとした目つき、ちょっとした言葉も逃さない。ジョーンは気をそらすためフォックスを抱き、どこをかいてもらうのがいちばん好きかを見いだそうとした。

すべての場所のようだ。

フィービー、ロード・ファーレイ、ロード・グレイ、マーティン、エリナーは輪になって、ジョーンは知らないが彼らにはなじみのある人々に関する情報を交換している。〝ダイヤモンド〟と〝レディ・コープランド〟という言葉が聞こえてきたとき、ジョーンは耳をそばだてた。自分が奪ったお宝はもともと誰のものだったのかと気になっていたのだ。フィービーがそのダイヤモンドはインドから運ばれてきたと話すのをジョーンは注意深く聞き、ロード・ファーレイがぶっきらぼうに話をさえぎったときには顔をしかめた。その後気まずい沈黙がつづき、ジョーンはロード・ファーレイとレディ・コープランドのあいだに上流の人々が口にしてはならないなにかがあるという印象を受けた。

その話題が終わりになったので、ジョーンは眠ったフォックスを椅子に置いて窓辺まで行った。ハーケン船長がグラスを手にして立っている。ジョーンが近づいていくと彼は顔をあげ、会釈し、窓の外に目を戻した。

「なにか面白いものはあります？」ひと呼吸置いたあと、ジョーンは尋ねた。

「きみだ」口説き文句ではないが、脅しというわけでもない。それでもジョーンは背中を丸めて顔を背けた。

「わたしは面白くありませんわ」

彼は肩をすくめた。彼が酒を飲み干すまでのあいだ、ふたりは黙ったまま窓の外を眺めた。一匹の猫が眼下の芝生を走っていき、後ろから太った犬がのんびりとついていく。犬と猫が角を曲がって消えていくのを見ようとジョーンが身を乗り出すと、吐いた息でガラスが曇った。ハーケン船長がなにかを言った。訊き返そうとジョーンが振り向いたとき、部屋の外の廊下にいるマディの姿が目に入った。ロード・グレイにじっと見つめられ、マディは身じろぎもせず立っている。そのあと彼女は逃げていった。ロード・グレイの薄い唇にゆっくりと笑みが広がる。ジョーンは自分の唇を引き結んだ。

「きみはなにも見逃さないんだね？」ハーケン船長の声はあまりにも小さく、ジョーンは聞き間違ったのかと思った。

彼女は鋭く見返した。船長は知っているのか？

「ロード・グレイは自分から注意をそらすのがうまい。彼の行動を見通せるのは、よほど注意深い者だけだ」

「あなたはあの方の行動に気づかれました。あなたはお友達でしょう。警告なさったらどうですか？」

「わたしはそんなことのできる立場ではない。それに、彼は妻を殴ったりはしない。財産は彼女のだからね。信託財産なのだ。彼女の父親は自分の死期を悟っていたが、地球上の男は誰ひとり信用していなかった。だから遺産は信託にし、グレイは妻を幸せにしていることを条件として財産を使える。つまり、彼女は安全ということだ」

「ロード・グレイのお屋敷にいる女性は奥様ひとりではありません」

「そうだな」

「では、警告なさったらどうですか？　なぜ黙って見ておられるのです？」

「わたしのような人間がやつを変えることはできない」船長は陰鬱に言った。「同等の仲間が言わないとどうしようもない。しかし彼らはわかっていない」ロード・ファーレイやマーティンを顎で示す。彼らはまだ学生時代の旧友と明るく話し合っている。

「それは臆病者の答えですね」力のある男性の前で無力に感じる経験なら、いやというほどしている。こんなふうに上流の人々とまじわって自分を偽っていると、神経がすり減ってしまう。結局のところ、彼らもジョーンの世界の人々と同じだ。彼らは悪意を隠して楽しい話をする。それは心地いい。だが、そんな虚飾ははがれ落ち、いまのジョーンに感じられるのは頭痛だけだった。

マーティンたちにはグレイの悪意が見えず、マディにはそれを食い止められない。でも、精神科病院《マッドハウス》と領主館《マナーハウス》のあいだの溝にはまったジョーンなら、なにかできるかもしれない。

「失礼します、ハーケン船長。すっかり疲れてしまいましたの」ジョーンは完璧な上流婦人らしい口調で言い、決意に目をきらめかせて背を向けた。

14

部屋は暗く、なぜか寒々しくもありながら暑苦しくもあった。階下の豪華さに比べて、はるかになじみがあるように感じられる。この屋敷で何度も眠れぬ夜を過ごしてきたというのに、マディの硬いマットレスに横たわっていたら眠気に誘われてしまう。

ジョーンは起きておくため脚をつねった。もう何時間もここにいる気がする。自分の勘は間違っていたのかもしれない。ロード・グレイはバーチホールでの最初の夜に、予想したような醜悪な行為に出るつもりはないのかもしれない。

だがそのとき、部屋の外でかすかな足音が聞こえた。ジョーンは目を閉じ、壁のほうに体を向けた。暗闇の中でナイトキャップをかぶっているので、彼をだましてマディと思わせることはできるだろう。少なくともしばらくは。ジョーンは身震いをこらえた。ひとつ間違えば、まずい結果になるかもしれない。大変まずい結果に。マデイにとって、ダフネにとって、そしてジョーンにとって。

シーツの下で、彼女はナイフの柄を握った。

足音は扉までやってきた。外の空気を吸ったあとそっと戻ってきたメイドかもしれない。

やっぱりジョーンの計画には乗れないと思って戻ってきたマディかもしれない。いや、違う。扉の前で止まった足音は男性のものだった。扉がそっと開いた。

ジョーンは自らに強いて規則的にゆっくりと呼吸をし、体の力を抜いた。狸寝入りの経験なら豊富にある。いま、それが役に立っている。侵入者は三歩進んだ。ベッドが沈んだ。ジョーンの肩に手がかけられ、体は後ろを向かされた。

「おまえを覚えているぞ」ロード・グレイはジョーンにのしかかり、マットレスに釘づけにした。

「やめて」ジョーンはささやいた。どんな人間にも思い直す機会は与えられるべきだからだ。一度だけは。

「音をたてるな。誰にも知られたくない」ロード・グレイはシーツをはがし、ナイトドレスを押しあげた。膝でジョーンの膝を割り、脚のあいだに体をおさめた。体重はまだ両腕で支えている。

ジョーンは彼の勃起したものの根元に刃をあて、彼が服越しにも感じられるよう押しつけた。「やめなさい」二度目の機会はない。

「このアマ。殺してやる」

「その前にちょん切ってやるわ」

沈黙。やがて彼は気がついた。「おまえはあのメイドじゃないな」

「ロード・フェンブルックはどうお思いになるかしら？　ご自分の屋敷で、あなたが彼の遠縁の娘を手ごめにしようとしたとお知りになったら。ロード・ファーレイもあまりお喜びにならないでしょうね」ジョーンは刃を細かく動かした。彼は息をのんだが、下手に動くと切られてしまうためなにもできない。ジョーンの心臓は耳の中で大きな音をたてている。恐怖が彼女の中を貫く。だがその恐怖の端には興奮もある。「奥様もよ。信託財産はかなりの額なんでしょう。全部聞いているわ。あなたは自分名義の財産をまったく持たない貧乏貴族。使えるのは奥様の信託財産。それも、奥様が幸せである場合だけ。ロード・ファーレイには優秀な弁護士がついているはずよ。わたしの目には、奥様はあまり幸せそうに見えないわ、ロジャー。ロジャーと呼んでもいい？　だって、わたしたち親密みたいだもの。それを聞いたら奥様はきっとお怒りになるわね」

「キティはわたしに対してなにもしない」

「そう？　奥様のお兄様がお知りになって、奥様の味方につかれても？　夫と同居していない妻はたくさん知っているわ。あなたはもっとしっかり奥様をつかまえておいたほうがいいわよ」ジョーンの脈拍はコウモリの羽ばたき並みに速くなっているが、手と声は落ち着いていた。怒りがあらゆる恐怖を消し去った。

ロード・グレイはうなった。「なにが望みだ？」

「おとなしくしていること。マディに手を触れない。ほかの女の子にも手を触れない。わたしにも手を触れない。少しでも分別があるなら、自宅に戻ってもそうしておくことね。ロード・ファーレイが義理の弟の振る舞いをもっと注意して見るようになったら困るでしょう」

彼は唾を吐き、ジョーンの頬が濡れた。ジョーンは唇を噛んだものの、たじろぎも、あえぎもしなかった。彼が悪態をつく。でもそんなものは、ジョーンが聞いたことのある中で最悪の言葉ではなかった。「わかった」

ジョーンはナイフを引っこめた。彼の股間はまだ硬い。こんなふうに脅されたことに興奮しているのか？　彼はジョーンから離れ、ベッドを出た。ジョーンはナイフを構えたままゆっくり体を起こして立ちあがった。「行って。人に見られないように」

たとえ彼が姿を見られたとしても、ジョーンとマディはすでに哀れなダフネの物語を用意していた。ダフネは眠れず、マディが話し相手をしていた――自分の部屋にはいなかった――という話だ。よくあることではないが、ダフネがこのアイルランド人メイドと親しいことは屋敷の者なら皆知っている。

「失礼いたします」彼はばか丁寧に言ってお辞儀をした。高い窓から差しこむ月光が、その輪郭を照らし出す。

光のおかげで、彼が襲いかかってきたのをジョーンはすぐさま察知できた。彼け体当たりしてきたが、ジョーンは足を踏ん張り、体をひねった。音をたててはいけない、と自分に言ってくるりと回転する。腕をつかまれた。ナイトドレスが裂けた。ジョーンは反射的に相手の前腕にナイフを走らせた。

彼はくぐもった悲鳴をあげて手を離した。ジョーンはナイフを振りかぶってあとずさった。彼は自分の腕をつかんでいる。月光に照らされて指の血が光る。「行って」ジョーンはもう一度言った。「いますぐよ」声は震えていない。

ロード・グレイは出ていった。足音はほとんどたてていない。ジョーンは廊下をのぞき見たが、どの部屋も扉は閉まり、誰も出てきていなかった。誰にも見られなかった。これでマディは安全だ。いまの騒ぎは人に知られなかったし、今後ロード・グレイに悩まされることもないだろう。

ジョーンはそっと部屋から出て裏階段をおりた。万一に備えてナイフは握っていた。ロード・グレイがまた襲ってくるほど怒っているとも愚かだとも思わないけれど、危険は冒したくない。

念には念を入れ、ロード・グレイに行き合わないよう屋敷の裏を通って中央階を横切り、まわり道をして主階段に向かった。半分ほど行ったとき、こちらに向かってくる足音が聞こえた。ロード・グレイではない。女中頭のミセス・ヒッコリーだ。まずいことに、真夜中の巡回中らしい。

ジョーンはいちばん近い部屋に向かった――書斎だ。扉を押し開ける。ある思い――部屋の中でランプがついている――が頭に浮かんだけれど、それでもすぐに扉を閉めた。ランプがついている。マーティンがいる。彼は背もたれの高い肘掛け椅子に座り、手には三フィンガー分のウィスキーが入ったグラスを持ち、片方の脚を肘掛けに乗せただらしない格好をしている。まるでお化けを見たかのように、ぽかんと口を開けてジョーンを見つめた。

たしかにお化けに見えるだろう。血のついたナイフ、裂けたナイトドレス、乱れた髪。ナイトキャップは揉み合いの最中に脱げていた。

「なんてことだ」マーティンは立ちあがった。ジョーンは唇に指をあてて静かにするよう合図し、ナイフは背中に回した。扉から離れ、彼に見られなかったことを願いつつ、ナイフを近くのテーブルにある大きな花瓶の後ろにそっと置いた。

ミセス・ヒッコリーの足音が近づき、止まり、また動きだして去っていくあいだ、マーティンは身を硬くしていた。彼女が書斎にいる主人の邪魔をするはずはない。ジョーンは安堵のため息をついたが、そのときマーティンがやってきた。ジョーンは怯えて壁まであとずさったが、すぐに相手が誰なのかを思い出した。ロード・グレイではない。まったく違う。

「大変だ」マーティンはジョーンの肩に触れた。ナイトドレスは袖が破れ、肩からずり落ちて素肌を見せ、右の乳房の大半がむき出しになっている。腕にはロード・グレイの指の跡が赤くついている。「誰がやった？　いったい誰が……？」

「自分でやったの」ジョーンは即興で言い訳を考えた。「悪夢を見て」不安そうに言葉を濁した。「あ——あの、ベッドにぶつかったみたい」

マーティンは顔をしかめた。その言い訳を信じていないようだ。ジョーンは彼の首に腕を回し、頬を彼の胸に押しあてた。「あなたを捜しにきたのよ」注意深く落ち着かせ、柔らかく、欲望で熱く、ほんの少し無力に震えた声。無意識に出た嘘、演技だった。

それが真実ならよかったのに、とジョーンは悔やんだ。勝利の喜びはもろく崩れ、いまは混乱とばかみたいな安心しか感じられない。自分がばらばらになりそうだ。胸から笑いがこみあげたけれど、いま声をあげて笑いだしたら止められそうにない。

「自分でやったんじゃないだろう」マーティンが言う。

別の嘘が頭に浮かび、ジョーンはまた体を動かして慎重に首をかしげかけたけれど、途中でやめた。「静かにして」黙っていたら、嘘はつかずにいられる。彼にはこのままでいてほしい。彼の腕に抱かれたまま、恐怖以外の理由で胸をどきどきさせていたい。安全だと感じたい。ここ以上にそう感じられる場所はない。

ジョーンは顔をあげ、唇を彼の唇に押しつけた。


彼女の舌が唇のあいだから滑りこんでいるとき、怒りを保つのは難しい。ダフネは背中を弓なりに反らして胸を彼の胸に押しつけている。ふたりのあいだにあるのは薄いナイトドレス、そしてマーティンの服だけだ。服は急に邪魔に思えた。ダフネも同感らしい。彼女はマーティンの首元に唇をあてながら指を彼の上着の下に潜りこませ、肩からおろそうとしている。マーティンが上着を脱いだとき、彼女はすでにシャツのボタンに手をかけていた。シャツを開いて素肌をあらわにすると、ダフネの手に唇がつづき、マーティンの口からうめき声が漏れた。

「ダフネ」すると彼女の唇はマーティンの唇に戻ってきた。

「だめ。なにも言わないで。なにも考えないで。今夜だけは」

彼女はそう言いながら最後のボタンを外し、マーティンはシャツを脱ぎ捨てた。ダフネの手は熱心に、自信たっぷりに彼の腹をなぞっている。唇を絡め合わせたまま、手は彼の胸をそっと撫であげ、肩まで到達した。彼女が体を揺らすと、腹部が彼の股間をかすめた。マーティンはナイトドレスをつかんで彼女をいっそう引き寄せた。彼の股間が硬くなっているのに気づいても、ダフネは驚いたり衝撃を受けたりした様子はなかった。

彼女は腰を動かし、歯でマーティンの下唇を挟んで引っ張っている。マーティンの全神経が覚醒した。彼は抵抗すべきだ。下劣な欲情に耐えられることを示すべきだ。しかしダフネのほうは、自らの欲望に耐えようとしていないようだ。マーティンは慎みをかなぐり捨て、ダフネを抱きしめて自分のほうに引きあげた。ダフネは彼の首にしがみつき、しなやかに力強く体を押しつけてくる。慎みなど不要だ。礼儀正しさも評判も不要だ。マーティンはダフネを求めている。飢えたようなキスは、彼女もマーティンを求めていることをはっきり示している。マーティンは彼女の肩に歯を立ててそっと噛んだ。ダフネが彼の首に向かって抑えたうめきを漏らす。抗議の言葉ではなかった、とマーティンは思い、もう一度噛みついた。

彼女を椅子まで連れていって、浅く腰かけさせた。ナイトドレスは太腿までめくれあがっている。裂けた袖は肩からさらにずり落ち、赤黒い乳首が見えた。マーティンは手を止めた。彼女は美しい。単に美しいだけではない。いま、傷痕がはっきり見えた。ほとんどは薄くなっている。いつの日か、マーティンを充分信頼できるようになったら、彼女はこの傷ができたわけを打ち明けてくれるだろう。

ダフネはマーティンの髪を撫でた。待っている。彼に自分の姿をじっくり眺めさせている。

やがてじれったくなると、彼の髪を引っ張った。頭皮の痛みに反応して、マーティンの股間がさらに硬くなる。ダフネは自分の唇を噛みしめたが、そこには笑みが浮かんでいる。マーティンは口を開いて話そうとした。だがダフネは指を彼の唇に押しあてた。そのあと指を離して曲げた。〝来て〟というように。

マーティンは彼女のナイトドレスをめくりあげながら立ちあがった。ダフネは腕をあげた。薄い生地が彼女の腹や乳房を撫でていく。ナイトドレスをすっかり脱がせると、彼は手でドレスと同じ道をたどっていった。乳房をつかんだとき、ダフネは吐息をついた。マーティンは爪で乳首の下側をなぞる。彼女は息をのんだ。マーティンは乳首を唇で挟んで軽く舌を走らせた。ダフネはか細い泣き声のような、小さな喜びの声をあげた。ふたりに言葉はいらなかった。

ひとつの言葉をのぞいて。「ダフネ」

「その名前では呼ばないで」

「だったら、なんだ？　きみをどう呼べばいい？　いとしい人？」マーティンは彼女のてのひらにキスをした。

「それもだめ。お願い」

「では、ぼくのディアーナだ」マーティンの唇は彼女の腕をなぞってあがっていく。唇がうなじに向かうと、ダフネは体を浮かせた。彼はいったんそこで止まって彼女を味わった。親指は腰のあたりを撫でている。ダフネはうれしそうに身をくねらせた。「きみをディアーナと呼ぼう」

「ディアーナ」ダフネは繰り返した。「言葉はいらないのよ」

「ひとつだけ。ひとつだけ言ってほしい」マーティンはダフネを見た。彼女のほかの部分に触れないよう、両手で顔を包んだ。

ダフネは唇を開いた。「いいわ」とささやいた。

〝いいわ〟〝だめ〟と言うべき理由はいくつもあるのに、ジョーンはもうなにも気にしなかった。マーティンは彼女の体に手を滑らせた。ジョーンは椅子の背もたれに体を預け、唇を噛んで叫びをこらえた。こんな経験は初めてだ。酔っ払いに体をまさぐられたときも、放蕩者を自認する者たちからなめらかな言葉で将来を約束されたときも、こんなふうに感じたことはなかった。

どこに触れられても、すでに熱く濡れている脚のあいだに鋭い刺激が走る。マーティンは胸の下までキスを浴びせていき、また上に向かった。彼の唇が口まで戻ってきたとき、そこにはわずかなためらいがあった。彼のような男性が童貞のはずはない。だが彼に教えを授けた売春婦や高級娼婦は、自分たちが与えたもののお返しに快楽を要求しなかったのだろう。そして、彼は女性にため息をつかせる技に長《た》けた女たらしでもない。では、ジョーンが彼を指導しなければならないようだ。

彼女は太腿に置かれたマーティンの手を取って、脚のあいだ、最も感じやすい場所に導いた。マーティンの唇へのキスが途中で止まる。ジョーンは彼の指の動きをうながし、彼の愛撫に合わせて励ますように小さく声を出した。

「そうよ」マーティンの耳にささやきかける。マーティンはジョーンのうなじを甘噛みした。

「言葉はいらない」マーティンは一本の指を彼女の中に滑りこませた。また頭をおろす。舌は乳首をもてあそんだ。ランプの光に照らされてマーティンの肌が輝いて見える。ジョーンは彼の背中を撫でて息を荒くした。

マーティンの指はジョーンの体を出たり入ったりする。ゆっくりと。ジョーンはそれに合わせて腰を動かした。マーティンはいったん指を抜いて微笑むと、今度は二本の指を入れた。ジョーンは自分を貫く快感の波に身を任せた。彼の口と指にさらに強く、さらに高く押しあげられていく。マーティンの肩に爪を食いこませた。椅子の背もたれに顔を押しつけて懸命に声をこらえ、全身を震わせ、秘部は彼の指を締めつけた。頂を超えると、彼に触れられた部分は痛いほど敏感になった。彼はそれに気づいたらしく指を抜いてジョーンに呼吸をさせ、そのあいだてのひらで彼女の腰を撫でていた。ようやく息がつけるようになったとき、ジョーンは彼と目を合わせた。マーティンは悦に入って微笑んでいる。

ジョーンはなにか言おうとしたが、マーティンは指を彼女の唇に押しあてて止め、もう片方の手でほとんど感じられないほど軽く脚の外側を叩いた。ジョーンは舌を出して彼の指を舐めた。自分自身のにおいがする。マーティンはかすれた声を出した。ジョーンは屈みこんで彼の指を口にくわえ、舌をまとわりつかせた――そしてポンッという音とともに指を引き抜いて唇を閉じた。

ジョーンがふたたび顔をあげると、マーティンは手を椅子の背もたれに押しつけた。〝いまみたいなことをもう一度やられたら、もう死んでしまう〟というかのように。

今度は、ジョーンは彼の腰に手を伸ばした。体の芯の耐えがたい快感はおさまり、温かな欲望に戻っている。いや、ただの欲望ではない。強い欲求だ。これを求めている。彼を求めている。近いうちに自分は去らねばならない。それまでに彼を自分のものにしたい。一度だけでも。

マーティンはジョーンの手を止めさせて立ちあがり、もたれて座るよう手振りで示した。ジョーンは従い、少し背中を丸めて背もたれにつけた。玉座に座った女王になった気分だ。廷臣はなんと楽しいものを見せてくれるのだろう。マーティンは片方ずつ靴を脱いだあと、残りの服も脱いでいった。全裸になって彼女の前に立ち、じっくりと眺めさせる。ジョーンは見つめた。へそから下に向かって濃い色の毛が股間まで広がっている。脚は引きしまった筋肉質。彼は自らに触れて指で撫であげた。ジョーンが手を伸ばすと、マーティンはやってきた。

彼はまたしてもジョーンの中に指を入れた。二本、三本。そのときジョーンはなにかを感じた。おそらく処女のあかしが裂けたのだろう。ぴりっと痛みが走ったが、なんとか我慢した。マーティンは彼女の湿り気を自分自身にこすりつけたが、そこで逡巡した。

「いいのよ」ジョーンは言った。彼はそれを聞く必要があったからだ。それで充分だった。

マーティンはすばやくジョーンの中に入った。今回の痛みはさっきより鋭く、ジョーンは唇を噛んで彼の肩をきつく握った。マーティンの動きが止まる。ジョーンは彼の胸に手をあてて一度、二度と深呼吸した。すると彼女のこわばった筋肉はほぐれた。痛みはおさまった。ゆっくり腰を前後に揺らして、彼をさらに深くまで受け入れた。

マーティンは膝立ちになって腰を押しあげた。今回、動きは緩慢だった。顔には不安が浮かんでいる。それでもやめようとはしなかった。やがて彼のすべてがジョーンの中にのみこまれた。ふたりはゆっくり、甘くキスをした。ふたりの体は完全に結合しているというのに、キスはとてもつつましやかだ。そう考えるとジョーンは愉快になった。

許可を求めるようにジョーンの顔をうかがいながら、マーティンはまた動きはじめた。ジョーンは許可を与えた。体のすべてを使って許可した。マーティンの動きが速くなる。さっき彼女を頂点まで押しあげた快感が戻ってきたが、今回はさらに激しい。マーティンは彼女のうなじに息を吹きかけた。ジョーンが両脚を彼の体に回すと、彼の動きが速まった。どんどん速く――。

そのあと、動きはまたゆっくりになった。ジョーンはいら立ちにうめき、彼の肩に爪を立てた。

尊大な片方の眉があがる。ジョーンは笑った。純粋な喜びと快感の笑い声。マーティンは息をのんだ。彼がまた腰を突き出すと、予想外の動きにジョーンは限界を超えた。快感にのまれて、彼の肩に顔をうずめる。彼は唐突に自らを引き抜いたかと思うと、全身をぶるっと震わせた。温かなものがジョーンの太腿にかかる。彼女はまた笑った。今回は感動して、炎がはぜるような小さな笑い声をあげる。なんとか苦労して腕をあげ、彼の顔をつかんで自分のほうに引き寄せた。ふたりは何度もキスをした。ばかみたいににこにこ笑いながら。

15

マーティンはよろよろと立ちあがった。ハンカチを取り、自分で清められるようダフネに渡す。哀れなハンカチは、このような使い方をされるとは夢にも思わなかっただろう。彼も自らを拭きながら、ちらちらダフネに目をやっていた。彼女は恥ずかしがる様子もなく、裸のまま椅子にもたれ、かすかな笑みをたたえて消えゆく暖炉の炎を見つめている。

まざったふたりの体液には血が見える。マーティンは大きく息を吐いた。

「どうしたの？」

「また話をしていいのか？」彼はふざけた口調を心がけた。

「ええ」ダフネの声はかすれている。その言葉を聞いただけで、また彼の股間は硬くなりかけた。

「思っていた」いったん言葉を切って言い直す。「半ば信じていた、きみは処女じゃないと。それを……きみを傷つけたやつがしたんだと。きみの純潔を奪ったんだと。きみに将来を約束しながら、それを守らなかったんだと」

「違うわ。初めてだったのよ……あなたが」ダフネは顔をあげて彼を見た。「だからあんなことをしたの？　どうせわたしはもうけがれていると思ったから？」

「そうじゃない」マーティンは語気を強め、ダフネの前でひざまずいた。「もちろん違う。きみと結婚するつもりだ。いまのことがあってもなくても。きみが処女だったとしても違ったとしても。愛している」

ダフネは悲しげな顔に笑みを浮かべた。「約束を破ってしまったわ。完璧にね」

「約束とは？」彼女はマーティンに対してなにか約束をしていたのか？

「エリナーに約束したの。あなたがわたしを愛さないようにするって」

やはり思ったとおりだった。マーティンはうなり声をあげた。「エリナーにも、これが正しいことがわかるはずだ。明日発表しよう。婚約のことを」

「婚約はしていないわ」ダフネはマーティンの髪を指でいじった。

「しなくちゃならない。あんなことをした以上……」マーティンははっと言葉を切った。

「結婚したくないのか？」

「なによりも望んでいるわ」ダフネは椅子から滑りおり、マーティンとぴたりと体を合わせた。マーティンの股間が反応する。彼女は耳の下にキスをした。「でも、あなたの知らない事情があるの」

「話してくれ」マーティンはダフネの腰をつかんだ。てのひらの下の肌は瘢痕《はんこん》でごつごつしている。

「だめ。まだ言えない」ダフネは指先で彼の胸を撫でおろした。マーティンはその手をつかんで止めた。

「きみがなにを言っても、ぼくの気持ちは変わらない。それに、赤ん坊ができたかもしれないんだぞ」ふたりは結婚するしかない。でもそんな罠にならない。マーティンは喜んでかかりたい。いまさら、自分たちが釣り合うかどうかについて考えても手遅れだ。なのにダフネは首を横に振っている。避けられない真実に確信が持てないようだ。

「二週間ちょうだい。二週間後にすべてを話すわ。あなたは、話を聞いた上でどうするか決めればいい。そのころには、子どもができたかどうかわかっているでしょうし」

「お父上に手紙を書く」

「だめ。誰にも言わないで。二週間待って。約束よ」

「よし、約束する」マーティンは歯を食いしばった。

「よかった」ダフネは立ちあがった。マーティンは抱きしめようとしたけれど、彼女はなまめかしく腰を回して彼の手から逃れた。「行くわ、ほかに約束があるから」目はいたずらっぽく光っている。いや、それだけではない。目にはほかにもなにかが見えた。なにか絶望的なもの、絶望的に悲しいもの。しかしマーティンがそれを確認する前にダフネはナイトドレスを拾いあげ、幽霊のごとくそっと部屋を出ていった。

マディはジョーンの部屋で待っていた。子犬のフォックスはマディの足元の敷物で眠っている。入ってきたジョーンを見てマディは安堵の息を吐いたが、裂けたナイトドレスを見たとたん、ため息は恐怖の叫びに変わった。

「わたしはなんともないわ」ジョーンはマディをなだめた。「ロード・グレイは二度とあなたをわずらわせない」

「お怪我をなさっています。お嬢様のお姿は……」

「乱れている？」ジョーンは平然と言った。「気にしないで。ちょっと揉み合ったけど、勝ったのはわたしよ」そのあと双方が勝者となる揉み合いもあった。後者の揉み合いでは、自分は二度も勝ちをおさめた……。彼女はぶるっと身を震わせた。「もう部屋に戻っても大丈夫よ。ロード・グレイは、今後あなたを困らせたら大きな報いがあることを知っているから」自分がいなくなっても脅迫の効果はつづくようにしておこう。エリナーに今夜の出来事を知らせればいいのだ。

すべてではない。もちろんすべてではない。マーティンとのことについては、まだなにも考えられない。快感に酔っているあいだは。つらい現実に直面するのは明日でいい。今夜は喜びを噛みしめていたい。

「お嬢様は聖人です」マディは駆け寄ってジョーンに抱きついた。ジョーンは一瞬身をこわばらせたあと、震えるマディの体に腕を回した。「聖人です」ジョーンは反論しなかった。ついさっきの出来事が聖人とは正反対であることを証明しているとしても。顔を引いたとき、マディの目は涙で潤んでいた。「わたしにできることがあったら、なんでもいたします。お嬢様のためなら」

「そうね」ジョーンはちょっと考えた。「だったら頼みたいことがあるの。理由は訊かないで。それから、誰にも言わないでね」

「承知しました」マディは息を切らしている。

ジョーンは鏡台まで歩いていって床に膝をついた。お宝を入れた小さな布袋を取り出す。

「中は見ないで。これを持っていって。わたしの服も何枚か一緒に持っていってちょうだい。地味な、旅行着になる服よ。机にいくらかお金があるから、それもね。小屋は知っている？廃墟の向こうにある小屋よ。そこに、いまお願いしたものを隠してちょうだい。とくにこれは、しっかり隠してね」ジョーンは布袋をマディの手に押しつけた。「暖炉のレンガがひとつゆるんでいたわ。袋はそのレンガの後ろに隠して。決して――」

「中は見ない、ですね。約束します。でも、どうしてですか？」

「訊かないでと言ったでしょう。頼んだとおりにしてちょうだい。落ち着いたら、なんとかしてあなたも呼び寄せるから。わかった？」

「わかりました」マディはそう言ったものの、顔には好奇心が浮かんでいる。彼女はドレスのひだに布袋を押しこみ、きっぱりとうなずいた。「ひとつだけ約束してください」

「なに？」

「連れていってくださるときに、この中になにがあるのか教えてください。そうじゃないと、死ぬまで気になってしかたありません」

ジョーンはくすりと笑った。「それなら約束できると思うわ。ありがとう、マディ」

「ちょっとものを隠しておくくらい、お嬢様がしてくださったことに比べたら、なんでもありません」マディは感謝を退けた。「どうぞお任せください」彼女はお辞儀をすると部屋を出て、足音をたてずに急ぎ足で廊下を進んでいった。こんなに静かに歩けるのは使用人か泥棒くらいだ。

ジョーンはベッドの端に腰をおろした。まだ神経がぴりぴりしている。あおむけに寝そべって脚を開き、下腹部に手を置く。自分は分別を投げ捨て、約束を破ってしまった。これまでずっと避けていたことをしてしまった。誰のためにもそんな危険を冒さなかったのに。頭がいいからそんなことはしないと思っていたのに。あまりにも悲惨な結果が待っている。病気。妊娠。自分は子連れの貧乏泥棒になるかもしれない。

それでも、機会があれば喜んでまたするだろう。危険などかまうものか。どんな結末になろうとも、心を慰める記憶を抱いて生きていける。唯一の心残りは、自分たちには未来がないとマーティンに告げられないことだ。彼にはつらい思いを味わわせてしまうし、それに心構えをさせておくこともできない。できるのは、終わりが来るのを少し遅らせるくらいだ。

二週間、と自分は言った。二週間でなにができるだろう？　うまくいけばダフネを連れ戻せる。そして逃げる。自らのためにもダフネのためにも、ジョーンはここを去らねばならない。エリナーはダフネが体面を保てる方法を見いだすだろう。マーティンはジョーンを捜したがるだろうが、真実を知ればそんな気持ちは消えるはずだ。エリナーは彼にすべてを打ち明ける。マーティンは怒る。憤る。裏切られたと感じる。でもいずれはジョーンを忘れるだろう。釣り合う相手、地位にふさわしい相手を見つけるだろう。

フォックスが前足で足首をつついてきた。ジョーンは体を起こしてフォックスを抱きあげ、また寝そべった。子犬は胸の上で丸まって満足そうに息を吐いた。

二週間。なんとかして、その期間を乗りきろう。

16

朝食時、ダフネはマーティンと目を合わせようとしなかった。だがマーティンのほうは、彼女から目をそらすのに苦労した。なんとか会話をつづけ、食べ物をのみこもうとする。ダフネはゆうべのことを後悔しているのか？　彼に言えない、どんな事情があるのだろう？　昨夜はすべてが単純に思えたのに、いま頭の中ではさまざまな可能性が駆けめぐっている。ダフネは婚約しているのか？　いや、違う。それならそう言ったはずだ。では、なんなのだ？

グレイが現れないことに気づいて、マーティンは顔をしかめた。彼は旅で疲れ果てたのだとキティは説明したが、昨夜は元気そうだった。これで男性がひとり足りなくなったので、ピクニックの場所まで歩いていくときは少し気まずくなりそうだ。どこへピクニックに行く予定だった？　ダフネが濃く黒いまつげの下からうかがい見てきたとたん、マーティンの頭から彼女以外のことは消え去った。

彼女はすぐに目をそらし、横を向いてフィービーになにかささやきかけた。フィービーは手を口にあててくすりと笑った。プライドに似たものがマーティンの胸に芽生えた。この気ままな紳士淑女の群れの中でダフネは気後れするのではと懸念していた。だが彼女はフィービーを味方につけたようだ。フィービーの好意はほかの者たちにも伝染した。昔からずっとそうだった。フィービーは幼いときも、いつも小さな手で父親の猟犬の耳を引っ張り、皆を従わせていたのだ。

「わたしの魅力になびかないのは、ロード・フェンブルックただひとりね」フィービーが言う。マーティンははっとしたあと、自分の思いと会話の中身が共鳴していることを面白がって微笑んだ。

「きみの魅力になびかない？　まさか。ぼくはきみを妹みたいに思っているよ」

「やかましくていら立たしい妹？」ファーレイが言う。フィービーはあきれ顔になり、兄のほうに卵を投げつけるふりをした。ダフネが〝この人たちはいつもこんなふうなの？〟と問いかけるようにマーティンのほうを見た。マーティンは真顔でうなずいた。ダフネの口角が少しあがった。笑いをこらえているらしい。彼が礼儀正しく頼んだら、ほかの者たちは出ていって、マーティンがテーブルの燻製ニシンの横で彼女を抱くのを許してくれるだろうか。

股間が張り詰める。気をそらすため、燻製ニシンをひと切れ口に放りこんだ。二週間待つのは長すぎる。ダフネは残酷だ。

「廃墟？」エリナーが言った。マーティンはもっと注意を払っているべきだ。この調子だと、今日一日正気を保てそうにない。「ピクニックの場所よ」エリナーは穏やかな口調で彼に思い出させた。

「ああ。そうだ」話の流れがまだよくわかっていないので、ニシンをもうひと切れ放りこんで口を閉ざした。

「うん？」

「この前みたいに妨害されなければいいんだけど」エリナーが言う。

「嵐よ」エリナーは仏頂面になり、フォークで皿の端を軽く叩いた。「わたしとダフネがつかまったでしょう？　あなたは首を折りそうになりながら救助に来てくれたじゃない？」

「救助？　まあ、勇敢なこと」フィービーは少し目を細めてマーティンを見つめた。数十年後には母親と同じく非常に目が悪くなりそうだが、眼鏡を嫌っている。マーティンは一度だけ、ちらりと眼鏡を見たことがあった。縁が光を反射して光った次の瞬間、眼鏡は手提げの中に消えていた。

「まあ、ぼくが行くまでもなく、ふたりは自分たちでなんとかしていたけどね。ぼくは濡れネズミの数を増やしただけだったよ」

「あら、つまらない」フィービーはダフネとエリナーに目を向けた。「少しは困ったふりをして、この人がいいところを見せられるようにしてあげなくちゃ」

「マーティンは薪を運んでくれたわ」ダフネが助け舟を出した。「暖炉にくべる薪を。それから、朝には馬を連れてきてくれた。とても勇敢だったわ。ちゃんと役に立ってくれたのよ」

フィービーは小さな音をたてた。それは鼻息のように聞こえた。「で、いつ婚約を発表するの？」淡々とした口調で言う。

ダフネは息を詰まらせた。マーティンは二度、咳払いをした。

「冗談よ」フィービーは不安げに顔をしかめた。「ごめんなさい。言っちゃいけなかった?」

「ダフネはまだ社交シーズンを経験していないのよ」エリナーは軽く言った。「少なくとも社交界デビューするまでは、そんなふうにからかわないほうがいいと思うわ」

ファーレイは立ちあがった。「たしかに。まだ議会は始まっていない。婚約や結婚のことで若いレディをからかうのは、デビューするまで待つべきだろう。さてと、廃墟までの道が記憶どおり草ぼうぼうだとしたら、ふさわしくない靴を履いてきてしまった。出発の時間にまたお会いしよう」

朝食はほぼ終わっていたので、この発言が解散の合図となった。マーティンが席を立ったとき、まだ場にとどまっていたファーレイが手招きした。

「ちょっといいか?」

「ブーツを履き替えにいくんじゃないのか?」

ファーレイは外歩きに最適のブーツを気まずそうに見おろした。「ふん。体面は取り繕ったほうがいいな。じゃあ十分後に書斎で」その言葉には命令の響きがあった。ふだんから、ファーレイが提案をすることはない。命令するだけだ。それにさからえるのはフィービーしかいない。マーティンははっきりうなずいた。書斎。ああ、書斎とは。

マーティンはまっすぐ書斎まで歩いていった。ゆうべの痕跡がなにか残っていたとしても、メイドが片づけているだろう。使用人は口が堅い。優秀な使用人に当然求められる性質だ。

それでもゆうべの行為が人に知られたと思うと顔が赤くなる。自分たちは――できるかぎり――音をたてなかった。しかしミセス・ヒッコリーはコウモリ並みの聴覚を持っている。彼女はマーティンが幼いときからここで働いている。昨夜していたことを彼女に知られていると考えただけで、胃がきりきり痛んだ。

書斎をぐるっと見まわし、椅子のところで視線を止めた。ダフネの肌の感触が思い出されるとともに股間が硬くなる。親指の付け根に爪を食いこませてこらえた。自分は立派な大人だ。そう簡単に欲情に負けてはならない。ふたたび、自分たちのまじわりの音がミセス・ヒッコリーに聞こえたかもしれないことを考えた。するとすぐに興奮はおさまり、彼は椅子から目を背けた。

ざっと見たところ、なにも変わったところはない。いや――扉近くのテーブルに置かれた花瓶の後ろからなにかがのぞいている。マーティンはそこまで行って見てみた。ナイフだ。料理用でなく狩猟用。柄のくぼみには見覚えがある。獲物の皮をはぐのに用いる危険なナイフ。端には乾いた血がこびりついている。

〝自分でやったの〟ダフネの言葉が思い出される。

どういうことだ？　これを持ってきたのはダフネに違いない。彼女は背中になにかを隠していた。マーティンはそれについてなにも考えなかった。少なくとも彼女に触れられてからは。ダフネは意図的にマーティンの気をそらそうとしたようだ。彼に知られたくなかったのは、どんなことだろう？　この部屋に来る前、いったいなにがあった？

マーティンは本能的にナイフをつかんで机まで行った。引き出しに放りこんだとき、ちょうどファーレイが入ってきた。約束より八分早い。いつものとおり。遅刻魔のマーティンと足して二で割ったら、ふたりとも常に時間をぴったり守れるだろうに。

「お邪魔だったかな」ファーレイはなにかを怪しむように、目を細めて部屋を見まわした。

「別に。片づけていただけだ」

「まさかそんな日が来るとは思わなかったよ」ファーレイは手を背中に回していた。口調は明るかったものの、表情は悩ましげだ。「ミス・ダフネ・ハーグローヴ」

「単刀直入だな」マーティンは炉棚まで行って片方の腕を置いた。ファーレイは自分をふたりのうち聡明なほうだと思っているが、マーティンは疑わしく感じている。「彼女がどうした?」

「きみは彼女を愛している」

「古くからつづく由緒正しき一族なら、ひとりくらい、他人に気配りのできる人間がいてもいいだろうに」

「一世代にひとりね。この世代では、それはキティだ。で、否定する気はないんだな?」

マーティンは否定しようかと考えたものの、彼は嘘がうまくない。いくらごまかしてもエリナーにはすべて見抜かれてしまうから、嘘をつくのはとっくの昔にやめていた。「きみやエリナーに隠し事はできないな。そう、彼女を愛している。それがどうした?」

「求婚するつもりか?」

「もうした」さすがのファーレイも、その返事には驚いて目をむいた。マーティンはたたみかけた。「それがきみになんの関係がある？」

ファーレイは自分の顎をさすった。「レディ・エリナーから、あきらめるようきみを説得してくれと頼まれた。だが手遅れだったようだ。もともと説得するつもりはなかったけどね。彼女は魅力的だ。家柄もいい。一族の男性は皆ひどく愚鈍だが」

「つまり、反対ではないんだな」

「ああ。きみにこれ以上の財産は必要ない。彼女は影響力をもたらさないとしても、幸せをもたらしてくれる。きみは恵まれている」

「だったら、いまどうしてこんな話をしているんだ？」マーティンは戸惑っていた。

「エリナーがなぜこの縁組に反対なのかを知りたかった。彼女は教えてくれないだろうから、きみに訊きたかった」

マーティンはかぶりを振った。「ぼくは知らない。ダフネは知っているけど、教えてくれようとしない。彼女は、ぼくの知らない事情があると言っている。だがいずれ打ち明けてくれる。そのときまでは、ぼくとの結婚にはうんと言わないつもりらしい」

「その事情で彼女が有利になるか不利になるかはわからないな。それは秘密の性質によって変わる」

マーティンは引き出しのほうに目をやった。たしかにダフネには秘密がある。たいていの若い娘の持つ秘密よりも暗い秘密だ。それでも、マーティンが彼女を嫌いになるはずはない。

きっとよほどの事情があるのだろう。「彼女がどういう人間かは知っている。どんな性格か知っている。彼女は誰かに傷つけられた。それも、かなりひどく。だが彼女は善良な女性だし、ぼくは愛している。彼女がなにを言おうと変わらない。変わるはずはない」

「変わるかもしれないぞ」

「いずれにしても、結婚しなくてはならないんだ」マーティンは半ばひとりごとのように言った。

「なるほど」ファーレイは察して言った。

「そんな目で見るな」

「表情を変えないよう、きみの背後を見つめておこう」いまその表情は、腹が立つほど冷静だ。「きみが名誉のためにも彼女と結婚せねばならないことには同意する。それに、きみの直感を信じている。当然だろう、長い付き合いだからね。しかしレディ・エリナーは昔から、わたしたちよりずっと利口だった。きみがミス・ハーグローヴと結婚してはならない理由があるとレディ・エリナーが考えているのなら、ほんとうにあるんだろう。きみはそれを突き止めるべきだ。ふたりのいずれかから」

「ダフネは二週間と言った」それは永遠にも思える。「二週間後にはすべてを話してくれる」

「ではそれまでのあいだ、我々陽気な連中がきみの気をそらしておいてやろう。それならできると思うよ」

「きみは人の気をそらすのが得意だからな」マーティンはふたたび引き出しに目を向けた。

疑問ばかりが募って、二週間も待てそうにない。それでも約束は約束だ。「しかし、ぼくの気をそらすのは難しいぞ」

「きみを驚かせてやる」

「ぜひそうしてくれ」マーティンはそう言って引き出しから目を背けた。


ロード・ファーレイが隣を歩いたので、ジョーンは意外に思った。女性がひとり多くなって除外されるのは自分だと予想していたのだ。だがフィービーとエリナーがマーティンをあいだに挟んで言葉を交わしており、ハーケン船長はキティと並んで、誰も見ていないと思ったとき憧憬のまなざしを向けている。

ジョーンはロード・ファーレイと歩調を合わせているうちに、気がつけば他の者たちと離れていた。ジョーンの知る範囲では、礼儀作法に背くほど遠く離れているわけではないけれど、風が声を運んでいかないかぎり前に届かない程度の距離はある。

「ロード・フェンブルックは古くからの友人のひとりだ」

「そうお聞きしています」ジョーンは尋問を受けているように感じていた。助けてくれるはずのエリナーはそばにいない。

「やつはきみを非常に気に入っている。求婚したそうだね」ジョーンがぱっと彼を見ると、ロード・ファーレイは含み笑いをした。「わたしには率直にものを言うという評判があるのを、きみも聞いたことはあるんじゃないかな」

「エリナーは〝無遠慮〟という言葉を使っていました」ジョーンとしても、そのほうがいい。遠まわしな物言いをされると頭が痛くなる。

「わたしの話し方について〝無遠慮《ブラント》〟と言ったのであって、頭が〝鈍い《ブラント》〟と言ったのでなければいいが。わたしは嘘をつかないし、ふだん真実を避けることはない」

「ご立派ですわ」ダフネの周囲は正直者だらけだ。こういう安楽な暮らしをしている人々は、生きるために嘘をつく必要もないのだろう。

「まあね。あるいは身勝手か。わたしにとっては、率直に話すほうが簡単だ。しかし他人にとっては不愉快であることも多い」

「では、ひとつお尋ねしたいと思います」こんな話を持ち出したのは、ほんとうに知りたかったからか、より無難な話題に注意を向けたかったからか、ジョーンは自分でもわかっていなかった。「エリナーは自分の婚約について教えてくれません。ちゃんとした話は聞いたことがありません。なにがあったのですか？」

彼はいったん黙りこんだ。「わたしが勝手に話していいことではない」

「無遠慮に真実を話されるのではなかったのですか？」

彼はあきらめたように頭を振った。「いいだろう。珍しい話ではないが、心の痛む話だ。かつて、毎年夏、社交シーズンのあとにはバーチホールに我々無節操な男たちと美しいレディたちが大勢集まったものだ。手足の指では数えきれないほど多くの縁組がここで誕生した。もちろん、レディ・エリナーも多くの求婚者を集めた。当時の彼女は間もなく二十五歳、本来ならとっくに結婚している年齢だった。だが父親は、どの男も娘にはふさわしくないと考えた。娘を国王と結婚させるよりも独身のまま家に置いておきたい、というのが本音だったのではないかな。その年の夏の初め、彼女はマシューのことをほとんど知らず、なんの関心も持っていなかった。彼らの交際は……」不可解な表情が彼の顔をよぎり、すぐに消えた。「よくあるものではなかった。ふたりは口喧嘩した。いつも言い争っていた。あれほど辛辣な言葉の応酬はなかなか見られるものじゃない。マーティンは憤慨して妹を弁護するとわたしは思っていたが、彼は真実を見抜いていた。レディ・エリナーは自分と同等の相手を見つけたのだ。そういうわけで、彼らは婚約した。彼女の父親も反対できなかった」

「でも、相手の方は亡くなったのですね」

「そうだ。殺された。マシューがカードでいかさまをしたと思いこんだ酔っ払いに。マシューが決闘を拒んだところ、相手は拳銃を取って心臓を撃ち抜いた」

ジョーンは顔から血の気が引くのを感じた。自分の死に方はいろいろ想像してきたけれど、最も恐ろしいのが銃で撃ち殺されることだった。あんなに小さな銃弾が食いこんで体の中をめちゃめちゃにするなんて、考えただけで胃が痛くなる。「事故か病気だと考えていました。まさかそんなことだとは……」

「これできみにもわかっただろう。レディ・エリナーは慰めようもないほど嘆き悲しんだ。そのために病気が再発した。あるいは……あるいは、どうしようもないほど深い悲しみに沈んだのを病気と説明したのかもしれない。彼女がいまほど楽しそうにしているのを見たのは、ずいぶん久しぶりだ。きみが彼女を明るくした」彼は言葉を切った。「なのに彼女は、自分の兄をきみと結婚させたがらない」

「そのこともご存じなのですか?」ジョーンは首を横に振った。「あなたは秘密を守らず、ご自身に対してなにかが秘密にされるのを許しもしないのですね」

「二週間後にロード・フェンブルックに話すと約束したのは、どんなことなんだ?」

ジョーンは答えなかった。まっすぐ前を見て、風景を脳裏に刻みこもうとした。ここを離れたらこの景色が恋しくなるだろう。でも、身にまとった幾重もの嘘という衣を脱ぎ捨てられたことには、ほっとするだろう。

「遅かれ早かれ、わたしも知ることになるんだよ」

「ロード・フェンブルックより早くお知りになることはありません」

「レディ・エリナーは知っている」

「レディ・エリナーはご自身で突き止められました」ぴしゃりと返す。「ロード・ファーレイ」言葉を吐き出すように言った。「あなたもいずれお知りになります。すべてでなくとも、話の一部は。ここにいる全員が知ることになります。でも、先に知るのはマーティンです」

それから数メートル歩くあいだ、ロード・ファーレイは黙っていた。「きみがやつを愛していないのなら、無理やり聞き出すところだ。しかし、きみは愛している。喜ばしいことだ」

「喜ばないでください。わたしたちは結婚できないのですから」

「やつはそう考えていないようだ」

ジョーンは辛辣な笑いを漏らした。「マーティンの耳には、聞きたいことしか入ってこないのです。わたしは、結婚はできない、事情は二週間後に話すと言いました。だけどマーティンには、二週間後に事情を話すまでは結婚できない、と聞こえたのでしょう。なにがあっても自分の気持ちは変わらないと確信しているようです」

「だが、変わるのだな」

「はい。そのとおりです。あなたがしかるべきときより前に真相を触れまわられたら、わたしと彼だけでなく、もっと多くの人が傷つきます。ですから、これについてはどうか沈黙をお守りください」柔和なダフネの端々からジョーンが顔を出し、声がきつくなる。彼がこれ以上しつこく問い詰めたら、秘密は暴露し、ジョーンは逃げられなくなってしまう。

偽りの答えをでっちあげるべきかもしれないが、ひとつ思いつくたびにマーティンの返事が予想された。〝婚約しているの〟に対しては〝ぼくは気にしない〟。〝子どもが産めない体なの〟には信憑性がない。〝父が許さないわ〟と言えば、マーティンはすぐさま結婚を許してくれるようダフネの父親に働きかける。だから沈黙がいちばんいいのだ。それがどれだけつらくとも。

「わかった」ロード・ファーレイは言った。「二週間は待とう」

もちろん、彼らはいずれ知らねばならない。ダフネの評判を救うには、彼らの協力が欠かせない。この偽装には彼らも同意してくれるだろう。たいていの人については問題がないはずだ。若い女性の名誉を守るためなら、ロード・ファーレイは嘘をついてくれる。ロード・

グレイに関しては不安があるけれど、ほかの人たちが無理にでも彼に言うことを聞かせてくれるだろう。エリナーがうまくやってくれる。

ジョーンは姿を消し、彼女が存在した痕跡は消し去られるのだ。

17

　時間はのろのろと過ぎていった。部屋に引きこもっていたグレイは三日目の朝に現れたが、あまりに無愛想だったので、思ったより体の具合が悪かったのかとマーティンは心配になった。ハーケン船長ほど寡黙でも、キティほど気まぐれではないけれど、昔からグレイはなにを考えているかわからないところがあった。彼はどんな会話にでもすっと入ってくる。いつの間にか……溶けこんでいる。彼がそんな役割を演じなくなるまで、マーティンはまったくそのことに気づいていなかった。

　ダフネはあれからずっとマーティンを避けている。使用人にそれとなく尋ねたが、ナイフに関してもその夜の出来事に関しても新たな発見はなかった。一度だけエリナーにダフネのことを質問してみたけれど、黙って長いあいだ見つめられ、そのあと怖い顔で「あの子にかまわないで」と命じられた。彼はそれを命令でなく提案と受け取って完全に無視した。

　いま、マーティンは皆とともに庭園にいる。太陽は燦々と照り、ダフネはフィービーが言ったことに笑っている。マーティンはひどく傷ついた思いだった。あんな笑いを引き出すのは彼であるべきなのに。彼はダフネを笑わせるのにとても骨を折っていた。ところが今日の彼女は三分ごとに声をあげて笑っている。

少なくとも、友人たちが来てから以前の二倍は笑うようになった。

彼らはアーチェリーの的を設置し直していた。フィービーは勝ち抜き大会を企画した。女性同士、男性同士でそれぞれふたりずつ対決していき、勝ち残った者が女性代表、男性代表として競うのだ。賞品は勝ったほうが決める。女性陣がくすくす笑っているところを見ると——キティすら含み笑いをしている——すでになにか考えているらしい。

マーティンの欲しい賞品は、男女混合の場で口にするようなものではなかった。いや、どんな場もふさわしくない。暗い部屋でダフネとふたりきりのときにしか口にできないものだ。夜と闇は、昼間には想像できないほどダフネを変える。マーティンは早く太陽に沈んでほしかった。また暗闇で彼女と密会できる機会を得たかった。

「きみの番だぞ」ファーレイが言っている。声をかけられたのは、もう三度目のようだった。

マーティンはダフネから視線を引きはがし、小さく身震いした。ファーレイがいら立たしげな顔を見せ、一歩さがる。マーティンの相手はハーケンだ。彼は射撃の名手だが、弓矢の腕前は並みだった。最終的にグレイが勝つのは明らかなので、マーティンとハーケンは自分たちのうちどちらが勝つかで賭けをしていた。自分のほうが金を払うことになりそうだ、とマーティンは思った。

狙いをつけて弓を引く。

「もう少し左じゃない？」

ダフネの声にはっとしたマーティンは、弓の弦を放した。矢は左へ——かなり左へ——それ、遠くの芝生に低く突き刺さった。いつの間にかダフネが近くに来ていたのだ。彼女はにっこり笑った。髪は前より長くなり、帽子の縁でくるんとカールしている。

「わたしのせいだわ」

「そいつの気を散らすのはやめるんだ」ハーケンは言った。「これは真剣勝負だ。いまのは無効にするから、もう一度射てくれたまえ」

「誰が仕切っているの、ハーケン船長？」フィービーは叫んだ。「失敗は失敗として認めるべきだと思うけど」

「やり直していいか？」マーティンは声をあげた。

フィービーは手を振り、無関心を装って顔をあげた。「もう、好きにして」

「今度は気を散らさないようにするわね」ダフネはそっと言った。

「きみに気を散らされるのはけっこう楽しいけど」マーティンは足元の矢筒から新たに矢を取り出した。「左、と言ったね？」

ダフネは唇をすぼめてさっきの矢の軌道を眺めた。「少しだけ左よ」

マーティンは矢を放った。矢は的の中心のすぐ横に刺さった。ハーケンが感心してうなり、エリナーが拍手する。あと二本。

「忘れないで、嫌いな人間のことを考えるのよ」ダフネが言う。「それが誰か想像もできないけれど。あなたはどんな人でも好きだもの」あまり褒め言葉には聞こえなかった。

「モーゼス・プライスはどうかな？」マーティンはそう言って矢を放った。さっきほどではなかったが、やはりハーケンよりは的の中心に近い。「きみのおかげでよくなった」

「あの男は二度と姿を見せていないわ」

「ああ。だが、やつはここにいる。ぼくにはわかる」

ダフネはうなずいた。マーティンは最後の矢をつがえた。

「ほかにはいないの？　あなたはほんとうにいい人ね。妄想癖のある暴漢だけが唯一の敵だとしたら」

「敵ならほかにもいる」彼は軽く答えた。「だが、きみはまだ名前を教えてくれていない」

マーティンが最後の矢を放つのを、ダフネは小さく唇を開いて見つめた。その口を見て気が散ってしまった。だから矢は中央から遠く離れてしまったのかもしれない。なんとか的に刺さった程度だった。「しかたないな。ハーケン、きみには五ポンドの借りができたようだ」

「そうみたいだね」ハーケンが快活に言う。

マーティンはダフネのいたところに顔を向けたが、彼女はすでに女性陣のほうに戻っていた。彼女がエリナーの隣にいるのを見て、マーティンはほっとした。あのすばらしくて不可解な夜のあと、ダフネとエリナーのあいだには冷たい沈黙が漂っていたのだ。でもそれは長くはつづかなかった。エリナーがなにを知っているとしても、そうひどいことではないはずだ。ダフネがすぐにエリナーを安心させられたのであれば。

いや、ダフネはマーティンと結婚しないと断言してエリナーの不安を払拭したのかもしれない。それを思ってマーティンは渋い顔になった。しかし自分たちは結婚する。あんなことがあった以上、結婚しないわけにはいかない——体をまじえたのみならず、互いの真情を吐露したのだから。ダフネもマーティンの気持ちを感じたはずだ。正気を保ちたいなら、その気持ちは否定できるものではない。

グレイはやすやすとファーレイに勝ち、ハーケンをも破った。そのあいだもマーティンはダフネを見つめていた。彼がそうしているのは誰の目にも明らかだろう。だがシャペロンたちは自分たちの楽しみ——それがなにかは知らないが——のため屋敷に引っこんでいるし、彼はほかの人間にどう思われても平気だった。

ダフネの番になると、マーティンは姿勢を正した。「彼女はきみが言うほどの名手なのか?」ハーケンが興味深そうに尋ねる。彼がキティに対してかなわぬ恋心を抱いているのが明白でなければ、マーティンは嫉妬のあまり愚かな行動に出たかもしれないが、いまは自らを抑えられた。

「見ればわかる」

ダフネが振り返ってマーティンを見やった。それから狙いを定める。彼女は誰の名前をつぶやいているのだろうとマーティンが思っていると、ダフネは矢を放った。

まずまずの出来だったとはいえ、マーティンは顔をしかめた。彼女はもっと上手なはずだ。しかし最初の相手はフィービーだったので、簡単に勝つことができた。フィービーはその気になればもっとうまくできるのだが、見ているほうを好んでいるため、喜んで芝生の席に戻った。次の勝負ではエリナーが僅差でキティに勝ち、女性はエリナーとダフネで決勝戦を行った。いい勝負だったが、ダフネがぎりぎり最後の矢で勝ちをおさめた。しかし、姿勢や構え方から予想できるほど見事な成果は出していない。ダフネとエリナーは初めてアーチェリーをした日からほとんど毎日、マーティンやミセス・ウィンの邪魔が入らないところで練習している。なのに前回ほどの腕前ではなかった。

「才能はある」ファーレイが言った。「しかしディアーナと呼ぶほどじゃない。視力を調べてもらったほうがいいぞ、マーティン。フィービーに頼めば眼鏡を貸してくれるだろう。あいつはかけようとしないから」

フィービーが立ちあがった。「さて、ロード・グレイとミス・ハーグローヴの対決よ。わたしの気まぐれにより、ロード・グレイから始めてもらうわ」

グレイは立ちあがった。ダフネは弓を手にしたまま立っている。ふたりがすれ違うとき、グレイはなにかささやいた。ダフネはぱっと彼を見あげた。顔は蒼白だ。マーティンの腹の底に冷たい怒りが宿った。

グレイは女性陣の勝負のあいだに袖をめくりあげていた。矢をつがえて弦を引く――そのときマーティンは息をのんだ。アームガードに半ば隠されてはいるが、グレイの手首から肘近くにかけてかさぶたができている。

〝自分でやったの〟

ナイフ。裂けたナイトドレス。

〝悪夢を見て〟

耳の中で、脈の音がドクドクと聞こえる。声が出ない。マーティンはダフネに目をやった。彼女は憎しみを隠そうともせずグレイを見つめている。キティは夫でなくフォックスを見て、毛並みを撫でてやっている。

「昔はあんなに無口じゃなかったのに」マーティンはつぶやいた。

「誰がだ？」ファーレイはグレイから目を離さずに尋ねた。

「レディ・グレイ」ハーケンが答える。マーティンはハーケンをちらりと見た。彼は気づいているのか？　なにかを知っているようだ。

グサッという音に、マーティンはびくりとした。グレイが最初の矢を射たのだ。いい出来だった。

「いいぞ、スティックス」ファーレイが声をかける。

マーティンの全身の筋肉がこわばった。いま、ここではなにもできない。グレイの妻のいる前では。だったらなぜ、グレイの首を絞めるかのように手を握りしめずにはいられないのだろう？　やつを殺してやりたい。あとはどうなろうとかまわない。必ず殺してやる。

可能性はひとつだ。グレイはダフネのあとを追い――目的はひとつしかありえない――ダフネは彼に切りつけたに違いない。この瞬間、マーティンはいままでにもましてダフネへの愛を自覚した。

グサッ。二本目。すぐに三本目がつづいた。

「勝ったのは確実だな」ファーレイは言った。「賞品を決めないと。よくやったぞ、スティックス」

グレイがにやにや笑って戻ってきたとき、マーティンは自らに強いてじっとしていた。一発殴ってやれば、あの顔から笑いを消してやれるだろう。歯も何本か折ってやる。それでも足りない。マーティンは不意に、自分は以前からあの男をあまり好きではなかったのだと気づいた。グレイは昔からあんなにイタチのような顔をしていたのか？

マーティンは勢いよく立ちあがると、構えを取っているダフネに歩み寄った。彼女が驚いて振り返る。「やつに勝て。大負けさせてやれ。そうしないと、ぼくがこの芝生でやつを殺してしまう」

ダフネは目を丸くした。「マーティン……」

「やつの腕の傷。ナイフ。きみのナイトドレス。ぼくはばかじゃない」

「それはもうけりがついたわ」

「まだだ。ぼくがけりをつけてやる」

ダフネは目を細くしてマーティンを見つめた。「あなたの助けは必要ないわ。わたしは自分で自分の身を守った。それから、あの人には大負けさせてやるつもりよ。あなたが場所をあけてくれさえしたら」

「やつはいい成績だった」

「彼はわたしを甘く見ているの。わたしが最初から実力を完全に発揮していたら、彼ももっと努力したはずだけど、実際にはそこまでじゃなかったわ。さて、その辺に座って、このディアーナに仕事をさせてちょうだい」

マーティンは呆然とダフネを見つめた。彼女は唇をめくりあげて歯をむき出しにした。笑みにはほど遠い表情だったけれど、マーティンはそれでも彼女にキスしたくてたまらなかった。「我が狩猟の女神」お辞儀をしてあとずさる。耳の中で聞こえていた不協和音はくぐもった轟音に変わった。いまでもまだグレイを叩きのめしたいと思っている。だがまずは、ダフネがやつに打ち勝つところを見ていよう。


ジョーンはどちらのほうにより満足感を覚えているか自分でもわからなかった。的の中心を射貫いた三本の矢か、それとも振り返ったとき見たロード・グレイの表情か。

そのどちらも、フィービーとエリナー、そしてキティまでもが跳びあがって彼女を取り囲み、ハーケン船長が拍手喝采し、ロード・ファーレイが楽しそうに驚きの声をあげたときの満足感には遠く及ばなかった。

「たしかにディアーナだな」ロード・ファーレイがマーティンの肩に手を置く。ジョーンの成績についてマーティンが称賛を受けていることは気にならなかった。彼女はマーティンににっこり笑いかけ、ロード・グレイは歩き去った。

「おい、すねるなよ」ロード・ファーレイが声をかけたが、ロード・グレイは振り返らなかった。もう少しでこてんぱんに殴られるところだったのを、彼は自覚しているのだろうか。

マーティンの怒りはいったんおさまったようだ。でも、これで終わりではないだろう。ジョーンはなにか手を打たねばならない。ロード・グレイが骨の二、三本へし折られるのは大賛成だけれど、ジョーンが痕跡を残さずここから消えるためには、そういう騒ぎは起こってほしくない。

「賞品はなにがいい？」ロード・ファーレイが尋ねた。ジョーンがフィービーのほうに首を傾けると、フィービーが気取って歩み出た。

「あなたたち男性はこの世の女神に打ち負かされたんだから、今夜はわたしたち女性に仕えるのよ。晩餐のとき、使用人はいらないわ。あなたたちだけでいい。みんな、それらしい格好をしてね」

「仰せのままに」ロード・ファーレイは言い、場にいる男性三人は揃ってお辞儀をした。フィービーは手で口を隠してくすくす笑った。

「お見事ね」エリナーはジョーンの横に来て小声で言った。「でも、さっきマーティンとはなにを言っていたの？」

「ふたりきりのときに話すわね」ジョーンはエリナーに、マディとロード・グレイのことを話していなかった。エリナーはすでにロード・グレイが厄介な存在であることを知っている。なにか手を打てたなら、そうしていたはずだ。

祝福の嵐がやんでアーチェリー大会が終わると、エリナーはジョーンを〈青の間〉に連れていった。キティとフィービーが犬の散歩に行っているあいだに、ジョーンは事情を話した。

話を聞き終わったとき、エリナーは顔面蒼白になっていた。マディの部屋を出たあとのことは、ジョーンは省いていた。エリナーは眉根を寄せた。

「それから兄の部屋に行ったの？」あて推量のはずだったが、エリナーはそれを周知の事実のように話している。

「書斎だったわ」ジョーンが消え入るような声で言う。

「どうやって、マーティンが求婚しないようにしたの？」

「できなかった。だけど、二週間待つと約束してもらったわ」

「キティがあの野蛮人と結婚したのが信じられない。わたしがその場にいて止めればよかった。でもマシューが死んだあと、自分のことしか考えられなかったの」

「キティとロード・グレイはあまりお互いを好きなようには見えないわね」

「以前は好き同士だったのよ。みんな昔からの知り合いなの。もちろんハーケン船長は別だけど。コリンとマーティンは幼なじみ。マシューやロード・グレイとの仲はいわばその次で、よくここへ来ていたほかの人たちは親しさという意味ではもう少し下。わたしは社交シーズンが嫌いだったけど、夏にここで楽しむのは大好きだったわ」

「あなたのせいじゃない。ロード・ファーレイが止めるべきだったのよ」

「ロード・グレイは男性の目をごまかすのが得意なの。女性をたぶらかすのが得意なのと同じくらいに。マーティンには、彼はあなただと知らずに襲ったと言わなくちゃいけないわ。そうでないと無分別な行動に出る。ロード・グレイがあなたをメイドのひとりだと思いこんだと話せば、マーティンも冷静になれると思う」

ジョーンはあっけにとられてエリナーを見つめた。「あなたは忘れているのかもしれないけど、わたしはメイド以下の人間よ。それに、彼はマディを襲うつもりだったからお咎めなしでいいの？」

「そういう意味じゃないわ。恐ろしいことよ。もちろんね。だけど、相手によって影響の大きさは違うの」

ジョーンは頭を左右に振った。エリナーの言葉が当を得ているのはわかっている。常にそうだった。ジョーンはブローチを拾っただけで絞首刑になるかもしれないけれど、ロード・グレイは好きなことをして罰せられずにいられる。エリナーが悪いわけではないし、なにも変えることはできない。でもそんな社会の規則にはうんざりだ。「ダフネのためなら、あなたは不祥事を揉み消そうとする。彼女の人生を台なしにしないために努力する。マディはすべてを失うかもしれない。あの子はまだ十七歳よ。ここに来たときは十五歳だった。ロード・グレイが最初にあの子に目をつけたときは、もっと幼かったということ。なのに、マディはどうなってもいいの？」

「マディは大事よ」エリナーはそっけなく言った。「でも、ほとんどの人にとって、彼女の存在は無意味なの。わたしにはそれを変えられない」

ジョーンは顔を背けた。怒りの涙で目が熱い。自分は決してこの世界の住人になれない。彼らにとっては財産と血統がすべてであり、ジョーンはなんの価値もない人間だ。「彼と話すわ。人目のないところで」

「完全にふたりきりにはならないでね。あなたが約束を破ったことを怒ってはいないわ。ただ、あなたにつらい思いをさせたくなかったの」

「彼を愛しているわ。でもここを出ていく。彼としたことを後悔してはいない。二度とそんな気持ちは持てないと思う。だから、一度だけ思いを遂げられてよかったのよ。そうじゃない？」

「よけいに別れがつらくなるわ」

「わたしがそれを許せばね」ジョーンは立ちあがった。「あなたがマシューのことを思うとき、いいことはひとつも覚えていない。悲しみしか考えられない。わたしはそんなふうにならないわ」

「わたしが好んでこんなふうになったと思うの？　マシューの死で嘆き悲しむことを、わたしが自分から選んだと思っている？」

「そうよ。あなたは毎日、自分自身とマーティンに、あなたは虚弱で病気だと思わせている。何年ものあいだ。悲しみがいまだに癒えないのはたしかでしょう。でもあなたは三年近く、悲しみだけを友にしてきたわ」

　エリナーは横を向いた。頬は濡れている。ジョーンは罪の意識に駆られて唇を噛みしめた。それでも、自分が正しいのはわかっていた。

「あなたはかつて幸せだった。そして、二度と幸せになれないと考えた。手を伸ばせば幸せはそこにあったのに。だから手を伸ばすのよ。エリナー、約束して。もう悲しみに支配されちゃだめ。あなたをそんな状態で放っていけない。だから、悲しみはぶっ飛ばして、幸せを手に入れてちょうだい」

エリナーは返事をしない。ジョーンも答えてもらえるとは思っていない。エリナーがこれまでジョーンに耐えてくれただけでも奇跡だった。ジョーンは身分が低い生まれの泥棒だ。父の周到な計画によって、まともな話し方やスプーンやフォークの正しい使い方を身につけたけれど、ほんとうの意味で貴族の一員にはなれなかったし、これからも決してなれない。自分はマディと同等だ——ほんの一部の人間にだけ、ほんの少し意味がある存在。

「マーティンと話すわ」ジョーンはがっくり肩を落とした。

「話はそれだけじゃないの」エリナーは小声で言った。横のテーブルに置かれていた手紙を取りあげる。「ようやく連絡が来たのよ。今朝マディが持ってきてくれたわ」

手紙はすでに開封されていた。ジョーンは紙を広げて読んだ。ダニーはダフネを見つけた。少なくとも、ダフネがどこに向かったかを突き止めた。彼女は男性に連れられて宿を出ていた。一緒に来たのとは別の男性だ。イングランドに向かっているが、具体的な目的地は不明だという。

ジョーンは大きくため息をついた。「マーティンと話すわ。そしてここを出ていく。マーティンにはダフネのことを言わなくちゃ。彼にはわたしたちより優秀な情報源があるでしょう。なんとしても彼女を見つけないと」

「あなたには行ってほしくない」エリナーはかすれた声で言った。「でも、あなたの言うとおりね。ダフネのためには、あなたがいま出ていくのがいちばんいいわ」

「今夜出ていく。もう荷造りはできているの」

ジョーンはその場にエリナーを残して部屋を出た。どちらも互いに顔を合わせようとはしなかった。ふたりはしばらくのあいだ友人だったけれど、その期間は終わったのだ。

別れのときが来た。夢は終わった。

18

ジョーンは晩餐の前にマーティンを見つけられなかった。ようやく彼の居所を突き止めたが、それは、彼はジョーンがエリナーと話しているあいだにロード・ファーレイとともに村へ行ったというものだった。

もしかしたら、ロード・ファーレイがマーティンの頭に分別を叩きこんでくれるかもしれない。分別。いつからジョーンは、この茶番劇を分別あるものと考えるようになったのだろう？　マーティンはロード・グレイを叩きのめし、蹴りつけ、神への恐怖を植えつけるべきだった。それこそが分別ある行為だ。誰も気まずい思いをしないよう体面を取り繕うことには、もう飽き飽きだった。

ようやく晩餐の時間が近づくと、ジョーンは座って居眠りしているミセス・ウィンを含めて女性陣に取り囲まれてしまった。彼女たちは晩餐テーブルの片方の辺にずらりと並んで腰かけた。男性陣が奉仕するという取り決めにもかかわらず、使用人は午後じゅうかかって料理をしたり食器を磨いて並べたりしていた。

「来たわ」フィービーがささやいた。彼女はジョーンの左隣に座り、しばらくそわそわとテーブルクロスをつまんでいた。ジョーンは、これがフィービーにとって人生最高の興奮であることを自分が哀れんでいるのかうらやんでいるのか、よくわからなかった。

現れた男性陣を見て、女性四人は息をのんだ。フィービーは喜んで、キティはあきれて。四人ともシーツを古代ローマ人のトーガのようにまとっている――ただし服の上からであることに気づいて、ジョーンは少々がっかりした。肌がふつう以上に露出した部分はない。彼らはロード・グレイに月桂樹の冠をかぶせていたが、冠は頭の上で少し傾いていた。四人とも花とリボンで編んだ頭飾りを手に持っている。勝者の冠だろう。ジョーンはロード・グレイの捧げ物を不安の目で見つめた。彼はこれを自分の妻に贈るのだろうか？

「女神たちよ！」ロード・ファーレイが高らかに言った。「我らいやしい人間が捧げ物を持ってまいりました」

四人はテーブルを回りこんできた。予想と違ってロード・グレイはジョーンのほうに向かってきた。マーティンは嫌悪感を隠さず彼を見つめている。ジョーンもあまり表情を繕えていない気がする。

「女神ミネルヴァに」マーティンはブルーベルを編みこんだ冠を妹にかぶせた。冠は斜めに傾いた。彼はロード・グレイから目を離さなかった。エリナーはいら立ちの顔を向け、優美な指で冠をまっすぐ正した。

「女神プロセルピナに」ロード・ファーレイがスイセンの冠をフィービーにかぶせると、フィービーはしかめ面になった。

「わたしはヴィーナスじゃないの？」残念そうに訊く。彼女の兄は険しい顔になった。愛の女神ヴィーナスは、彼が妹にふさわしくないと感じるほど退廃の象徴なのだろう。

「女神ユーノーに」ハーケン船長は忘れな草の冠をうやうやしくキティの頭にかぶせた。彼女は顔を赤らめてうつむき、彼はあとずさった。

ジョーンは顎をあげてロード・グレイと目を合わせた。彼は口角をあげて小さく微笑みながら、ゆったりと言った。「そしてわたしに打ち勝った女神ディアーナに」彼は薔薇の冠を持ちあげた。ジョーンはとげを見た。ちょうど頭皮にあたる部分だ。彼女は頬の内側を噛んだ。そんな子どもっぽい策略に対して、悲鳴をあげて彼を喜ばせるつもりはない。

冠を受けるため頭を屈める。

彼は指で冠を押しこんだ。とげが頭皮に刺さる。ジョーンは爪先を丸め、手の爪をてのひらに食いこませて耐え、たじろぎもしなかった。なんの反応も示さなかった。温かく濡れた血が出たけれど、冠と髪が隠してくれるだろう。「ありがとう。でも女神は食事を所望していますわ、紳士方」

ロード・グレイは妙な表情であとずさった。彼は危険な男だけれど強い人間ではない。ジョーンの強さに困惑しているらしい。

男性たちはお辞儀をしてまた出ていった。最初の料理を取りにいったのだろう。フィービーがくすくす笑って冠に触れると、花は上下に揺れた。

「すてき」

「楽しかったわね」キティは一本の指で首からこめかみまでをなぞった。

「キティお姉様って、もう全然面白くない。結婚するとつまらない人間になるのかしら」フィービーが言う。

「疲れているだけよ。それに、そんなふうに言っているのをお母様に聞かれないようにね。あなたを娶ってくれる人はいないかもしれないとあきらめかけているのよ。だけど、ロード・フェンブルックと結婚できる望みがなくなったら、お母様ももう少し広く網を張るかもしれないわね」キティは横目でジョーンを見た。

「来年にはまたバーチホールを正式に開放しようと思うの」エリナーは言った。「誰を招待するか決めるのを手伝ってね、キティ。そうしたら、あなたにも求愛者が見つかるかもしれないわ」フィービーに言う。「昔は、うちに来れば結婚相手が見つかると有名だったもの」

「悪名高い、と言ってもいいわね」キティが言い、ジョーンは初めて彼女の目にきらめきが宿るのを見た。「フィービーが来たら、かなてこで引きはがさないかぎり、コリンお兄様はフィービーのそばから離れないわよ。おたくのパーティは単に人を婚約させる以上のことをするという評判だから」

「あら、そんなのわかっているわよ」フィービーはそっけなく言った。「でもわたしは、恋に落ちるほど愚かじゃないわ。みんなわたしをばかだと思っているけど」彼女はジョーンにそっと言った。

「ばかより悪いこともあるのよ」ジョーンは言った。「それに、ばかだと思われていたら、実際には頭がいいとわかったら人を驚かせられる」

「自分がそんなに頭がいいかどうかわからない」フィービーは言いながらも満面の笑みを浮かべていた。「あら、召使いがスープを持ってくるわ!」

彼らはまだ姿を現していないけれど、扉の外でのカチャカチャという音がその存在を告げていた。彼らがようやく入ってくると、ジョーンは身を硬くした。ロード・ファーレイのトーガにはオレンジ色のスープがついている。彼らが並ぶ順序は——。やはり彼らは、今夜ずっとロード・グレイをジョーンにあてがうつもりらしい。アーチェリーではジョーンが勝ったけれど、負けることで彼と距離を置けるとわかっていたら喜んで負けただろう。マーティンもあまりうれしそうに見えない。

女性たちの前にスープが置かれた。ロード・グレイは屈みこんだ姿勢から体を起こしながら、手でジョーンの背中を軽くなぞった。ジョーンは身震いした。彼が触れたのは誰にも気づかれていない。これが手始めなのは間違いない。料理は何品出されるのだろう?

男たちはさっと後ろにさがった。ジョーンはロード・グレイの視線の熱をうなじに感じながら食べた。頭を動かすたびに、とげが頭皮を引っかく。スープの味もわからないけれど、無理やり飲みこんだ。明日からは路上で食べることになる。上等な食べ物を無駄にするのはもったいない。

皆がスープを飲み干すと、食器はさっとさげられた。今回ロード・グレイは一本の指で胸の脇に触れてきた。ジョーンは膝の上でこぶしを握り、まっすぐ前を見つめた。だが次の料理が来て、腰の後ろにてのひらをあてられたときには、いくらがんばってもほんの数口しか食べられなかった。

「どうかしたの？」フィービーは心配そうに尋ねた。

ジョーンは歯を食いしばった。「大丈夫よ。思った以上におなかがいっぱいになっただけ。こんなにすばらしい食べ物ばかりで」ジョーン自身の耳にも説得力があるように聞こえなかったけれど、フィービーはちょっと顔をしかめただけで、自分の皿に顔を戻しかけた。だがそのとき――。

「血が出ているわ！」フィービーは息をのんだ。

ジョーンの手は首に向かった。髪に隠れていた血が細い筋となって喉まで垂れていた。

「たいしたことはないわ」するとマーティンが喉の奥から声を出して一歩前に出た。ジョーンは冠を外したが、そのときまたとげが頭皮をこすった。「とげが一本、忠実な召使いの目を逃れただけ」冠をテーブルに置く。「たいした傷じゃないわ」

「どういうつもりだ、グレイ？」マーティンは詰め寄った。ジョーンは体をひねって後ろを向いた。騒ぎを起こさないで、と言いたい。今夜は皆に騒いだり警戒したりしてほしくない。この饗宴で彼らがぼうっとしてくれるのを願っていたのだ。

ロード・グレイは当惑を装っている。「なにが言いたい？」

「わざととげを残したんだろう」

ロード・グレイは両手を広げた。「わたしがなぜそんなことをする？　ただの事故だぞ」

「その腕の切り傷もか？」マーティンは声を荒らげた。エリナーが立って兄のところに向かう。ハーケン船長は腕を出して彼女を止め、首を横に振った。ロード・ファーレイはただただ戸惑っている。

「どういうことだ、マーティン？　単なる不注意じゃないか。それから切り傷というのは？」

ロード・ファーレイはマーティンの肩をつかんだが、マーティンはその手を振り払った。

「くそっ、グレイ、二度と彼女に手を触れたら――」

「もういい」ロード・ファーレイはジョーンを、そしてグレイを見、納得したようにうなずいた。「ご婦人方、ちょっと失礼する。ロード・フェンブルック、ロード・グレイ、来てくれ。解決すべき問題があるようだ」

三人が部屋を出ようとすると、ジョーンは顔をほてらせて席を立ち、ついていきかけた。

ロード・ファーレイは立ち止まって振り返った。「ここにいなさい」

「いやです」彼女は足を進め、そう高くない背をまっすぐ伸ばした。「わたしについて話し合うおつもりなら、わたしもその場にいます」

ジョーンひとりが男性三人とともに部屋に入っていくのは、礼儀作法の規則の数々を破る行為だ。けれど礼儀作法はすでに踏みにじられている。ロード・ファーレイもそれをわかっているらしく、うなずいた。キティは真っ青な顔で椅子の背にもたれて身を縮めている。フィービーは恥ずかしげもなくあんぐり口を開け、喉元に手を置いた。エリナーは――ジョーンはエリナーの表情を読み取れず、ハーケン船長がエリナーにささやきかけた言葉を聞き取れなかったけれど、エリナーは席に戻ってまっすぐ前を見た。

ロード・ファーレイが差し出した腕を、ジョーンは取った。男性ふたりがその後ろにつく。ジョーンは足元に注意を集中させようとした。自分はなにも悪いことをしていない。この騒ぎはすぐに終わる。だったらなぜ、絞首台に向かっているような気がするのだろう?

四人は書斎へ行った。最低限の礼儀作法として、ロード・ファーレイは扉を開けたままにした。ハーケン船長が廊下にいるのがジョーンからちらりと見えた。ゆったりと壁にもたれかかっている。この話し合いを聞き逃すつもりはないようだ。

「さて」ロード・ファーレイは炉棚の前でジョーンの手を放した。「いったいどういうことか、誰か説明してくれ」

「これは」マーティンが怒りをこめて言う。「きみの義弟がぼくの婚約者を困らせているということだ」

「婚約者じゃないわ」ジョーンが抗議するのと、ロード・グレイが「くそっ、わたしはその女をメイドだと思ったんだ」と言うのは同時だった。

ロード・ファーレイが勢いよく振り向くと、ロード・グレイは縮みあがった。「なんと思ったただと?」その声の冷たさは部屋の温度を一度はさげた。

「あの赤毛のアマだと思った」

「若い女性と同席していることを忘れるな」ロード・ファーレイの口調は変わらない。顔にはなんの表情もない。冷気はジョーンの体の芯までしみこんだ。

「わたしが説明します」ジョーンが言うと、ロード・グレイとマーティンが同時に口を開いた。ロード・ファーレイは手をあげてふたりを制した。

「話してくれたまえ」

「メイドのマディは、以前ロード・グレイのお屋敷で働いていました」ジョーンは慎重に言った。彼らはメイドなどに関心がないのだ、と自分に言う。でもマーティンなら関心を持ってくれるはずだ。ある程度は。「マディは、ロード・グレイが怖いと言いました。わたしはロード・グレイが彼女を見つめているのに気づいて、マディが困った立場に立たされるのではと思いました。わたしの部屋で待つようマディに言って、マーティンの部屋に行きました。そうしたらロード・グレイが入ってきたのです。彼がわたしをマディだと思ったのはほんとうです。でもマディはわたしと同じく、彼に触れられることを望んでいませんでした。わたしはロード・グレイに、マディに手を出さないように言いました。さもないと痛い目に遭わせると。するとロード・グレイが襲いかかってきたので、わたしは腕に切りつけました」ジョーンはかなり省略して話した。「怪我をさせるつもりはなかったのですが、傷つけてしまいました。以上です」

「この人でなし」マーティンが怒鳴った。全身をこわばらせている。ジョーンは彼の自制を称賛すべきかもしれないけれど、実は彼が怒りを爆発させるところを見てみたかった。何度も想像したように、ロード・グレイが床に這いつくばっている姿が脳裏に浮かんだ。

「ほんとうなのか？」ロード・ファーレイは質問した。

「わたしが人でないということか？　それは両親に訊いてくれ」ロード・グレイは軽く言ってせせら笑った。「わかるだろう。あれがミス・ハーグローヴだと知っていたら、わたしだって手を出さなかった。ただの誤解だ。まあわたしなら、たかがメイドのためにあんなに激しく戦わないがね。ミス・ハーグローヴはナイフで切りつけてきたんだぞ」

「黙れ」ロード・ファーレイは鼻梁をつまんだ。「頼むから」

「おまえは彼女のナイトドレスを破った」マーティンが言う。「腕にあざをつけた。そのときも、彼女をメイドだと思っていたのか？」

ロード・グレイは鼻息を吐いて首を横に振った。「なぜこんな話し合いをしているのか、さっぱりわからないな。なにも実害はなかった。少なくとも、この話が外に出ないかぎり」

その脅しはジョーンに向けられている。彼女はため息をついた。ダフネの評判を気にして過ごすのには、ほとほと嫌気が差した。評判というのはかなり不便なものだ。自分自身の評判はとっくに汚しておいてよかった。いまの評判を維持するよりは、新たな人間となって一から評判を築くほうがよほど簡単だろう。

「話は外に出ない」ロード・ファーレイは言った。「しかし、おまえは出ていく。荷造りをして、ここから立ち去れ。村に宿屋がある。そこに泊まっていろ。そのあいだに我々が、次にどこへ行けばいいかを決めてやる。おまえが今後ロード・フェンブルックと交流することはない」

「せめて今夜はわたしたちを泊めてくれ」ロード・グレイは頼んだ。

「ああ、キティは泊まる」ロード・ファーレイの口調は反論を許さないものだった。「妹はここにいる。この訪問が終わったら、おまえのところに戻るのか、家族のもとにとどまるのか、キティが自分で決める」

「本気じゃないだろう」

「夫婦が別居するのは珍しいことじゃない。それに、キティはおまえを許すかもしれない。おまえが非常にいい夫でいるのなら」

ジョーンは笑みを隠した。ロード・グレイは口角泡を飛ばした。「キティに言うつもりじゃないだろうな。言わないでくれ」

「妹はおまえが思っているよりも頭がいい。言われなくても自分で察するだろう」

「だが――」

「心配しているのが金のことなら、気にするな。キティはおまえが安楽に暮らせるようにしてくれるはずだ。おまえが今後道を踏み外さないかぎり」

これ以上強く歯ぎしりしたなら、ロード・グレイの歯はぽきんと折れるだろう。彼はばか丁寧にお辞儀をし、黙って部屋を出ていった。ロード・ファーレイは肩の荷をおろしたようにため息をついて、体の力を抜いた。「あんなやつだとは思わなかった」

「ぼくもだ」マーティンは自分の手を見おろした。「やつを殴ってやりたかった」

「殴らなくてよかったわ」ジョーンは言ったが、それは完全な真実というわけではなかった。

「なにを考えていたんだ?」ロード・ファーレイは戸惑って尋ねた。「きみは傷つけられたかもしれないんだぞ。貞操を奪われたかもしれなかった」

「いまもそういう危険はあるでしょうね」ジョーンは平然として言った。「あの方はどうなさると思われますか？」グレイが出ていった廊下に目をやる。彼は利口ではないが、愚かでもない。おそらく酒を飲んで酔いつぶれるだろう。そのあとしらふになったとき、ファーレイの命令は、名誉――そして財産――を無傷で保つための唯一の方法だったと悟るだろう。

「グレイはばかじゃない。この話を誰かにしたら、キティは完全にやつと縁を切る

あいつは――」ロード・ファーレイはそこで言いよどみ、こぶしを握ったり開いたりふ

自分を抑えようとしている。過保護な男性がなにかを殴りたくなる衝動には困ったもの

とジョーンは思った。

「あなたはわたしよりも、妹さんのことをよくご存じです。ロード・グレイが奥様に手をあげたことがあるとは思えません。奥様は失望して悲しんでおられるとしても、怖がってはおられないでしょう」ジョーンはエリナーの洞察力をまねて言ってみた。これ以上事態を複雑にはしたくない。

ロード・ファーレイはうなずいた。「ああ、きみの言うとおりだと思う。いまさら妹になにもしてやれない。逃げてきたら家でかくまってやるくらいだ。ちくしょう。やつが求婚したとき、こういうことを少しでも予想できればよかったのに。もともと父はやつを気に入っていなかったんだ」

「あなたのせいではありません」ジョーンは礼儀正しく言った。マーティンは彼女の横まで来ていた。手を触れはしなかったけれど、ジョーンには彼の存在が感じられた。彼の内面ではさまざまな感情がまだ渦巻いているらしく、いきり立っているけれど、それでもジョーンにとっては心が慰められた。

今夜が彼と過ごす最後の夜になる。突然の悲しみがジョーンを襲った。自分は今夜ここを抜け出す。二度と彼に会えない。

「大丈夫だ」マーティンはジョーンの肩に手を置いた。「もう解決した」

ひと粒の涙がジョーンの頬を伝い落ちた。彼の言うとおりならよかったのに。マーティンの手に自分の手を重ねる。ロード・ファーレイは謎を解こうとするかのようにふたりを見つめた。

「晩餐に戻らないと」

「少し時間をください」ジョーンはまっすぐ立っていられそうになかった。マーティきしめてほしい。彼の腕を感じ、ここが自分の居場所だと感じたい。でも、それはーティョーンのいるべき場所は彼の腕の中でも、バーチホールでもない。「お願いでンが動こうとしないので、ジョーンはなおも言った。マーティンは肩をぎゅっと握ったあと、一歩さがった。彼の手がゆっくりジョーンの手の下から抜け出る。ジョーンの腕に震えが走った。彼女は丸めた手を腹にあてた。マーティンの姿が消えるのを見ずにすむよう、目を閉じた。

いや、姿を消すのは自分だった。数時間後に。

「ミス・ハーグローヴ」

驚いて目を開けると、ハーケン船長が手を後ろに組んで扉のそばに立っていた。彼は咳払いをした。「わたしは臆病者だった。女性が行動を起こしたというのに、わたしは行動を起こすことを考えるだけの勇気もなかった。情けない。きみには感謝している。なにか必要なときは、いつでも声をかけてくれ」

ジョーンは椅子の肘掛けに手を置いた。「それには及びませんわ」

「とにかく、必要なものがあればなんでも言ってくれ」船長はそれだけ言うと去っていった。

必要なもの。ジョーンが必要としているものは、ハーケン船長からは得られない。こんなふうに去ることはできない。最後にもう一度、マーティンの唇をこの肌で感じずにはいられない。ジョーンは立ちあがった。自分は今夜ここを出る。その前に、心に残る最後の思い出をつくろう。

19

〝廃墟で会って〟そのささやきは、一歩進むごとにマーティンの脳裏に戻ってくる。〝会って、会って……〟誘惑、そして約束。マーティンは誘いを受けるべきではなかった。だが、自制心はグレイの顔を殴りつけないことに使い果たしていた。あの場にファーレイがいなかったら、大変な騒ぎになっていただろう。まだ決闘を申しこみたい気持ちはある。ダフネはマーティンの保護下にある。とはいえ正式に婚約はしていない。そのことをダフネは、マーティンが認めたくないほど強硬に主張していた。

マーティンは芝生を歩いていった。月の光のおかげであたりは充分見える。彼は記憶に従って足早にダフネのいるほうへと向かった。彼女がマーティンの部屋に忍びこむことはありえなかった。そう、ダフネはそんなことをしない。廃墟。星空の下では、彼女の肌はどんなふうに見えるだろう？　誰にも聞こえない場所では、彼女はマーティンに抱かれて声をあげるだろうか？

興奮に駆られていっそう足を速める。もうすぐだ。彼は林の中を通った。木々の影で道は暗く、歩みを遅くせねばならなかった。唇を湿らせる。おそらくダフネは二週間という約束について考えを変えたのだ。婚約を決めないまま、マーティンとまた夜を過ごすという危険を冒しはしないはずだ。

淡く照らされた廃墟が目の前に浮かびあがった。ほんものの廃墟ではない。見せかけのために、祖父がわざわざ荒れ果てた建物をつくらせたのだ。倒れた柱は座るためにある。いままさにダフネが座っているように。彼女は片方の脚を折ってその上に尻を置き、マーティンに目を据えている。微笑んでいるのか？　薄暗い中でははっきりわからない。マーティンは近づいた。手が触れられるほど近くに来るまで、ダフネは身動きしなかった。そのあとマーティンの両手をつかみ、自分の横まで引っ張った。微笑んではいなかった。手の甲で彼の顔に触れ、指で喉をなぞった。

「来たのね」

「きみが呼んでくれたから。きみが呼べば、いつでもぼくは来る」マーティンは彼女の指にそっとキスをした。「ダフネ……」

彼女はキスでマーティンを黙らせた。「規則は知っているでしょう」

「今夜はきみの声を聞きたい」マーティンの声には、自分でも驚くほどあからさまな欲望が含まれていた。「沈黙を守らせないでくれ」

「沈黙はいらないわ。そこでじっとしていてね」ダフネは立ってマーティンから一歩離れた。自分の背中に手をやって、慎重に留め具を外していく。脱いだドレスを柱のひび割れた根元にかけ、次にコルセットを外した。シュミーズ姿になると、彼女は動きを止めた。シルクの下で、冷気にあたって乳首がぴんと立つ。マーティンからは、彼女の脚のあいだの黒い茂みも見えた。彼はじっくり眺めた。

「あなたの番よ」

マーティンは首に巻いたクラヴァットを急いでゆるめた。

「だめよ。もっとゆっくり」

彼の股間がぴくりと動いた。彼女は、見るだけで彼を硬くできる。マーティンはゆっくりしろと自らに言い聞かせた。彼女に楽しませた。ひとつひとつのボタンに指を滑らせ、外していく。一枚一枚、服が落ちていく。ダフネは片方の手でさりげなく自分の乳房をいじっている。最後にズボンを脱いだときには、彼は欲望で疼いていた。自らを撫でようと手を下にやる。

「だめ」ダフネは彼に近づき、手を体の脇までどけた。シュミーズがマーティンに触れる。生地が股間をかすめたとき、マーティンはうめいて手を伸ばした。ダフネは片方の手で彼の両手首をつかんで固定し、伸びあがって彼にキスをした。彼女が体をおろすとき、ふたりの下腹部が触れ合い、マーティンは身を震わせた。「じっとしていて」

ダフネは記憶にとどめようとするかのようにマーティンの顔を両手でなぞった。指先がゆっくり肩から胸へとおりていく。マーティンはこぶしを握りしめ、彼女に触れないようにした。彼女を抱き寄せないように。ダフネの舌が彼の乳首をはじく。快感が股間まで駆け抜けた。ダフネは徐々に体をさげていった。手と唇と舌でゆっくり彼の腹部に触れながらおりていき、最後に草の上にひざまずいた。彼を見あげる。大きく黒い目が月光を受けてきらりと光る。そして彼女は頭をおろした。

唇が勃起したものに触れた瞬間、マーティンはびくりとした。彼女の髪に手をやる。ダフネは片方の手でその手首をぎゅっとつかみ、舌を彼自身の先端に巻きつけた。

「ダフネ――」そのあとなにを言いたかったとしても、襲ってきた快感の波にのまれて言葉は消えた。ダフネは彼を口に含んでいた。マーティンのもう片方の手が彼女の後頭部をつかんだが、彼女は振り払わなかった。舌でマーティンのものの輪郭をなぞり、最も敏感なところを攻める。マーティンは腰を動かした。ダフネもそれに合わせて動き、彼を半分口にくわえた。マーティンは彼女の唇、彼を包む魅力的な口から目が離せなかった。快感が募り、彼は息をついた。「まだだ。きみが欲しい。きみのすべてが欲しい」

ダフネは顔を離した。舌で自らの下唇をなぞるのを見たとき、マーティンは自制心を失いかけた。ダフネはゆっくり立ちあがった。「奪って。今夜、わたしはあなたのものよ。身も心も」そして頭からシュミーズを脱ぎ捨てた。

月光は彼女を銀色に輝かせる。傷痕は飾りとなり、よりいっそう体の曲線を美しく見せる。マーティンは手を彼女の腰に滑らせた。もはや骨と皮だけではない。肉がつきはじめている。乳房をつかんで、その豊かさを堪能した。親指で乳首を転がした。「好きにしていいのか？」ダフネはうなずいてマーティンの手を取った。倒れた柱の向こう側まで引っ張っていく。草の上に毛布が敷かれていた。

「なんでも」

マーティンは彼女を寝かせた。ダフネは目を閉じた。手を自分の太腿のあいだにやって肌を撫でる。マーティンは彼女の膝を割り、手をどけさせて自分の手を置いて、すでに濡れている場所を愛撫した。一本の指を差し入れると、ダフネは喜びの声をあげた。

もう待てない。彼はダフネの腰を持ちあげ、自らを入り口にあてがった。「きみはぼくのものだ」とささやく。「今夜、そしてこれから毎晩。ぼくはきみのものだ」

ダフネは黙ったままマーティンを引き寄せた。マーティンは彼女を貫き、根元までうずめた。


彼が入ってきたとき、ジョーンは叫び声をあげた。最初は、手と口だけで彼に奉仕し、さらなる危険を冒してまじわることはしないつもりだった。無理強いされたり、評判の悪い友人たちと夜中まで酒を飲んだりした中で、男性を喜ばせる方法はいろいろと覚えていた。なのにマーティンにいいのかと尋ねられた瞬間、彼を拒むという思いは霧と消えた。

マーティンは激しく突き入れてくる。やさしい愛撫の段階は越えていた。ジョーンは身悶えして脚を彼の腰に巻きつけた。マーティンは頭を屈めて乳房の下に歯をあて、そっと乳首まで滑らせていった。ジョーンの手は彼の胸に向かったが、彼はかすれた声で笑ってその手をつかんだ。

「だめだ」からかうように言う。今度はゆっくり、じらすように、途方もなく我慢強くダフネの中に入っていった。彼女が腰を浮かせて迎え入れようとすると、マーティンはまた引き抜いた。ジョーンは彼を求めて息を荒くしている。マーティンは彼女の両手を体の脇で押さえつけたが、ジョーンがそっと手を引くとマーティンはすぐに解放した。「ぼくはぜったいにきみを傷つけない」とささやく。

「わかっているわ」ジョーンはマーティンの手を取ると、今度は指を絡めた。マーティンはまた彼女を地面に押しつけて突き入れた。ふたりはどんどんリズムを速めながら一緒に動いた。彼の重みがジョーンの敏感な花芯に強い圧力をかける。最初の頂点が訪れ、ジョーンは唇を噛みしめた。

「きみの声は誰にも聞こえない」マーティンはささやいた。「ぼくだけだ。叫んでくれ、ぼくのために」動きを速める。突き入れるごとに息が荒くなる。ジョーンは頭を毛布に押しつけた。マーティンは首筋にキスをした。熱い息が肌にかかる。「ぼくのために叫んでくれ」

またしても絶頂に襲われ、ジョーンは叫んだ。ふたりは手を絡め、言葉にならない声が彼女の喉から発せられる。マーティンは身を震わせながらさらに三度、荒々しく突き入れたあと、くぐもった声をあげた。彼が最後に引き抜くと、一瞬ジョーンは恐慌に駆られた。

毛布に顔をうずめ、激しく息をつく。目が潤む。涙が流れ落ちて毛布を濡らした。マーティンが頬に触れてきた。彼の息も荒い。

「ダフネ。いとしい人」

ジョーンは薄闇の中で涙が見えないことを願いつつ、彼に顔を向けた。だがマーティンは親指で頬をなぞった。

「どうした?」彼の心配そうな声に、ジョーンの心は崩壊しかけた。なんとか自分を保って体を起こし、膝を横に向けて曲げる。

「愛しているわ」

マーティンは喉の詰まったような笑い声をあげた。「それは泣くようなことじゃないだろう」

「そういうことかもしれないわ」今回、マーティンは説明を求めなかった。ジョーンが彼の肩に顔をうずめて静かに泣くあいだ、ジョーンを抱きしめていた。ジョーンは、自分たちが持てない夜のこと、ふたりのものにならない将来のことを思って泣いた。

涙が枯れると、マーティンはキスをした。ふたりは黙ったまま横たわった。どのくらいそうしていたかわからない。そのあと、また愛を交わした。静寂を破るのは互いの「愛している」というささやきだけだった。今回、快感の頂点は静かに訪れた。ぬくもりが歓喜の光に包まれて全身に広がる。終わると、ふたりは冷たい風を素肌に受けながら横になった。マーティンは後ろからジョーンを抱きしめ、彼女の肩に口づけた。

「二週間は長い」彼はささやいた。

「そんなに待たなくてもいいわ」ジョーンはささやき返した。

「うん。よかった」彼はジョーンの脇腹を撫でた。「きみに言わなくちゃならないことがある。ぼくはいつまでも伯爵でいるつもりはない」

ジョーンは眉根を寄せた。「いったん爵位が与えられたら、返上はできないんでしょう」

「ふつうはそうだ。しかしぼくにはチャールズという二歳上の兄がいる」

「お兄様は亡くなったと思っていたんだけど」

「死亡宣告された。だがほんとうに死んだとは思っていない。兄は父から逃げてカナグに行ったんだと思う。父はあまり本腰を入れて捜そうとしなかった。ぼくはそうするつもりだ」

「お気の毒に。お兄様か爵位かを選ぶのは難しいでしょう」

「そうでもない」マーティンは指で彼女の腰をなぞった。ジョーンは身を震わせ、彼に抱きついた。「たとえ爵位に伴う義務を楽しんでいたとしても、選択は難しくなかっただろう。ぼくは単なるミスター・ハーグローヴのほうがいい。もっと自由に生きたい」

「お兄様もそれに同意してくださるかしら？」ジョーンは自分の兄について考えた。モーゼスなら財産や権力に飛びつくだろう。自分の代わりにそれを手にした者を簡単には許さないだろう。ジョーンがひとり立ちして仕事を始め、モーゼスが暴行やスリで手に入れたよりも多額の金を人をだまして手に入れるようになったときから、兄妹のあいだには溝ができた。モーゼスはジョーンが主導権を握るのを嫌った。彼は、もうジョーンに必要とされていないと思ったのだろう。

そのとおりだった。

「そうだと思う。おそらく兄は、バーチホールに戻って家族の長になりたがっている。でも、兄がぼくを許してくれるかどうかはわからない。兄と父は喧嘩をしたけど、ぼくと兄も喧嘩をした。大喧嘩だ。ぼくはひどいことを言った……兄を臆病者と呼んだ。嫌いだと言った。できるものなら取り消したい」マーティンは手を止めた。ジョーンは彼の腕の中で向きを変え、顔を合わせた。

「お兄様があなたと似ているなら、きっと許してくださるわ」彼の顔を手で包む。ジョーンとモーゼスは正反対だった。互いに悪意を抱いていた。モーゼスにされた仕打ちを、ジョーンは決して許せないだろう。でもマーティンは多くの意味で、ジョーンよりずっと善良な人だ。「似ているの？」

「少しね。ぼくよりもっと頑固だけど」

「ありえないわ」ジョーンは彼の口の端にキスをした。「だったら、お兄様は戻ってこられるわけね」

「いいのか？　ぼくがもう伯爵でなくなっても？」

ジョーンはまた体をおろしてマーティンにずり寄った。「ええ」そんなことはどうでもいい。「どんな肩書きであっても、あなたを愛するわ。どんな名前でも」そんな切望に満ちた言葉を吐く自分が情けない。彼もジョーンについて同じことを言えればいいのに。でも別の女性の名前や立場を盗むのは、爵位を手放すのとまったく違うことだ。

ジョーンは彼に背を向けた。ふたりはそれ以上なにも言わず、決して離れないとばかりに体を絡め合わせて横たわった。

長い時間そうしていたが、やがてマーティンの息遣いが遅く一定になった。ジョーンは彼の腕からそっと抜け出て手早く服を着た。胸の中では悲しみが渦を巻いている。予定より長い時間を過ごしてしまった。夜明けまでにできるかぎりバーチホールから遠ざかるつもりだった。自分がいなくなったことをマーティンが知る前に。

最後に彼をちらりと見たあと、その場を離れた。フォックスは感心にも、少し離れた木につながれたままおとなしくしていた。フォックスが吠えていたなら、ジョーンは静かにしろ、彼女がベッドにいるかを人に調べられたらまずい、と言わねばならないところだった。でもフォックスは棒を——いや、かつて棒だったものを——噛んで遊んでいたようだ。棒は彼女の親指ほどの大きさのかたまりと化している。ジョーンが近づくと、フォックスは尾を振ってうれしそうにキャンキャン吠えた。「静かに。マーティンが寝ているわ」木から紐を外し、フォックスを引っ張って歩きはじめる。荷物はダイヤモンドも含めてすべて小屋に置いてある。ここからはそう遠くない。

フォックスがまた吠えた。「静かに」ところが今回、犬は耳をぴんと立てていきり立っている。声はうなりに変わった。ジョーンの腕に鳥肌が立った。「誰かそこにいるの？」ささやきより少し高い声で訊く。「誰？」

数歩離れた木の陰から人影が現れた。月光がその人物の顔を照らした。グレイだ。

「こんばんは、ジョーン」彼はにやりと笑った。

ジョーンは背を向けた。グレイは飛びかかり、ドレスの背中をつかんで引き戻した。ジョーンはよろよろと彼にぶつかった。濡れていやなにおいのするものが口に押しつけられる。

フォックスは歯をむき出してグレイにぶつかっていった。グレイはフォックスの胸を蹴った。ジョーンは布にふさがれた口で悲鳴をあげ、フォックスはキャンと鳴いて後ろに滑っていく。ジョーンの足が地面から離れた。夜の闇が深くなる——それとも視力が失われているのか？

フォックスは動いていない。ジョーンはグレイの袖に爪を立てたが、彼の腕は鉄の棒のように胸を締めつけてくる。だめだ、とジョーンは絶望に駆られた。もうちょっとで逃げられるところだったのに……。

やがて彼女は完全な暗闇に包まれた。

20

意識が戻ったとき、ジョーンの腹には鞍頭が食いこんでいた。強烈な馬のにおいがする。頭はがんがん痛んだ。グレイの前で鞍にうつぶせにさせられていて、全身の血が頭に集まっているようだ。試しに体を動かしてみたが、腕や足に力は入らない。手首と足首は縛られ、さるぐつわが噛まされていて口の中はひどく乾いている。地面は淡い光で照らされていた。そろそろ夜明けだ。彼女はもう一度体を動かした。

「おい、ちゃんと見てろ、落ちそうだぞ」聞き慣れた声が響く。

モーゼス。ジョーンは身を硬くした。

「こんなに早く目覚めるとは思わなかった」グレイが言った。足音がしたかと思うと、ジョーンは馬から引きずりおろされた。馬が歩みをゆるめて鼻息を吐く。ジョーンはグレイの腕の中でもがいたが、彼の肩にかつがれ、顔はグレイの背中に押しつけられた。「そこを開けろ」

蝶番のきしむ音がして、グレイはジョーンを狭い石の建物に運びこんだ。ジャガイモの袋のように無造作に投げ出され、頭が奥の壁にぶつかった。目の前で星が踊る。

「体は調べたのか?」ヒューだ。彼はグレイの後ろから建物の戸口に現れた。モーゼスは不安そうな顔で外に立っている。なぜグレイが彼らと一緒にいるのだろう?

「身につけてはいない」グレイが言う。「徹底的に調べた」

グレイの手に体を探られたことを思って、ジョーンは身震いした。

重い息遣いが聞こえたのでぱっと頭をめぐらせたが、すぐに後悔した。こめかみが疼いて、目まいに襲われたのだ。ふたたび視界が晴れたとき、狭い小屋の別の隅にうずくまる人影が見えた。泥だらけの顔をした若い娘が意識を失って倒れている。ダフネだ。いったいどういうことだろう?

「おれが調べる」ヒューが歩きはじめたが、グレイは手を出して止めた。

「わたしが調べたと言っただろう」

ヒューは身をこわばらせたが、そのあとにやりと笑ってグレイの肩に手を置いた。「あんたは信用してるよ、相棒。だけどおれは、この女がものをどこに隠すのが好きかを知ってる。そいつと親しいおれなら、あんたが見逃したものを見つけられるかもしれねえ。そういうことだ」

グレイは肩をすくめた。「好きにしろ」

ヒューがやってくる。ジョーンは壁に背中を押しつけた。

「おいおい。抵抗するなよ」ヒューを見るとジョーンはいつも、靴を払って落とした汚れを連想する。痩せてひょろ長い彼は不快感を催させる。彼の細い指がジョーンの髪に分け入って頭皮をつついた。ジョーンは足をあげて彼のみぞおちを蹴りつけようとしたが、彼はジョーンの膝を乱暴に下に押しつけ、馬乗りになって動きを封じた。「抵抗しても無駄だ」ドレスの縁をなぞり、胸の谷間に指を差し入れる。モーゼスはそれを見て怒りの叫びをあげ、こぶしを握って走ってきた。ヒューが後ろにちらりと目をやる。「なんだ、おまえがやりたいのか？」するとモーゼスは顔を真っ赤にして止まった。

「すまん、ジョーン。だけど、脱走したおまえが悪いんだ」ジョーンがにらみつけると、モーゼスは顔を背けた。

ヒューはすでに乱れているジョーンの服をくまなく探った。彼が脚の内側に手を滑らせたときには、ジョーンは壁に顔を向けて耐えた。せめてもの救いは、手がそこにとどまらなかったことだ。さすがのヒューも、モーゼスの目の前でそこまではしない。

「なにもない」彼は立ちあがった「ふん」黄色っぽいひげがもじゃもじゃに生えた顎をかいて考えこむ。

「では、どこなんだ？」グレイはいらいらして尋ねた。ジョーンは両手を動かして、手首を縛る縄の強さを調べてみた。きつい。しかし結び目は……時間があれば解けそうだ。ヒューが縛ったのではない。ヒューがしたのなら、ジョーンは永遠に逃れられないだろう。

「こいつに訊くしかねえな」ヒューは大儀そうに言った。ジョーンははっとした。いまの口調は知っている。流血の事態が起こる前触れだ。ヒューはしゃがみこみ、ジョーンの顔の前で一本の指を左右に振った。「噛むなよ」手を伸ばしてさるぐつわをゆるめ、口から外した。

ジョーンはえずいた。胃がきゅっと締まり、中に残ったわずかなものを床に吐きそうになる。ヒューはジョーンの顎をつかんで自分のほうを向かせた。「どこにあるんだ？　おまえが盗んだ宝石だよ」

口の中が乾燥していて吐きかける唾もわかないので、ジョーンは唇をめくりあげて歯をむき出した。「知りたい？」

「もちろんだ」ヒューは彼女の顔を横に向けてダフネを見させた。ダフネもさるぐつわを噛まされ、両手は体の前で縛られている。さっきからまったく動いていないけれど、胸は規則的に上下していた。生きてはいる。おそらく薬で眠らされている。「わかるか？　ミス・ダフネ・ハーグローヴだ。おまえがその女に化けてるとわかったから、おれたちは女のほうを追った。簡単に見つかったよ。家族が見つけてたら、いまごろこいつは無事にベッドですやすや寝て、朝食を待ってただろうな。だけどおまえが家族をだましたから、いまこいつはおれたちの手の中にある。ずっとここにいてもらうぞ。おまえもだ。ダイヤモンドが見つかるまで」

「そのあとは？　解放してくれるの？」

「その女は解放してやる。おまえはおれたちと一緒にいる」

「だったら、わたしがなにか言う必要はある？」ジョーンは無理に声を出して笑った。「そんな女がどうなろうと、わたしには関係ないでしょ？」

「おいおい、ジョーン。ばかなやつめ。おれたちは昔からの知り合いだろう？」ヒューは愛情を装って彼女の頬を軽く叩いた。「おまえは、そのお嬢さんに危害が加えられるのを許さない。ちゃんとわかってるんだ。だから時間を無駄にするのはよせ」

ジョーンは目を閉じたが、よけいに部屋がぐるぐる回って感じられた。「ダフネを解放してくれるの？　誓う？」

「ダイヤモンドが手に入ったら、わたしが彼女を〝救出〟する」グレイは悦に入っている。

「その女を連れて帰れば、妻もわたしを見直す。そんな機会は逃したくない」

彼はジョーンを安心させようとしているようだ。ジョーンは目を開けて彼をにらみつけた。

「あんたはばかよ。わかっている？」ヒューにいいように操られるとは、ジョーンはグレイがそこまで愚かだとは思っていなかった。いやむしろ、ヒューが人をだまして自分の思うとおりに動かすことに長けているのだ。

グレイはうなったが、ヒューは手をあげて制した。「ダイヤモンドを出すんだ、かわい子ちゃん」

そのばかげた愛称を、ジョーンは忘れかけていた。ヒューの不快な口臭も、なにかをつねろうとするかのように常に指を動かしていることも。「小屋があるわ。廃墟のそばよ。そこに持ち物を入れた鞄を置いてある。ダイヤモンドは暖炉のゆるんだレンガの後ろ」それから声を大きくした。「モーゼス、ヒューがこの娘さんになにかするのを許したら、死ぬまで父さんがあんたに取り憑《つ》くわよ」

「安心しろ。その女の世話はちゃんとしてやる」ヒューはジョーンの頬をぴしゃぴしゃ叩くと、ふたたびさるぐつわを噛ませて縛った。ジョーンは抵抗しなかった。あばれたら頭痛がひどくなるだけだ。体力をたくわえておくほうがいい。

「心配するな」ヒューが建物を出ると、モーゼスは言った。「大丈夫だ。おまえはおれたちからダイヤモンドを盗んだ。だからその罰は与えないとな。だけど最後には丸くおさまる」

彼の声には、ジョーンにあの子猫や靴をくれた少年を思い出させる響きがかすかにあった。だがその下にあるふつふつとした怒りを聞き取ったとき、ジョーンは兄に助けられる望みはないと悟った。モーゼスはヒューが妹を殺すことを許しはしないが、彼女を逃がしてもくれないだろう。

ヒューが小屋の扉を閉め、鎖で施錠した。扉越しに聞こえる話し声はくぐもっていたけれど、どちらが宝石を取りに小屋へ行くかをめぐってヒューとグレイが言い争っているのはわかった。

ジョーンは横向きになって身をくねらせ、ダフネに近づいて足を伸ばした。埠頭で跳びはねるアザラシになった気分だ。

充分近づくと、脚をぐっと伸ばして膝でダフネをつついた。「ううう」さるぐつわを噛まされているので、それしか言えない。

ダフネがぱっと目を開けてジョーンを驚かせた。縛られた両手を自分の口のところまで持っていき、震える指で唇を押さえる。ジョーンはうなずき、ふたりはしばらくじっとしていた。言い争いは終わった。ヒューとグレイはふたりで行くことになった。彼らは互いを信頼していないらしい。ジョーンはしめたと思った。ふたりの対立を利用できるかもしれない。

とはいえ、それは難しそうだ。ヒューは抜け目がなく、そう簡単には操れない。彼はジョーンのペテンの技を知っているし、彼女の言うことはなにひとつ信じないだろう。グレイのほうが説得しやすいはずだが、ジョーンは彼を侮辱していた。彼は簡単には許してくれないだろう。

可能性があるとしたらモーゼスだ。

鎖がガチャガチャ鳴った。もとの場所に戻る時間はない。ジョーンは身構えた。突然明るい光が差しこみ、彼女はたじろいだ。ヒューは鼻を鳴らした。

「そいつがまだ息をしているかどうか確かめてるのか？　心配ないぞ」彼は小屋に入ってきてジョーンの腕をつかみ、小屋の反対側まで引きずっていった。「それをくれ」後ろに手を伸ばす。グレイはなにかを持っていた。鎖の足枷だ。ジョーンはもがいたが、ヒューはすばやかった。いったんジョーンの足首の縄をほどき、足枷の端を片方の足首に巻きつけ、もう片方を壁から突き出た輪に通した。「あばれるな」軽くジョーンの脚を叩き、鎖を引っ張った。「ほら、できた。縄抜けされたら困るからな。よし、グレイ。案内しろ」

ジョーンは声を出さずに心の中で悪態を長々と唱えた。扉が閉まり、鎖で施錠され、声が消えていく。ダフネは顔をしかめてゆっくり上体を起こした。壁や屋根の隙間から幾筋か日光が差しこむ。真っ暗闇でないのがせめてもの救いだ。

ダフネの脚はゆるく縛られているため、這って動くことはできた。自分の口からさるぐつわをはぎ取ると、ジョーンのところまで行ってさるぐつわを外した。

「扉の隙間から外を見て」ジョーンはささやいた。「モーゼスがそばにいるかどうか確かめて」

ダフネはうなずいて言われたとおりにした。やがて戻ってくると、首を左右に振った。

「あの人は少し離れたところで歩きまわっているわ。声を落としていれば、話しても大丈夫よ。あなた、誰なの？」

「わからない？」ジョーンは面白くもなさそうににやりと笑った。「まあ、しかたないわね。あなたの手紙を預かった人間よ。あれからあなたはどうなったの？」

「スコットランドにいたわ」ダフネが言い、ジョーンはいらいらとうなずいた。「リチャードは……リチャードはわたしと結婚することになっていたのに、自分のお父さんが気になると言いだしたの。わたしの父も。故郷の人たちも。それで宿を出ていったわ。でもわたしは、駆け落ちしたことを知られていながら戻れるはずがなかった。だから待ったの。彼が戻ってくるかと思って。なのに戻らなかった」いったん息をつき、小さく体を震わせた。「代わりにほかの人が来た。あの男。ヒューというやつ。リチャードに頼まれて来たと言ったけど、それは嘘だったわ。わたしは脅されて、一緒に行くことになったの。

あいつは、わたしをロード・フェンブルックのところへ連れていく、取引すると言った。だけどここまで来たとき、もうひとりの男、モーゼスが、それはうまくいかないと言いだした。ロード・フェンブルックはあなたを手放さない、と言ったの。そのときやつらはロード・グレイと出会った。ロード・グレイは、自分も加わる、あなたを連れてくると言ったわ。

あいつら、わたしが眠っていると思っていたの。だけどそうじゃなかった。ずっと寝ていたわけじゃないのよ」

ジョーンはこわばった笑みを浮かべた。「うまくやったわね、寝ていたと思わせたなんて。あいつらが戻ってきてもお芝居はつづけてね」グレイの計画は、彼がかかわっていることをダフネが知らないという前提で成り立っている。もしダフネが起きていたことを彼が知ったら……。ジョーンはそれについて考えたくなかった。「ここから逃げるのよ。ふたりで」

「どうやって？」

「なにか方法を考える。あなた、危害は加えられた？」

ダフネは首を横に振ったあと、肩をすくめた。「少しだけ。いやなにおいのするものを嗅がされて気を失ったわ。それで頭がすごく痛むの」

「わたしも同じものを使われたわ」ジョーンは目を閉じた。頭痛をなんとかしたい。頭が働かない。ちゃんと考えられない。「ここを出たら、あなたはバーチホールまで行ける？」

「行ったことはないの」ダフネは不安そうだ。

「ここがどこかわかる？」

ダフネは村からの道順を説明した。彼女は外の景色をあまり見ていなかったけれど、ジョーンがだいたいの見当をつけるには充分だった。

「だったら東ね。ここを出て東に向かって」

「出られたら、ね」

ジョーンはうなずいた。「いまその方法を考えているところ。ここに尖ったものはない？縄を切れそうなものは？」

ダフネはかぶりを振った。「なにもない。わたしたちだけ……」弱々しく肩をすくめる。

ジョーンも自分の目で小屋の内部を見わたした。完全に空っぽだ。武器になりそうな木片ひとつ落ちていない。壁は古そうだが、腐ってはいない。壁の隙間や屋根板の一部がはがれたところから日光が差している。ジョーンは高さを見積もった。ひとりがもうひとりを押しあげたら、天井まで手が届くかもしれない。開口部に手を入れて屋根板をあと数枚外せたら、よじのぼって出ていけそうだ。

だが、脚を縛られたままでは、屋根に手を伸ばせないし、たとえ出られたとしても走れない。ジョーンはなにかないかと地面に目を走らせ、いら立ちの息を吐いた。「結び目をほどくのはできる？」

「あまり得意じゃないけど、やってみる」ダフネは近くまですり寄った。「手をほどけばいいのね？」

ジョーンはうなずいて体を動かし、ダフネに背中を向けた。ダフネの指が細い縄をもたもたといじる。ジョーンは目を閉じて歯を食いしばり、落ち着いて呼吸しようとした。胃は痛いし、肌はむずむずする。「急いで」小声で言った。

「がんばっているのよ」ダフネはみじめにささやいた。

ジョーンはため息をついた。いまできるのは希望を抱いて待つことだけだ。

まぶしい太陽に照りつけられて、マーティンは目を覚ました。まだぼんやりしていて、なにをつかもうとしたのかわからないまま、横に手を伸ばす。そのとき、隣が無人であることに気がついた。ダフネ。目を開け、彼女がまたあの倒れた柱に腰かけていることを半ば期待して起きあがった。ダフネ。ところが、この空き地にいるのはマーティンひとりだった。服は離れたところでくしゃくしゃになっている。彼は顔をしかめた。ダフネがいないのは当然だ。あんな夜を過ごしたあと、マーティンと腕を組んで屋敷に戻れるわけがない。まだ正式に婚約もしていないのだから。

服を取っているとき、婚約していないのは彼女が強硬に拒んだせいであることを思い出した。ダフネの香りはまだ肌に残っている。目を閉じて、そのかすかなラベンダーと香辛料のにおいを堪能し、自分に組み敷かれた彼女の動きを思い起こす。彼女が見つめてきたとき、ほかのものは消え去り、世界には自分たちふたりだけが残された。完全に、すばらしく、ふたりきりだった。

彼女が決めた期限まで、あと二週間もない。その後ダフネはマーティンのものに、そしてマーティンはダフネのものになる。真夜中の密会だけの関係ではなくなる。

そう思うと、屋敷までの足取りははずんだ。気がつけば口笛を吹いていた。ステッキを持っていれば振りまわしただろう。遅い起床——皆、もう朝食の席についているはずだ——や顔に浮かんだばかみたいに大きな笑みを、どう説明していいかわからない。

朝の散歩に思ったより時間をかけてしまった、という弁解を用意して玄関扉をくぐると――意外な客に出迎えられた。

ハドソンが体の前で手を組んで背筋を伸ばし、玄関広間に立っている。まるで不動の岩だ。それに対してファーレイは背の高いオークの木で、同じように身じろぎもせずたたずんでいる。クロフトは端のほうでそわそわしていて、困った様子だ。しかし、主人にこの予期せぬ客の相手を任せられることになって、ほっとしているようだ。

「――妹たちを戸惑わせ、使用人どもを驚かせて」ファーレイはそこでマーティンの姿をとらえた。「ああ、よかった。これで事態がおさまる。フェンブルック、このミスター・ハドソンという客がきみに会いたいそうだ。ここで待つと言い張っている」

ハドソンの来訪で、少なくともひとつはいい影響があった。マーティンの顔から笑みが消えたのだ。「ミスター・ハドソン。前触れもなく現れるとは、いったいどんな緊急事態だ？」

それがなんだとしても、いまの浮かれた気分を一掃するようなことだろう。

予想どおり、ハドソンの表情は暗く、険しかった。「人目のないところでお話ししたほうがよさそうです」彼は大きな手をぎゅっと握り合わせていた。

マーティンは手を振った。「ロード・ファーレイはぼくの問題を知っているし、早く話をつけたほうがいい。兄のチャールズのことか？」

「違います。旦那のご親戚、ミス・ダフネ・ハーグローヴのことです」

マーティンの脈拍が速くなったが、血は沈滞して凍ったように感じられた。彼女を傷つけた犯人がわかったのか？　「彼女がどうした？」

ハドソンは他人の目を気にしてまわりを見たが、マーティンは一歩前に踏み出した。

「早く話せ」

ハドソンは咳払いをした。彼がマーティンの前で躊躇を示したのは、これが初めてだった。

「ミス・ハーグローヴはスコットランドに行かれたようです。非常に評判の悪い紳士と駆け落ちして」

「ありえない。彼女が非常に早起きしたということでなければ」

ハドソンがまたも咳払いをする。マーティンは突然寒けを覚えた。

「説明しろ」声がかすれ、視線は上に向かった。ダフネが階段から現れるのを期待するかのように。彼女が逃げたはずはない。そんなことがあるわけはない。

「ミス・ハーグローヴは、旦那がわたしをお雇いになる直前にスコットランドに向かわれました」ハドソンの話し方に〝思いやり深く〟という表現があてはまるとしたら、それはいまだった。「旦那がお預かりになった女性はダフネ・ハーグローヴじゃありません」

マーティンは愕然としてハドソンを見つめた。「ばかな」

ハドソンは重々しくうなずくだけだった。

「では誰なんだ？」ファーレイが訊く。

マーティンの口の中は乾燥していた。「誰でもない。いや、そうじゃない、ミスター・ハドソンは間違っているんだ」きっと間違っている。「屋敷では――」

ロンドンの屋敷の前では、彼女がこちらを見る前に、マーティンのほうからダフネと呼びかけた。彼女は――彼女は泣いた。そして何度も途中で言葉を濁した。マーティンは、彼女が肝心なことをすべて忘れてしまい、自分が彼女に代わって話をしなければならないかのように感じた。しばらくのあいだ、マーティンが彼女の身の上話をしてやっているような状態だった。そしてあの夜、暗い中で家の中をそっと歩いていた彼女は別人に見えた。

「ジョーン・プライス」マーティンが言うと、ハドソンはうなずいた。マーティンは大きく首を横に振った。「違う。そんなはずはない。きみの思い違いだ」

「いいえ」エリナーの言葉に、男たちはいっせいに振り向いた。彼女は階段の上にいて、片方の手で手すりを持ち、もう片方で肩のショールを押さえている。目はきらめいていた。

「でも、ここでその話はできないわ」

「知っていたのか？」マーティンの声は震えている。「そんな。おまえは彼女の正体を知っていたというのか？」それでも彼の心は抵抗していた。心の一部は、エリナーは誤解していると主張している。あるいは嘘をついていると。ゆうべマーティンとともに過ごした女性が、病院を脱走した犯罪者のはずはない。会った瞬間からすべてについて嘘をついていたなんて、信じられない。とうてい受け入れられない、あまりに突拍子もない話だ。

しかしエリナーとまともに顔を合わせたとき、希望は消え失せた。「知っていたの。全部説明するわ。でも、ほかの人に聞かれる場所では言えない。書斎でいい？」

ファーレイが先頭に立ち、マーティンは後ろからついていった。思いがネズミになって、光をあてようとするたびに頭の中をこそこそと逃げまわっている感じがする。ダフネ、という名前以外にはなにも考えられない。そしてもうひとつの名前、ジョーン・プライス。無数の疑問が渦巻いているけれど、どれひとつとして言葉にならない。

書斎の扉が閉じると、彼はびくりとした。エリナーが座っているのはあの椅子、ダフネと――ジョーン・プライスと……だめだ、それ以上考えられない。マーティンは顔を背け、呼吸を整えようとした。

「話してくれ」しわがれた声が出る。生まれて初めて、あの椅子で澄まして座っている妹を殴りたくなった。エリナーにはなんの感情もないのか？　彼女はいつも静かで、穏やかで、落ち着いている。マーティンは両手でこぶしを握った。

「わたしとジョーンはダフネの居所を突き止めようとしていたの。まずはそれをわかっていて。ジョーンにダフネのふりをさせておくことで、ダフネとジョーンの両方を助けられると考えたわ。ジョーンはお兄さんから守られるし、ダフネは……ダフネは駆け落ちの秘密をほんの少数にしか知られず、評判に傷がつかないまま家族のもとに戻れると」

マーティンは話そうとしたが、ファーレイが彼の腕を押さえて黙らせた。「エリナーの話を最後まで聞こう」

「最初、ジョーンはロンドンから逃げる手段を探していただけだったわ。彼女の正体がわかったら、誰から逃げているかもわかるでしょう。それについてジョーンを責めることはできないわ。彼女はダフネが愚かな結婚をするため駆け落ちを試みただけだと考えて、なりすますことにしたのよ。やがてわたしは彼女の正体を知った。あの嵐の夜に。わたしたちは取引をした。ダフネを捜し出して家に戻す。それまでジョーンはダフネとしてここにいる。ところが……」エリナーはショールの端をいじり、伏せた目から悲しげにマーティンを見やった。「彼女があなたをもてあそんだとは思わないでね。あなたへの気持ちは真剣だった。ただ、もっとジョーンが自分の気持ちを抑制してくれればよかったのにとは思うわ。

昨日、ダフネがスコットランドを出たことがわかったの。最初の……紳士とではなく、まったく別の人と。ダフネは危険にさらされている、そろそろあなたとロード・ファーレイに話す潮時だと思ったの。もっと……思いきった手段がとれるように。ダフネを見つけないといけない。だからジョーンは姿を消した。すぐにダフネを捜さなくてはならないのよ」

「わかった」ファーレイはきっぱりとうなずいた。「ミスター・ハドソンだったね？　きみには自由に使える部下がいるか？」

「おります。どこから捜しはじめるか決めないといけません」

エリナーはドレスのポケットから小さくたたんでリボンで結んだ紙の束を取り出した。

「いままでに受け取った手紙よ。それから、わかりやすくするため、全体をまとめて要約したものをゆうべ書いておいたわ。ひそかに処理したかったけれど、警戒して沈黙する時間は終わったみたいね」

「ご安心ください」ハドソンは言った。「手早く秘密裡に調べを進めます。その専門家ですから。誰にも知られず、お嬢さんを連れ戻します。なにごともなかったみたいに。相手の男とも話をしておきます。このことを触れまわらないように」

マーティンはハドソンを見つめた。ぼんやりした頭に、ハドソンがマーティンの前でこんなに多くの言葉を口にしたのはいまが初めてだという思いがふと浮かんだのだ。「わかった」なんとか声を出す。「すぐに部下を派遣してくれ」

二週間。彼女が二週間と言ったのは、そのあいだにダフネを見つけるつもりだったからだ。そのあと、自分が泥棒で狂人だと打ち明けるつもりだったのだろう。彼女が言ったとおりだ。それを聞いたら、マーティンは彼女と結婚しようと思わなかっただろう。ダフネ・ハーグローヴなら、結婚できなくなるほど重い罪は犯さない。だがジョーン・プライスなら話は別だ。なんということだ。なぜマーティンはそこまで愚かだったのだろう？ 彼女は出会った瞬間から嘘をついていた。彼女の真の気持ちについてエリナーがなにを言おうと、彼女がずっと自らを偽っていたことに変わりはない。

甲高い悲鳴が空気を切り裂いた。外の廊下から響いてくる。ミセス・ヒッコリーらしい。そのあと勢いのいい足音がして、扉が叩かれた。

「旦那様」若い女の声。「旦那様！」

「どういうつもり？」ミセス・ヒッコリーの金切り声が壁越しに聞こえてくる。マーティンは扉を見つめた。

「マーティン」エリナーに声をかけられ、呆然と彼女を見る。マーティンが動かないのでファーレイが進み出て扉を開けると、思ってもみなかった光景が現れた。

ミセス・ヒッコリーがひとりのメイドの耳をつかんで引っ張っている。赤毛のメイド、ダフネが気に入っていたメイド。いや、ジョーンだ、とマーティンは心の中で訂正した。ダフネではない。メイドの服の前や裾は泥だらけだ。髪は乱れている。なにか汚れたものを胸に抱いている。マーティンがその正体を見分けるのに、一瞬の間を要した。

「フォックスか？」その声は自分の耳にも鈍く響いた。

マディはミセス・ヒッコリーの手を振りほどいて早足で入ってきた。犬は腕の中でくんくん鳴き、身を震わせている。「この子は家まで這うようにして帰ってきました。あたしはミス・ハーグローヴを捜して――」

「ミス・ハーグローヴは出ていった」マーティンはそっけなく言った。犬のほうに手を伸ばしたが、抱くのは思いとどまり、頭を撫でるだけにしておいた。フォックスはぐったりしたままてのひらに鼻を押しつけてきた。子犬は腹に泥とともに血をつけ、苦しげに呼吸している。「ミセス・ヒッコリー、厩番を呼んでくれ。手当てのしかたを知っているだろう」

「お嬢様は出ていかれてません」マディが言う。

「残念ながら出ていったんだ」子犬はマーティンに不思議な影響を及ぼした。声が突然穏やかになり、嵐のように乱れていた胸の中が穏やかなうねり程度におさまったのだ。船の甲板に立っているような気がする。自分の下には深い海が横たわっているけれど、そのあいだには頑丈な障壁がある。そう、これでいい。なにも感じなければいい。この小さく哀れな動物の身を案じるだけでいい。

「旦那様、お言葉ですけれど、お嬢様がフォックスを置いていかれるわけがありません。こんなふうには。この子は……たぶん腹を靴で蹴られたんです。靴墨がついてます」

マディにとって、このように話をしにくるにはとてつもない勇気が必要だったはずだ。ミセス・ヒッコリーを押しのけてここまで来るには。マディは厩番でなくマーティンに助けを求めにきた。子犬が怪我をしただけではないからだ。

「なにが言いたいんだ？」ファーレイが尋ねた。

マディは床に目を落とした。「お嬢様は残していかれるはずのないものを残していかれました。フォックスと……ほかのものも」フォックスを抱き、大粒の涙を二滴こぼす。「ご自分の意思で出ていかれたとは思えません。誰かに連れ去られたんです」

「まあ、大変」エリナーは言った。「マーティン。ジョーンのお兄さんが村にいるのよ。もし見つかったら……」

「ぼくたちには関係ない」マーティンは乱暴に言った。ジョーンのことは兄に任せればいい。彼女の自業自得だ。

エリナーは鋭くマーティンを見据えた。「いまはそう思っているんでしょう。だけどジョーンの身になにかあったら、あなたはある夜目覚めて自分の愚かさに気づくことになる。たとえ名前は偽りだったとしても、あなたは彼女を愛している。ジョーンの無事を確かめないまま、彼女を行かせることはできないはずよ。そしていまは、とても無事だと思えない」

マーティンは反論したかったが、わずかに残った分別は、エリナーが正しいと気づいていた。彼はやさしくフォックスの耳を撫でてやった。「こいつを頼む」マディに言う。「大丈夫だ。ちょっと手荒に扱われただけだ」

マディはうなずいた。マーティンはファーレイに向き直り、顔をあげた。「エリナーの言うとおりだ。行こう」

「そうだな。このジョーン・プライスというのが何者かは知らないが、ここ数日一緒にいて楽しかった。彼女には傷ついてほしくない。ハーケンを呼んでくる。すぐに見つかるはずだ」

「そのあとは？」マディが訊いた。直後にしまったというように唇をきつく噛みながらも、取り消しはしなかった。

「どうかな」マーティンはそこまで考えていなかった。ジョーンはなにかで指名手配されているのではなかったか？　少なくともベスレム病院から追われてはいるはずだ。思わず身震いする。ハドソンは以前、ジョーンは狂っていないと言った。だが犯罪者ではある。そして嘘つきだ。エリナーはきっと誤解しているのだ。ジョーンがマーティンを愛しているなら、あんなふうに嘘をつけたはずはない。もし愛しているなら——。

彼女がどうしたはずかはわからない。でも、こんなふうにはならなかっただろう。

厩番がびくびくして現れた。いまは行動しているほうがいい。考えこんで、骨に噛みつく犬のように彼女が口にしたひとつひとつの言葉にすがりついている場合ではない。マーティンはなにも言わず手振りでフォックスを示したあと、厩番を押しのけて大股で部屋を出た。頭の中では波のうねるような音が響いて、なにも考えられなかった。

「ほどけたみたい」ダフネがささやき、ジョーンは安堵のうめきを押し殺した。腕や脚の筋肉が張り詰めるのをこらえていたけれど、いまはぴりぴり痛んでいる。自分なら数秒でできることを素人が成し遂げるのを待つのがこんなにつらいとは、まったく思っていなかった。

手首の縄がゆるんだ。ジョーンは手を抜いて自分の前に持ってきて、さすって感覚を戻そうとした。ダフネは満面の笑みを浮かべている。ジョーンは辛辣な発言を控えた。ダフネには自信を持って行動してもらわねばならず、いら立ちをこの娘にぶつけても役に立たない。

「いい滑り出しよ」ジョーンは体を回転させ、ダフネの縄をほどきはじめた。ダフネの手は体の前で縛られているので、作業はしやすい。ダフネはあまりもがいていなかったので、縄がきつく食いこみはしていない。それでも縄を解くのに爪が一枚割れてしまい、唇を噛んで痛みをこらえた。そのあと、ダフネの手をもう一度軽く縛った。

「なにをしているの？」

「あいつらはいずれ戻ってくる。ほら、わかる？　手を裏返してみて。充分余裕はあるわ。縄をなにかで押さえて――足が使えるわね――ほどけば手は自由にできる。でも、やつらがぱっと見たら、まだ縛られているように見える」

ジョーンはダフネに簡単に外せる解き方を教えた。ダフネがそれで練習しているあいだ、ジョーンは足を鎖につながれたままどこまで動けるかを調べた。壁の鎖を両手でつかんで音が出ないようにして、壁の下を探る。なにか枷を外せるものがあれば自由の身になれるのだが。しかし、なにも見つからない。髪を短く切ったはさみでもあればよかったのにと思っていると、ダフネが声をかけてきた。

「ちゃんとできそうよ」ジョーンはダフネのほうを向いた。壁の鉄の輪や足首の鎖を外すのは無理だ。でもダフネを逃がすことはできる。男たちが戻ってくる前に、あるいは機会を失う前に。ダフネが逃げられたら、バーチホールまで行きつけたら、誰かが来てくれたら――ジョーンの運命はいくつもの〝たら〟にかかっているけれど、それ以外に方法はない。

扉の外で足音が響いた。ダフネは息を殺した。ジョーンが横になるよう手振りで合図すると、ダフネは横向きになって地面に体をおろした。手首の縄はゆるいので、近くで調べられたらひとたまりもない。でも遠くからちらっと見るだけなら、ちゃんと手が縛られているように見える。ジョーンは自分の手を見おろした。これを結び直す時間はない。

カチンと音がして鎖が外された。扉が開いて太陽光が顔にあたる。ジョーンは目を細くした。モーゼスは妹を見おろしてうなった。「やっぱり手の縄をほどいたな。痛いだろう？だけどおまえが自分で招いたんだぞ」

「よく言うわ、わたしを売ったくせに」ジョーンは唾を吐きかけた。

モーゼスは大きな手で首の後ろをさすった。「おまえがあの紳士を引っかけたのが悪いんだぞ、ジョーン。おれはやめろって言ったよな？　危険すぎるって。ヒューもそう言った。なのにおまえは聞こうとしなかった」

ジョーンはせせら笑った。「いい計画だったわ。それに、わたしは逃げられたはずよ。わたしたちは逃げられた。昔みたいに、わたしと兄さんだけで」ジョーンは最初嘘をつこうかと思った。兄が助けてくれることを願って甘い言葉を口にしようかと考えていた。でもいま、声には心からの懐かしさがまじっていた。兄妹ふたりだけで力を合わせていたときはよかったのに。

「昔とは違う。おまえの考え方も変わった。おまえはいつもきれいな服を着て、舌先三寸でうまく罪を逃れた。おれはこの腕っぷしにものを言わせるしかなかった。で、いまはどうだ。おまえはベドラムから逃げて、上等な服で着飾って、あのでかい家で紅茶を飲んでた。お偉い貴族に、おまえを愛してると思わせた。ダイヤモンドだけじゃ満足できなかったのか？　もっと欲しかったのか？」

「彼をだましてはいないわ」ジョーンは弁解口調になった。

それを聞いてモーゼスはくっくと笑った。「だましたじゃないか。それとも、わたしは泥棒ですってあいつに言ったのか？　母親は売春婦ですって？」彼は首を横に振った。「おまえはおれを放ってひとりで仕事をし、友達と遊びまわった。あんな目に遭ったのはおまえ自身のせいだ。ほかの人間は誰も悪くない。おれはおまえを絞首刑から助けてやったんだ。妹は狂ってるんだと言ってな。おまえの命を救ったんだぞ。同じ状況になれば、また同じことをする。ヒューはちょっとおまえを痛めつける気だけど、あんなことをしたんだから当然の報いだ。それには文句を言えねえだろう。だけど、そのあと解放してやる」モーゼスは自分の論理に満足そうだ。

ジョーンは膝を胸まで引き寄せて腕を回した。そう言われることは予想していた。それでも、さっきまではかすかな希望が残っていた。足音を聞いたとき、兄は足枷を外しにきてくれたと自分に言い聞かせていたのだ。「わたしが病気だったとき、子猫を持ってきてくれたのを覚えている?」

読み取りがたい表情がモーゼスの顔をよぎったが、すぐに消えた。「ヒューにおまえを殺させはしねえ」それだけ言うと扉を閉めた。

ジョーンが身を震わせながら待っていると、また施錠される気配がし、モーゼスの足音は遠のいた。ジョーンは手と膝で這って、すでに起きあがっているダフネのほうまで戻った。

「大丈夫?」ダフネは尋ねた。

ジョーンは自分の頬に触れた。濡れている。「大丈夫よ。まあ——その縄をすごく上手に解いたわね」できるかぎりの励ましをこめて明るく言った。「さて、今度はもう少し難しいことをしなくちゃいけないわ。あの隙間が見える?」屋根板が腐って、手の幅ふたつ分程度の穴が開いているところを指さす。高いから女性がひとりでは手が届かないし、ジョーンの少し肉がつきかけている体では通り抜けられないほど狭い。でもダフネは数週間前のジョーンと同じくらい痩せており、もともと体格も小柄だ。彼女ならあの穴に体が入るだろう。

「見えるわ」ダフネは自信なさげに言った。

「わたしが持ちあげるから、あなたはあの穴から出て地面に飛びおりるの。音はたてないでね。そして走る。低く屈んで、モーゼスから見えないよう木や建物の向こう側に身を隠して。そうしたら道路に出るわ。それからも、できるだけ人目につかないように気をつけるのよ。ヒューたちはバーチホールの方向から戻ってくるから、あなたは村に向かって。村人を見つけて。村人には、あなたは……」ダフネ・ハーグローヴとは名乗れない。多くの村人がダフネと名乗るジョーンに会っているから、ほんものを見ても信じてくれないだろう。「ロード・フェンブルックの訪問客で、追いはぎに遭ったと言うの。グレイが迎えにきても、ぜったい一緒に行っちゃだめよ。村の人がヒューやモーゼスにあなたを引き渡すことはないけれど、グレイなら彼らを言いくるめるかもしれない。ロード・フェンブルックに来てほしいと言い張って、グレイが手を触れようとしたら悲鳴をあげなさい」

ダフネの目には涙が浮かんでいる。「あなたはどうするの?」

「わたしのことなら心配しないで」ジョーンはかすかに微笑んだ。「モーゼスは、ヒューがわたしをあまりひどく傷つけるのを許さない。あなたもさっきの話を聞いたでしょう」モーゼスが〝あまり〟の線をどこに引くのかを考えると、恐怖と悲しみが胸にあふれる。ジョーンは咳払いをした。「さて、さっさと動きましょう。あなたならできる。しなくちゃいけない」

ダフネはジョーンの手を握った。唇には血の気がないが、それでもうなずいた。「ありがとう。助けを呼んでくるわ。約束する」

ジョーンは脚の痛みを感じつつ、ダフネの手を引いて一緒に立ちあがった。モーゼスはジョーンを守ってくれる。ある程度までは。でも、その先のことは考えたくない。いずれにせよ、あまりいい結果は待っていない。ジョーンは穴の下で手を組み、背中を壁に押しつけて踏ん張った。それでもダフネが小さな足を手の上に置いたときには倒れかけた。目まいを感じながらも思いきりダフネを押しあげると、ダフネの手は穴の縁をつかんだ。ダフネは板を一枚ずらしてそっと屋根の上に置き、体を持ちあげた。同時にジョーンは手をあげて痩せた娘を押し出した。ダフネは体重を屋根にかけたときドレスが引っかかったが、屈みこんで一心に集中してドレスを外した。屋根の勾配のため、向こう側にいるモーゼスから姿は見えない。だがじっとしているわけにはいかない。

「行って」ジョーンはささやいた。

ダフネは屋根の縁の向こうに体をおろしていった。地面に飛びおりたとき小さなドスンという音がして、ジョーンは息をひそめた。でもモーゼスの足音はしない。早く行って、とジョーンは思った。

モーゼスの怒りの咆哮がいまにも聞こえてくることを予期して、ジョーンは待った。けれど静寂は恋人のようにやさしくあたりを包みこんでいる。ダフネは逃げおおせるだろう。村まで行きつくだろう。それを信じなければならない。それに、グレイとヒューはダイヤモンドを手にしたらダフネのことなどどうでもよくなるだろう。少なくともヒューは気にしない。そしてダフネがハーグローヴ家に保護されたら、グレイも手出しできなくなる。

残る問題はジョーン・プライスだけだ。彼女は壁に沿って体をおろした。鎖が動く。自分の胸に腕を回した。こんな目に遭うのは自業自得なのかもしれない。

違う。そんなことは信じない。ベドラムでの日々で充分つらい思いをした。自分はマーティンにはふさわしくない。エリナーの親切を受ける値打ちもない。でも、ここまでひどい仕打ちを受けるいわれもない。いずれ自由の身になる、と自らに誓った。そしてグレイには、フォックスにしたことの報いを受けさせてやる。

ジョーンはすすりあげた。ああ、そんな。いまはだめだ。泣いている場合ではない。でも、いまでなければいつ泣くのか？　意志に反して心が尋ねる。それでもジョーンは胸に指を食いこませ、扉の下から差しこむ光に目を据え、泣くまいとした。もう泣かない。自由になるまでは。

しばらくうとうとしていたらしく、外から聞こえる怒りの声にはっと目が覚めた。身がこわばる。彼らはダフネを見つけたのか？　そうではない。言葉がはっきり聞こえて、緊張が解けた。でもすぐ、恐怖にとらわれた。

「あそこにはなにもなかったぞ」ヒューが言っている。「服と本と数ポンドの金だけだ。ダイヤモンドはない」

ジョーンは唇を舐めた。自分は真実を告げた。宝石三個を隠した場所を正確に話した。だったら、見つからないというのはどういう意味だ?

すぐにわかるだろう。鎖が外されて扉が開き、日光が注ぎこんできた。ジョーンは目を細めた。ヒューの細い体が入り口に現れる。怒りの形相を浮かべている。そのあと小屋の中を見わたした。

「いったいどういうことだ?」ヒューはぱっと後ろを見た。モーゼスが当惑の表情で端のほうにいるのが見える。「もうひとりはどこだ?」

「中にいるだろう」モーゼスは手を振った。

ヒューは毒づきながら小屋に走りこんだ。ジョーンは身をすくめたが、彼は髪をつかんで引っ張った。ジョーンは前のめりになり、なんとか顎に手をやって地面にぶつかるのを防いだ。

「あの女はどこだ?」ヒューが胸を蹴りつける。ジョーンの口から空気が漏れた。彼女は痛みで体をふたつ折りにした。「このアマ——どこにいるか言え!」ヒューはもう一度、今度は腹を蹴った。ジョーンの息が止まった。苦いものが喉までこみあげる。たとえ答えたくとも、これでは答えられない。

ヒューは上着から拳銃を取り出した。ジョーンはあんぐり口を開けてそれを見つめた。恐怖で血が凍り、なにも考えられなくなる。

「おい、やめろ」グレイは口ごもった。こんなふうになるとは思っていなかったのだろう。

「それは、ちょっとやりすぎじゃないか？」

「黙ってくれ、旦那様」ヒューはたっぷりの皮肉をこめた。

「妹に銃を向けるな」モーゼスが怒鳴った。「ヒュー」

ヒューは不愉快そうに唇をゆがめた。「おまえに銃を向けてなくて幸いだったと思え。おまえがあの女を逃がしたんだ」

「おれはなにも見てない」モーゼスは言った。

「そうだろうな」ヒューはまたしても悪意をこめて蹴りつけようとしたが、ジョーンは転がってよけた。拳銃は彼女の動きを追っている。ジョーンは手と膝を地面について体を起こし、ゼイゼイ息をした。まさかヒューは本気で撃ってこないだろう。

次の蹴りは顔を狙っていた。ジョーンはぱっと頭を動かしてよけたが、靴の先が頬にあたった。衝撃で頭ががんがんする。鋭い痛みともとからの鈍い頭痛が合わさって、急激に苦痛が増す。ちらりと見たヒューの目は怒りに燃えていた。本気で撃つつもりらしい。ジョーンを殺す気だ。だがその前に痛めつけたいようだ。自分は死ぬ。それを悟ったとき、ジョーンはもうなにも考えられなくなった。頭の中は真っ白だ。

ヒューは一歩進み出て、また蹴ろうと足を後ろに振りあげた。

「やめろ」モーゼスが叫んで突進した。

「モーゼス、だめ！」ジョーンは悲鳴をあげたが、ヒューはすでに拳銃を構えて振り返っていた。

ジョーンは飛び出してヒューの脚に体当たりした。銃は耳をつんざく音を発し、つんとした煙のにおいがあたりに充満した。ヒューが横に倒れる。グレイが叫ぶ。モーゼスは愕然とした顔で立ち尽くしたあと崩れ落ちた。

「いや」ジョーンがうめく。「いや、いや」

モーゼスは小屋の入り口であおむけに倒れ、まばたきをして空《くう》を見つめている。胸の穴からは血が泡を立ててあふれていた。ジョーンはヒューを押しのけて兄に駆け寄ろうとしたが、鎖に引き戻された。

「モーゼス」小声で言う。ヒューはジョーンの髪をつかんで勢いよく引っ張った。グレイが手を伸ばしてヒューの腕をつかむ。彼はジョーンの抜けた毛数本をつかんだままのヒューを引っ張ってジョーンから離し、地面に投げつけた。

「もうたくさんだ」グレイが言った。ヒューは拳銃を持ちあげたが、グレイは笑い飛ばした。「再装填はしていない。それに、子爵を撃ち殺すほどのばかでもないだろう?」

ジョーンはほとんど聞いていなかった。手の届く唯一の部分であるモーゼスの足をつかんだ。「モーゼス。なにか言って」兄を憎んでいた。大嫌いだった。なのに涙がとめどなく流れ落ち、ほとんど息もできない。モーゼスは野蛮人だった。それでもジョーンの兄であり、いまは死にかけている。

ジョーンのせいで。

モーゼスは話そうとした。口元に血の泡が浮かぶ。彼は喉を詰まらせて咳きこんだ。「おれを撃ちやがった。なんで——？」

「だめ、話さないで。静かに」ジョーンは彼の足を撫でた。モーゼスはジョーンがそこにいることに気づいてもいないようだ。「大丈夫よ、モーゼス。大丈夫。大好きよ。逃げてごめんなさい」いまは、そのどれくらいが嘘なのか自分でもわからない。あなたなんて大嫌い、と思ったけれど、それが真実かどうか定かではなかった。

モーゼスは頭をめぐらせてジョーンを見た。つらそうに視線をさげ、自分の靴に置かれた彼女の手を見る。目をジョーンの顔に戻したあと、また靴を見た。そしてぶるっと震えた。最後の息の音が喉で響いたあと、彼は動かなくなった。

かすれた泣き声がジョーンの口から漏れた。こんなことは望んでいなかった。いやだ。身を震わせて泣きながら、兄の足の上に屈みこんだ。

「こいつが嫌いだったくせに」ヒューが言う。

「おまえには兄弟がいないんだな」グレイはうんざりと言った。

モーゼスは最後に自分の靴に目をやっていた。なぜ——？

そこにナイフを忍ばせているからだ。ジョーンはうずくまったまま泣きつづけた。だが手は兄の靴の下に触れていた。あった。小さなナイフだ。人を刺すよりチーズを切るほうが向いているナイフ。モーゼスは柄を糸でぐるぐる巻きにしていた。その糸の下に、短く丈夫な針がある。モーゼスはこれを自分の〝道具一式《キット》〟と呼んでいた。

ジョーンは手を体の下に隠してナイフを慎重に胸の合間に滑りこませた。モーゼスはジョーンをかばって銃弾の前に身を投げ出したわけではない。それでもジョーンを守ってくれたのは事実だ。ありがとう、モーゼス、と彼女は心の中で呼びかけた。

最後には、兄はジョーンを助けてくれたのだ。

22

敷地内を捜索してもジョーン・プライスは見つからない。マーティンは恐ろしい可能性を考えて神経をぴりぴりさせていた。ダフネ――ジョーンだ、と彼は訂正した――は村でモーゼスを見たとき怯えていた。彼女を邪悪な兄の手にゆだねたくはない。なんとしても見つける。助ける。家に連れて帰る。

違う、それはできない。理性を裏切る心には困ったものだ。泥棒を愛せるわけがない。胸を痛めることになるのは明らかだ。

いや、胸はすでに痛んでいる。彼女は自分たちに未来がないことをわかっていながら、マーティンを不幸へと導いた。彼女がマナーハウスのあらゆる燭台や銀のスプーンを盗んだとしても、マーティンは許しただろう。でも、心を盗むのは許せない。

「マーティン」ファーレイは無表情で芝生を歩いてきた。「ここでは見つからないぞ」

「村だ」マーティンは言った。もっと早く考えつくべきだったのに、彼の思考は柱にくくりつけられているかのようだった。動くように思えても、すぐにもとの場所に戻ってしまう。

「モーゼスが目撃されているかもしれない。誰かが、やつが彼女をどこに連れていったか知っているかもしれない」

「連れていかれたのだとしても」ファーレイが言う。「彼女は自ら進んでついていったのかもしれない」

「フォックスをあんなふうに放っていくわけはない」

「きみは真の彼女を知らない」

「そうかもしれない。だが、あの犬に怪我をさせたまま放置するはずがないのは知っている。そんな人間じゃない」ジョーンはあの犬をひどくかわいがっていたのだ。

ファーレイは悲しそうにマーティンを見つめた。「こんなきみを見るのはつらいな。エリナーの前では彼女を捜そうと言ったが、本音を言うなら、きみのためでなければ、あの娘など放っておきたかったところだ。しかしエリナーは正しいんだろう？　彼女が見つからなかったら、きみは罪悪感で死んでしまう。しかたがないな。じゃあ村へ行こう。わたしは馬を連れてくる」

マーティンはファーレイを見送った。ハーケンはすでに厩舎まで来て、メイドのマディと話している。マディはまたフォックスを抱いている。耳が切れて腹が痛む以外は大丈夫だと言われて安心していた。子犬はやさしく抱きしめられることを切に望んでいるようだ。マーティンと同じように。

ジョーンは彼のその気持ちにつけこんだ。いや、そうなのか？　彼女は自らマーティンに身を投げ出したわけではないし、マーティンが彼女を切に望んでいるのはもともと明らかだった。それも、彼女の家名や地位を望んだわけではない。ダフネは貧しい家の出身だ。マーティンは彼女が笑うのを見たかったのだ。

そして彼女は笑った。何度も。笑いが、そしてマーティンが、思いがけない発見であるかのようだった。

馬に鞍と頭絡がつけられると、マーティンはすぐさま飛び乗った。馬が少し驚いて横に動く。ハーケンとファーレイはマーティンに並んだ。ハドソンも馬に乗ったが、大型の去勢馬に少しびくびくしている。

「あまり乗馬はしないいんだね？」ハーケンは気の毒そうに尋ねた。

「足が地面についているほうが好きなんでね」ハドソンは答え、一同は出発した。マーティンは、馬に拍車をかけてほかの者を置いて全速力で駆けていきたい気持ちを必死で抑えた。それでも彼らは急いで村に向かい、マーティンの耳の中では馬の足音と心臓の鼓動がまざって聞こえていた。

ミスター・ダービーの牧場の端を示す古びた塀の横を走っているとき、マーティンは道路沿いの溝に落ちたなにかに目を留め、馬に後ろを向かせた。馬は後ろ脚で立って跳ね、大きく首を振った。ほかの者はもっとゆっくり馬を回し、マーティンが凝視しているものを見て動きを止めた——溝の中から若い娘が見つめ返す。彼女はうずくまっているので、地面の高さから上に出ているのは頭のてっぺんだけだ。泥にまみれ、ドレスは裂けて灰色に汚れている。髪はほどけて肩にかかっていた。

「手助けがいるか？」マーティンは半ばぼうっとして尋ねた。ひとつの目的に集中していたため、世の中にほかの人間が存在することを一瞬忘れていた。

娘は後ろを見た。震えている。「あの……」彼らを見あげたあと、白目をむき、気絶して前のめりに倒れた。

マーティンは悪態をついて馬からおりた。娘のところまで来たときにはハーケンも追いついた。マーティンは彼女の顔が草にめりこまないよう横を向かせた。喉に触れて脈を確かめる。速いけれどしっかりしている。

女性を腕に抱き、じっくりと眺めた。小柄で痩せ細っている。濃い茶色の髪。目を開けていたとき、瞳は黒っぽかった。彼女は……。

ジョーンによく似ている。「まさか」マーティンはつぶやいた。いや、もしかしてそうなのか？

「村に連れていこう」ハーケンが言う。マーティンはうなずいた。思い違いだろうか。いや、こんな状態の女性がジョーンになんとなく似ているのが偶然ではありえない。

あの女がいつ頭の中で〝ジョーン〟として定着したのだろう、とマーティンは不思議に思った。

マーティンはハーケンとともに娘を押しあげてファーレイ――最もたくましい馬に乗った最も巧みな乗り手――の前に座らせ、自分の馬に戻った。ハドソンは、馬が逃げていかないよう手綱をつかんでいてくれた。馬は動きを封じられたことに気分を害していたらしく、マーティンの重みが鞍に戻ると安心したように息を吐いた。

顔をしかめ、牧場にふたたびちらりと目をやる。彼女はあちらのほうから来たのか？ 事件の鍵を握っているのはこの女性だ。ジョーンを見つけるのを助けてくれるはずだ。意識が戻りしだい。


ジョーンは小屋の隅で体を丸めていた。全身あらゆる場所が痛む。モーゼスの遺体を空き地の端まで移動させたあと、ヒューは尋問を再開した。彼女は真実を述べた。ダイヤモンドは小屋に隠したといくら言っても、彼は信じてくれない。グレイがこの場にいなかったら、ジョーンはおそらくモーゼスとともに死体になっているだろう。グレイはヒューをなだめ、落ち着くよう説き伏せていた。

「この女を殴ったところでなにも得られないぞ」グレイは言った。「少し時間をやれ。いずれ、ここから逃れるのは無理だと悟る」ヒューは、グレイがもはやダイヤモンドに関心を持っていないことに気づくほど利口ではない。ジョーンにはグレイがなにか企んでいるのがわかっていた。それは金と関係がない。裁判にかけられることなくこの事件から逃れる方法を探っているのだ。事件が早く解決できていれば――ダイヤモンドが見つかり、ダフネが〝救出〟されたなら――グレイは金持ちになり、悔い改めたとして受け入れられただろう。しかし、いまやその希望は消滅していた。

それゆえに、ジョーンにとってはいっそう危険な状況になっている。グレイはいずれ、目撃者は少なければ少ないほどいいと結論づけるだろう。ダフネを脅したり丸めこんだりして嘘をつかせることはできるかもしれないが、ジョーンが沈黙を守るとは決して思わないだろう。

だからジョーンは行動を起こさざるをえない。鎖が留められている壁にできるかぎり近づき、体を起こして、再度後ろで縛られていた両手を尻の下まで移動させた。ありがたいことに、体の柔軟さは失われていない。それでも腰のあたりに少し肉がついたので簡単ではなかった。縄は手首に食いこむが、なんとか体の下をくぐらせて手を膝の裏まで持っていけた。あおむけにごろんと転がり、ひっくり返ったカブトムシになったように感じながら足を片方ずつ抜いていく。いま鎖は両腕のあいだにあるが、それはどうしようもない。だがボディスに手が届くようになった。胸の谷間からそっとナイフを取り出して、慎重に手の中で裏返した。そして刃を縄にあてて前後に動かしはじめた。

グレイやヒューが来ないかと耳を澄ませる。しかしヒューはダフネを捜しにいったようだ。ヒューが戻れば、彼らはすぐにジョーンをここから移動させるだろう。もっと早く移動させるべきだったのに、ヒューは頭がちゃんと働いておらず、グレイはこの種の犯罪には慣れていない。抵抗するジョーンを嫌ってここで拘束しているだけだ。

ようやく一本の縄が切れた。残りは簡単にゆるみ、手はまた自由になった。安堵の息をつく。次は難しい。ジョーンは柄に巻かれた糸を少しほどいて、モーゼスのキットから針二本を取り出し、足枷の鍵穴に差しこんだ。

金属同士がこすれ合う音をグレイに聞かれないようにするため、作業は大変だった。汗が額から鼻梁を伝って落ち、スカートを濡らす。マーティンの姿が脳裏に浮かんだ。悪魔のような怒りの形相で小屋までやってくる。グレイを押しのける。ジョーンを強く抱きしめる。〝きみが誰であってもいい〟彼はささやいてくれる。〝きみが欲しい〟と。

そんな空想は長つづきせず、もろくも崩れ去った。彼はもう真相を知っただろう。エリナーが話したに違いない。ジョーンが自らの意思で去ったわけではないことは、彼らに知るよしもない。マーティンは来ない。たとえダフネが彼らのもとへ行きつけたとしても、マーティンは来ないだろう。ジョーン・プライスを助けには。

カチンと錠が外れ、足を枷から解放できた。逃げて自由の身になりたいなら、ひとりで戦わねばならない。

扉のそばまで行って背中を壁にぴったりつけ、好機を待った。

マーティンは宿屋の部屋まで娘を運んでいった。女将がやかましく話しながらついてくる。マットレスの上に置かれると、娘は苦しそうに身悶えした。マーティンは娘の横でしゃがみこみ、肩に手を置いた。「ダフネ?」かすれた声で訊く。

娘の目が開いた。左右をきょろきょろ見て、群がる男たちと薄暗い上方の垂木を眺める。唇を舐めて湿らせた。「あいつらが彼女をつかまえているの」

「ジョーンを?」

ダフネはうなずいた。上体を起こしかけたが、痛むのか息をのんで動きを止めた。ファーレイが進み出た。「ゆっくりでいい。なにがあったのか話してくれ」

だがダフネは首を横に振った。「時間がないの。ジョーンはまだつかまっているのよ」

「どこだ?」マーティンの口の中はからからになった。

「わたしは東に向かった。とにかく東に向かって走ったの。道路に出るまで」ダフネはマーティンの腕をつかんだ「あいつら、ジョーンを殺すわ。助けてあげて」

「助ける」マーティンは仲間を見た。彼らの目は同感だと語っている。「きみはここで看病してもらいなさい。ぼくたちにはやるべきことがある」

23

ヒューが戻ってきたのが二十分後か二時間後か、ジョーンにはわからなかった。彼は船乗りも喜びそうな口汚い悪態をついている。

「移動するしかない。逃げたアマがここのことを言い触らしたら、すぐに誰かが来る」

「あの女はまた眠らせないといけないぞ」グレイが言う。

「だったら薬を嗅がせるまでだ。あんたは荷物を持て。おれは女を連れてく」足音が分かれた。ジョーンは扉の横でうずくまっていた。機会は一度しかない。

鎖が地面に落ち、扉が開いた。一瞬ヒューの輪郭が浮かんで見える。彼は立ち止まり、闇に目を慣らそうとしている。ジョーンは動いた。

扉の裏から飛び出してナイフを突き出す。刃はヒューの脚の奥深くまで刺さった。ジョーンはナイフを乱暴に引き抜いた。ヒューは悲鳴をあげて脚をつかみ、地面にあおむけに倒れこんだ。ジョーンは飛びかかった。彼の上着を探り、拳銃の銃把をつかんで引っ張り出した。ヒューはまだ出血する脚をつかんでのたうちまわっている。ジョーンは身を低くしたまま小屋から空き地へ走り出て、腕を振りまわした。

グレイは拳銃を持ち、ジョーンの心臓に銃口を向けた。ジョーンも拳銃を構えたものの、手はひどく震えていて、拳銃を持っているのがやっとだった。「撃ったことはあるのか？」グレイが軽い口調で訊く。背後の木の幹につながれているグレイの馬は耳をぺたんとさげ、そわそわと左右に動いていた。

「ないわ。だけど、わたしの狙いが正確なのは知っているでしょう」

「わたしもだ」グレイは両手で太腿をつかんだまま懸命に立ちあがろうとしているヒューに目をやった。ヒューの指の隙間から血が流れ、自分で噛んだ唇にも血がにじんでいる。「わたしの鞍袋にもう一挺銃があるぞ」

ヒューは歯を食いしばり、よろよろと前進した。まずい。ジョーンは彼にもっと深手を負わせたつもりでいたのだ。彼が足を引きずって馬まで行くあいだ、グレイは拳銃でジョーンを牽制していた。ジョーンは走って逃げようかと思ったけれど、銃弾が背中に食いこむところを想像してしまった。そんなふうに死にたくない。いまも空き地の端で横たわっているモーゼスのようには。彼女は兄の動かない体を見まいとした。せめて遺体に毛布をかけるくらいしてくれてもよかったのに。

恐怖が怒りに転じた。もううんざりだ。逃げるのには飽きた。拘束されるのにも飽きた。

ヒューは別の拳銃を見つけた。ジョーンのほうに銃口を向け、木にもたれ体を支えて、苦労して撃鉄を起こす。ジョーンはさっき彼が発砲するのを目撃した。彼は銃の名手ではないが、運に恵まれる可能性はある。

「銃を捨てろ」ヒューは黄色い歯をむき出した。

どうやっても死ぬことになるのだ、とジョーンは覚悟を決めた。だったらひとりで死ぬつもりはない。「あんたは兄さんを殺した」抑揚なく言うと銃の向きを変え、引き金を引いた。

火薬の燃える煙がまわりに漂う。馬は足を踏み鳴らしていないいた。発砲の反動で拳銃を持つ手が横に振られ、反撃を恐れてジョーンは手の方向に体を投げ出した。だが反撃はなかった。ゆるい風に吹かれて煙が晴れる。ヒューは喉を血だらけにして倒れていた。ジョーンはよろめいた。喉には苦いものがこみあげ、目は煙がしみて痛い。ヒューは死んでいた。彼女が殺したのだ。手から拳銃が落ちた。

グレイはジョーンを見つめている。たった一発の銃弾はなくなった。胸が苦しいけれど、それが恐怖のせいか、自らの行いへの嫌悪感のせいかはわからない。ジョーンは顎をあげた。

「さっさと撃ちなさいよ」


マーティンは鞍の上でびくりとした。「いまのはどこからだ?」

彼らはダフネを宿屋に残してきた。女将はかいがいしく食事をさせ、窒息するくらい何枚もの毛布を与えた。ダフネの説明は曖昧でわかりにくかった。小屋からとにかく東に走って道を見つけることはできても、道から西に向かって森の中の小屋を見つけるのは難しい。

「たぶんあっちです」ハドソンは指さした。ハーケンもうなずいて同意を示した。マーティンは馬に拍車をかけ、前のめりになって、疾走する馬の首をつかんだ。木の根がそここに生えてつまずきやすい中を走るには危険なほど速かったが、マーティンは平気だった。彼女には生きていてほしい。あの銃声は他の標的を狙ったものであってほしい。

前方に古びた小屋の側面が見えた——そして彼女が見えた。彼女は空き地の真ん中に立っている。まだ渦巻いている煙に包まれて、呆然と目を見開いている。ひとりの男が死んで少し離れたところに横たわり、その金髪は喉から噴き出した血にまみれている。グレイは驚きの表情で突っ立っていた。

はっとしたグレイは振り返り、拳銃を持ちあげた。

「だめ！」ジョーンが叫んで突進する。銃声が響いた。マーティンは銃弾が体にめりこむ衝撃を感じることを半ば予想したが、銃弾を受け止めたのは木だった——グレイの背後の木。ハーケンは使った拳銃を装填ずみの予備のものと取り換えながらマーティンのそばまでやってきた。

「今度は警告ではすまないぞ、グレイ」ハーケンが言い、ファーレイとハドソンも追いついた。グレイは冷笑して銃を捨て、両手をあげてあとずさった。

「撃つつもりはなかった。びっくりして銃をあげただけだ。この女は——」

「ジョーン・プライスだ」マーティンは鞍からおりて彼女のところまで歩いていった。膝が折れそうだ。彼女は生きていた。五体満足だ。信じられないという顔でマーティンを見ている。「怪我は？」

ジョーンは首を横に振った。嘘だった。顔の傷は隠しようがない。彼女に駆け寄りたい思いを、マーティンは懸命にこらえた。しかし、ここから立ち去りたくもあった。彼女とはもうかかわりを持ちたくない。彼女は嘘をついた。マーティンをだました。マーティンは彼女をつかまえて揺さぶり――抱きしめて無事であることを確認したかった。だが実際には前にも後ろにも動けず、ぼんやりその場に立ち尽くすだけだった。

ハーケンとハドソンがグレイを捕獲するところを視界の端でとらえる。ジョーンは悲しみと希望のまざった目でマーティンを見やった。「ダフネは……?」

「無事だ」マーティンはそっけなくうなずいた。ジョーンの頬は腫れ、首の脇には乾いた血がこびりついている。だが彼女はそれ以外の傷をかばうように体を丸めていた。マーティンはごくりと唾をのみこんだ。彼女に走り寄って慰めたい衝動をかき消すことはできそうにない。「ダフネがこの場所を教えてくれた。その傷はグレイにやられたのか?」そうだったら彼を殺してやる。

ジョーンはかぶりを振った。「ヒューよ。ヒューはモーゼスを殺した。わたしの兄を」

その声に聞き取れる苦痛を癒やしてやるためなら、マーティンはなんでもしたいと思った――それと同時に、彼の中の怒りにまみれた部分は、彼女が自分と同じくらい苦しめばいいという悪意ある喜びを感じていた。怒りのほうが対処しやすい。だからマーティンは怒りが燃えあがるに任せた。

「ごめんなさい、マーティン。心から後悔しているの」

その悲しげな言葉を聞いたとたん、怒りは引き潮にのまれたように消えていった。マーティンは怒りをつかもうとしたが、心には呼吸する空気もない真っ暗な海だけがあった。

「わかっている」みじめな声。「しかし、そんなことはどうでもいい」

「マーティン」ファーレイが声をかけた。怒りが再燃し、マーティンは振り返った。ファーレイはじっと見つめてきた。「事件にけりをつけなくてはならない。すべてに。いますぐ、噂が広がる前に。官憲がかかわってこないうちに。ここにふたりの男が死んでいる。誰かがその責任を取らなくてはならない。この女は……」

「ミス・プライスだ」マーティンの一部は、ありふれた犯罪者の名誉を守ろうとすることがどれほどばかげているかを認識していた。いや、たとえ特別な犯罪者であっても。

「ミス・プライスはお尋ね者だ。ベドラムから脱走してきた。きみも忘れてはいないだろう?」

「そしてレディ・コープランドのダイヤモンドを盗んだ」グレイが言い添える。

男たちの目が彼に向かった。

グレイはにやりと笑った。「知らなかったのか?」

「コープランド家のダイヤモンドが盗まれたのは知っている」ファーレイの声に、マーティンは意地悪な喜びを聞き取った。「しかしその事件は……」ファーレイは記憶を呼び起こしている。「ベドラムを脱走する前じゃなかったか?」

「兄とヒューが盗んだわ」ジョーンは小さくため息をついた。マーティンはそんな彼女をじっと見つめた。「わたしはそのあと、ふたりから盗んだの」

「その女はダイヤモンドをこのあたりに隠した」グレイが言った。

「それでおまえは、あんなやつらとかかわったのか？」マーティンはあきれて訊いた。「金のために？」

「そんなふうに金がどうでもいいように言えるのは、欲しいだけの金を持っているからだ」

グレイの言葉に、ジョーンは同意するようかのような声を出した。そのあと姿勢を正した。

「いずれにせよ、わたしは持ってない。最初から換金が無理なのはわかってた。病院に入れられた仕返しで、兄とヒューを困らせたかっただけ。だからテムズ川に投げこんだ。暖炉に隠したと言ったのは、ほんとうのことを言ったら殺されると思ったから」

グレイは呆然とジョーンを見つめた。「冗談だろう」

マーティンは彼女をうかがい見た。いまのは嘘だ。間違いない。だが、この数週間彼女の嘘に耳を傾けて過ごしてこなかったならば、嘘だとわからなかっただろう。彼女が愚かなダフネを演じていたときと同じだ。ただしいまは別の人間を演じている。粗野なジョーン。ダフネが演技だったのと同じく、いま見せているジョーンも演技だ。

彼女をジョーンとして知る大多数の人間よりダフネとして知る自分のほうが真の彼女を理解しているという思いが、ふと頭に浮かんだ。結局のところ、彼女はマーティンに真実を話していた。いくつもの嘘を通じて、長く複雑な真実を告げていたのだ。

ジョーンはマーティンと目を合わせて微笑んだ。悲しい微笑みだった。別れの微笑み。マーティンは視線をそらした。

「どうでもいい」マーティンがそれをグレイに言ったのか、この場の全員に言ったのかは自分でもよくわかっていない。彼は険しい顔で彼らを順に見ていった。「こうしよう。我々は真実を話す――一部の真実を。ジョーンという女はここにいなかった。このふたりの暴漢がダフネをジョーンだと思いこんで拉致した。ダフネがこの夏我が家に滞在していた若い女性であることは、全員が認める。我々がここに到着したとき、ダフネが逃げたあとヒューがミスター・プライスと口論した末に殺したところだった。ヒューは我々に銃を撃ってきた。ハーケン船長が撃ち返した。グレイはこの件にかかわっていない」

それを言うのはつらかった。グレイは刑務所に入らせたい。しかし彼に沈黙を守らせるには、これが唯一の方法だ。

「協力してくれれば、おまえは自由の身だ、グレイ。条件をのむか？」

「どういう自由だ？」グレイはぶつぶつ言った。「わたしをもとの生活に戻してくれるのか？これまでとなにも変わらないのか？」

「違う」ファーレイはマーティンをきっとにらんで割りこんだ。「これについてはわたしの意見を通してもらう。おまえは法廷で裁かれはしないが、イングランドを出る。永久に戻ってくるな。大陸へ行け。どこでも好きなところへ。ある程度安泰に生活できるよう、仕送りはしてやる。とにかく国へは戻ってくるな」

「わかった」グレイはすねたように言ったものの、マーティンはその声に安堵も聞き取っていた。もっとひどい罰を予期していたのだろう。はるかにひどい罰を。状況が違ったなら、ファーレイも喜んで罰を与えたに違いない。

「わたしは？」ジョーンが質問した。彼女はかすかな希望をたたえてマーティンを見ている。なにを望んでいるかは訊くまでもない。彼が胸に抱いているのと同じ愚かな希望だ。だがマーティンの発した言葉とともに、その希望は消える運命にあった。

マーティンは彼女と目を合わせて希望を踏みにじった。「きみはここを去る。ぼくたちは、きみがここにいたことすら忘れる」

24

ジョーンはバーチホールの自分の部屋に立ち、頭に刻みこもうとするようにゆっくり見まわした。これが最後だ。ほんとうは森からそのまま出発したかったけれど、服や金が必要だし、貸馬車を呼ばねばならなかった。いま着ているのは、何度も繕ったマディの質素な服だ。頬にはあざができていて、みじめな姿だった。哀れなフォックスと同じくらいみじめだ。フォックスはジョーンが戻って以来、彼女の足元から離れようとしない。

「ジョーン？」エリナーが来た。「馬車が着いたわ」

ジョーンは屈みこんで鞄を持ちあげた。喉が詰まって声が出ない。マーティンは見送りに来ていない。それでいい。あんな目で見られたあと、彼にふたたび会うのは耐えられない。自分が招いたこととはいえ、あのときのマーティンの表情はヒューに負わされた傷よりもひどくジョーンを傷つけていた。

エリナーはジョーンの手を取った。「手紙を書いてね。無事かどうか知らせて」この最後の一日、ふたりは話す機会を持てなかった。ジョーンは部屋に閉じこもっていた。部屋を出るなとはっきり言葉で命令されたわけではないが、一度廊下に出たときハーケンが暗い顔で見張りをしていた。彼は小声で詫びながら、ジョーンの部屋を顎で示した。エリナーも同じように部屋に軟禁されていたと思われるが、いずれ出てくるのはわかっていた。

「書くわ。ここから遠く離れたところまで行ってから」

「待っているわ。ロード・ファーレイはわたしをばかだと思っているの。だけどわたしは、あの人たちよりずっとよく、真のあなたを知っている。あなたのことを知っているのよ。あなたがほんとうの友達であることも。あなたの幸せだけを願っているわ」

エリナーは小さな財布をジョーンの手に押しつけた。ジョーンは断ろうとしたが、思い直してスカートの中にしまった。慈悲を断るほどの余裕はない。ダイヤモンドの行方はわからないけれど、とにかく消えてしまった。いまあるのは自分の知恵と数ポンドの金だけだ。でも、所持金がもっと少なかったこともあるし、いつでもちゃんと生きてきた。

「マーティンの面倒を見てあげてね。あなた自身のことも。もうじっと座っているのは充分でしょう。なにか楽しみを見つけるべきよ」

エリナーはジョーンの手をぎゅっと握った。「そうするわ。マーティンのことも、わたしのことも」ジョーンの手を離して横にどく。ジョーンはフォックスとともに廊下に出た。フォックスはジョーンが戻って以来、動きはのろく、おとなしくなっている。まだ足を引きずっている。それでもフォックスの看病をした厩番は、傷は表面だけだと請け合ってくれた。フォックスはこれからずっと臆病に過ごすことになるかもしれない。用心深い性質は飼い主と同じだ。

ジョーンは書斎の扉をちらりと見た。扉はきちんと閉まっている。彼が部屋にいてジョーンをひと目見ようと待っているのではと、半ば期待していた。でも、もう顔を合わさないほうがいいのだろう。

鞄を持ち直し、まっすぐ顔をあげる。この瞬間が来るのはわかっていた。避けられると思うほど愚かではない。しっかりした足取りで勝手口をくぐり、馬車が待つ中庭へと出ていった。

驚いたことに、御者席に座っているのはミスター・ハドソンだった。マディは鞄を持って馬車の横に立っている。びっくりしたジョーンの顔を見て、マディは身をこわばらせた。

「あたしも一緒に行っていいんでしょう?」

「マディ」ああ、だめだ。また泣いてしまう。この数日で一生分くらい泣いたというのに。「あなたにはぜひ来てほしいわ。だけどお給金は払えないの。それに、使用人がいるような生活はしないから」ジョーンについてきたら、マディは自分の将来を棒に振ることになる。

「ああ、どうぞご心配なく」そう言ったのはミスター・ハドソンだ。「この子は解決策を見つけたようですよ。さ、乗ってください、ふたりで泣きじゃくる前に」そして彼はウィンクをしてジョーンを仰天させた。

ジョーンは小さく身を震わせて馬車に乗りこみ、鞄を馬車の隅に置くと、フォックスに手を伸ばした。フォックスはおとなしく抱きあげられ、しっぽを振ってジョーンの横の席に座りこんだ。馬車ががくんと前に動く。馬の足音がして、車は動きだした。気取った様子で向

かい側に座るマディに目をやる。マディは笑みを隠していた

「さっきミスター・ハドソンが言ったのは、どういう意味？」

「お嬢様が行方不明になったとき、あたしはまた小屋に行ってみたんです。お嬢様がほんとうに出ていかれたのかどうか確かめようと思って。でもまだ荷物はそこにあったから、誰かが取りに来るんじゃないかと思いました。それで、宝石を隠したんです。勝手なことをして申し訳ありません」そう言いながらも、マディはにやにや笑っている。差し出した手にはダイヤモンド三個のうちの二個――大きいほうの二個が載っていた。「山分けすればいいと思うんです。ひとつずつ、あたしたちとミスター・ハドソンとで。いい取引だと思います」ウズラの卵大のダイヤモンドをつまんでジョーンに差し出す。

「ミスター・ハドソンも同意したの？」ジョーンは小声で言いながらダイヤモンドを受け取った。光にかざして見てみる。奥から炎がウィンクをしてきた。

「ミスター・ハドソンは、レディ・コープランドは大金持ちだからダイヤモンドが何個かなくなっても平気だと言ってました。それから、金持ち連中はあまり好きじゃないしとも」

「だったら彼は自分のことも嫌いになるわね。あの人は、こんなものを換金できる場所を知らないと思うんだけど」

「ミスター・ハドソンは頭がいいんです。なにもかも計画ずみです。まっすぐそういう場所まで連れてってもらいます。そのあとはどこでも好きなところに行けるんです。あたしとお嬢様とで。お嬢様がお望みなら、ということですけど」マディは大きく目を見開いた。「あ

たしと一緒でよければ」

「ええ、もちろんよ。ぜひそうしたいわ」ジョーンは宝石を握った。「これがあれば、どこでも好きなところに行けるのよ。どこがいい？」

「お嬢様と一緒ならどこでも。前におっしゃったみたいに、フランスで羽目を外してもいいですね」

ジョーンはにっこり笑った。「いったん落ち着いてからね。ほかにも行けるところはたくさんあるわ。数えきれないくらい。わたしやあなたが聞いたことのない場所も」バーチホールとは永遠にお別れだ。マーティンとも、彼と過ごした日々に思い描いたはかない夢とも。

それでも、ここからは無限の可能性が開けている。

無限の可能性がある。なのにジョーンの唯一の望みは、ここにとどまることだった。

25

あれから二週間。かつてマーティンはこの日を待ち望んでいた。ダフネがどんな秘密を明らかにしようと、そんなものは無視して彼女を花嫁にできると思いこんでいた。

バーチホールは隙間風の入る城ではないけれど、マーティンはゴシック小説の主人公よろしく怒りを影のように身にまとわりつかせて通路をさまよい歩いた。女性陣はすでにいない。ダフネ、フィービー、キティ。エリナーすら去っていった。それでいい。妹には会いたくない。会うたびに、彼女がジョーンと共謀してマーティンをだましていたことを思い出してしまう。エリナーは、ジョーンの正体を知ったらすぐに偽装をやめさせるべきだった。なのに、なにもしなかった。そして結果的にマーティンを傷つけた。だからエリナーは去ってくれてよかったのだ。

ファーレイだけが、去るのを拒んだ。

「おい、フェンブルック、きみのおかげで頭痛になりそうだ」ファーレイは後ろから、せかせか歩くマーティンに追いつくため大股でやってきた。マーティンは足を止め、怒りにまみれて振り返った。ファーレイは平然として手を後ろで組み、立ち止まった。「こんな調子で歩いていたら床がすり減るぞ。もう何日もこんな具合だ。いつまでこうしているつもりだ？」

「衝動が静まるまで。外の地面を歩いてもいいぞ、それできみの気が休まるなら」マーティンは尊大に言った。なぜファーレイが放っておいてくれないのか、さっぱりわからない。

「飲んでいるのか？」

「頭はすっきりさせておきたい」マーティンは忘却に逃げることを自らに許さなかった。記憶を分解して、なにが嘘でなにが真実かを見分けようとしているあいだは。しらふでも自分の理性を信用できないでいる。酔ったらどんな妄想にふけってしまうかは考えたくもない。

「それがきみの問題らしいな。だったらわたしが治療してやる。一緒に飲もう」

「まだ真っ昼間だ」マーティンは不機嫌に答えた。

「それが問題になるのは目撃者がいるときだけだ。さ、行くぞ」ファーレイはもと来た道をしっかりした足取りで歩きはじめた。マーティンが従うものと決めてかかっているらしい。マーティンはファーレイの後ろ姿に悪罵の言葉を投げつけた。ファーレイは平気な様子で角を曲がっていった。

「ちくしょう」マーティンはつぶやき、あとを追った。書斎でファーレイに追いついたときには、すでに机の上にブランデーグラスが置かれていた。マーティンは宴の席でも控えめにしか飲まない。ファーレイが注いだ量を飲んだらひと晩じゅうでも酔っ払っていられそうだ。あるいはふた晩でも。マーティンはグラスを持ちあげ、光と液体が織り成す深みのある美しい色合いを無感動に見て、ひと口で半分を飲んだ。

「さてと。これで先に進められる」ファーレイは少年のように行儀悪く無頓着に椅子に座りこんだ。マーティンは向かい側の椅子に座り――あの椅子はすでにここから運び出させていた――肘掛けに腕を置き、険しい顔でグラスを見つめた。

「なにを進めるんだ？」

「いつまでもこんなふうにしているのはよくないぞ。彼女にそんな値打ちはない」

マーティンは不愉快な気持ちでファーレイをにらみつけた。「きみは彼女のことをなにも知らない」

「きみもだろう。少なくとも、わたしと同じ程度にしか知らない。彼女は泥棒で詐欺師だ。彼女のおかげで、ミス・ハーグローヴは殺されかけた。そんなことをきみにすべて忘れさせるほど、彼女はすばらしい人間なのか？　そうじゃないだろう？」

ファーレイが彼女を侮辱していると気づくのに、少し時間がかかった。マーティンは顔をほてらせて立ちあがった。非難を浴びせたかったけれど、それを表す言葉は見つからなかった。「そんなことを言うな」やがて口から出たのは、言葉は穏やかでも怒りにまみれた声だった。

ファーレイは姿勢を正した。「申し訳ない。確かめたかったんだ」

「なにをだ？」

「苦悩しているのがきみの心であって、下半身だけではないことを」ファーレイの返事を聞いて、マーティンは思わず笑った。ファーレイはものうげに手を振った。「座ってくれ、そのブランデーをこぼす前に。絨毯を汚したらもったいない」

「きみが、ぼくに殺されるようなことをやめると約束するなら」

「承知した」ファーレイは優雅にブランデーをすすり、マーティンは座り直した。アルコールが体にしみわたりはじめ、気分がよくなっていく。もっと早く酒を飲みはじめればよかったと後悔した。「いや、非常に面白い」ファーレイは言った。

「なにが面白いんだ？」マーティンはまたブランデーを喉に流しこんだ。悩みをすっかり忘れるには、どれくらいの量のアルコールを摂取すればいいのだろう。

「マリーを覚えているか？」ファーレイは軽く言った。彼はグラスを左右に動かして、奥の壁に映る反射を見ている。

「もちろんだ」マーティンは眉根を寄せた。マリーはファーレイの姉だ。かつてはエリナーの親友だった。夫とともにインドへ行き、そこで数年前に亡くなった。以来、ファーレイは二度とマリーの話をしなかった。悲しくないからでなく、悲しすぎるからだ。彼女の名前を口にすることすら耐えられないかのようだった。三年ぶりにその名前が口にされて、マーティンは聞き間違えたのかと思った。「マリーがこれにどう関係するんだ？」

「覚えているだろうが、マリーの夫はダイヤモンド鉱山に投資していた。彼が死んだあと、ちょっと……彼の取り分について、ちょっとした混乱があった。それがようやく解決したとき、マリーはコレラで死に、鉱山はロード・コープランドの所有となった。そして帰国したロード・コープランドとレディ・コープランドは、機会があるたびにあの大きなダイヤモンドを見せびらかした」

「ロード・コープランドはきみの義兄をだましたと思っているのか？」マーティンは顔をしかめた。

ファーレイはため息をついた。「証明はできないが、あのダイヤモンドはマリーのものになっているはずだった。マリーが問題に対処するためインドにとどまるのでなく帰国していたら死ぬことはなかったのに、といつも思っている。だから、ジョーンがあのダイヤモンドを川に投げたと聞いたとき、ほんの少しだが彼女が好きになった。嘘つきであってもなくてもね。だから、彼女はきみに愛される資格のないつまらない犯罪者ではないのかもしれない、と考えてもいいと思っている」

マーティンの心は沈んだ。ファーレイが彼の理性を目覚めさせてくれることを期待していたのだ。これでますます事態がややこしくなった。彼は体全体が震えるほど強く息を吐いた。

「ああ、よかった。きみは陰気になった」

「それがいいことなのか？」

「そうだ。きみを怒りから解放して陰気にさせたら、あとはエリナーに任せていいことになっている」

「くそっ。エリナーが仕組んだのか？」

「わたしはいろいろとやるべきことを指示されている」感心しているような口調だ。

「しかしブランデーを提案したのはエリナーじゃないだろう」

マーティンは声をあげて笑った。「わたしが自分で思いついたよ。さて、床を壊したり近くの人間の喉を絞めたりしそうになくなったところで、きみをこんなふうに変えた女性について話してくれ」

「知っているだろう」どうすれば心の中の嵐がおさまるのか、マーティンにはまったくわからない。

「もう一度話してくれ。まだ半分も理解できていない。何者なんだ、ジョーン・プライスというのは？」

マーティンはまたブランデーを飲み、それが腹におさまったあと、話しはじめた。「彼女に出会わなければよかったのにと思う。彼女が、見たこともないほど醜悪なドレスを着て、ひとりでぽつんと立っているのに出くわした。最初は、単なる愚かな娘だと思った。道に迷って、助けを求めているんだと」

「少なくとも最後のは真実だな」ファーレイが言うと、マーティンは意外そうに見返した。「彼女は助けを求めていた。きみが屋敷に招き入れなかったら、ベドラムに連れ戻されたか、兄とあの悪人に見つかっただろう。きみが命を助けたんだ」ファーレイは淡々と言いながらも、グラスの縁からマーティンの表情を見守っていた。ファーレイの無遠慮な物言いを知性に欠けている証拠だと勘違いしている人間は少なくない。そんな人間は、彼の鋭い視線で見つめられたことがないのだ。「後悔しているか？」

「いや」しばしの沈黙のあと、マーティンは答えた。グラスに目をやる。いつの間にか空になっていた。「長い話になる。おかわりが必要だな」

八月の蒸し暑さは九月になってもまだつづき、ジョーンは汗びっしょりだった。最初甘くてさっぱりしていたワインはぬるく、濃くなって、まるでシロップを飲んでいるみたいだ。グラスを置く場所を探して部屋を見まわしたが、テーブルの上も床もグラスや皿や酔っ払ったパーティの客で占められている。なぜ来ることに合意したのだろう。ここが誰の家かも思い出せない。主人はほとんど英語を話せず、ジョーンはイタリア語を話せない。なのに窮屈でオーブンみたいに暑い部屋で、ろれつが回らない酔っ払いになにかささやきかけられている。

「ごめんなさい、もう帰らないと」ジョーンは男にグラスを手渡した。彼は当惑してグラスを見おろし、ジョーンはその機に乗じてそっと場を抜け出した。パーティにあてられている部屋は十二室あり、順にのぞきこんで七部屋目でマディを見つけた。マディはきれいな巻き毛を結いあげていて、色白の肌はドレスの青色を反射して輝いて見える。専門家――不法に得た金で雇える最高の専門家――の手は野暮な娘を白鳥に変え、彼女は以来それを最大限に利用しようと心に決めている。ジョーンに頼んでもっと上流の話し方も教わった。その結果、内気なアイルランド出身のメイドはいまや別人となった。ジョーンが次から次へと招待を受けるのもマディのおかげだ。地元の人々は自分たちの縄張りに現れた謎の女資産家ふたりの正体を見きわめようとしている。

マディはほんの二歳ほど年上の砂色の髪の青年との戯れを楽しんでいる。青年は屈みこんで彼女になにやら耳打ちしていた。マディはジョーンよりさらにイタリア語を知らないので、彼女の微笑みはささやかれている内容ではなく、自分が注目を浴びているという事実に対するものだろう。会話の相手をしなくていいので、マディは謎の美女という役を演じていられる——そしてうっかりアイルランド訛りを出さずにいられる。

ジョーンの姿をとらえたマディは恋人候補から離れようとしたけれど、ジョーンは首を横に振った。マディのお楽しみに水を差すつもりはない。楽しめる人間は楽しめばいい。

ジョーンは人ごみをかき分けて出口を探したが、見つかったのは闇に包まれた贅沢な庭園を見おろす無人のバルコニーだけだった。庭園には何人かの客がいる——数組の男女が、ささやいたりうめき声をあげたり笑ったりしているのが聞こえた。こんなに混雑した中なら、ジョーンは気づかれることなく客の首からネックレスを盗めるだろう。でもいまの自分は上品な淑女だ。

上品というのはひどく退屈だ。エリナーとの会話が懐かしい。フィービーやキティやファーレイも懐かしい。そしてマーティン——思いにふけるたびにマーティンの名前が脳裏に浮かび、細い剣で刺されたかのように胸が痛む。そのため、まともに呼吸もできなくなる。痛みを鎮めようと手の端で胸のあいだを押さえてみたけれど、楽にはならなかった。

「ジョーン?」マディが部屋の中から出てきた。髪はこめかみのあたりでほつれ、頬は赤く染まっている。

「その名前で呼んじゃだめよ」

マディはばかにしたように肩越しに後ろを見た。「どうせ誰にも聞こえないわ」ジョーンと並んでバルコニーの手すりをつかみ、庭園をのぞきこむ。「こんなところ、来なくてもよかったのに」

「あなたが来たがったから」

「あなたが窓辺でため息ばかりつくのをやめてほしかったからよ」マディが不機嫌に言う。「二カ月間互いに正直に過ごしてきたため、マディは対等に口を利くようになっていた。「でもその代わりに、いまは庭園を見てため息をついてる。彼がそんなに恋しいなら、手紙くらい書けばいいのに」

「彼はわたしからの連絡を待っていないわ」

「待ってるわよ。男の人が恋してるときは、見ればわかるもの」

「わかるの？」ジョーンは冗談まじりに尋ねた。「あなたがそんなに経験豊富だとは思わなかったわ」

「お父さんはお母さんに気づいてもらうのに五年かけたの。それから、お母さんが死ぬまで、ものすごく恋してたわ。そういう恋と、ああいうのの違いはわかる」マディが庭園のほうに手を振ったとき、ちょうど茂みから快楽の小さな叫び声が聞こえた。「ロード・フェンブルックがあなたに感じてたのは、長つづきする類いの気持ちよ」

「彼はわたしに猛烈に怒っているのよ。当然だわ。彼はわたしを許さない。許すべきだとも思えない。わたしは彼を利用したんだから」
「だからこそ手紙を書くのよ。説明するの」
「マディ、わたしたちは……うまくいかないのよ」ジョーンとマーティンは釣り合わない。ジョーンがなにをしても、それは変えられない。彼はジョーンに避難場所と安全を与えてくれた。そして彼女には分不相応な愛も。それに対してジョーンがもたらしたのは嘘と凶悪犯罪だった。それをなかったことにはできない。

けれど、胸の苦しみをやわらげるために、できることがあるかもしれない。心の安らぎを得るための行動だ。その計画はゆっくり徐々に形を成していった。ジョーンは、マーティンがなにより望むものを与えることができる。でもそのためには協力者が必要だ。「帰るわ。手紙を書かなくちゃ」

マディはうれしそうに目を輝かせたが、ジョーンは黙って首を左右に振った。再会を懇願する手紙ではない。別れの贈り物をするための手紙だ。

バーチホールに冬が訪れ、それとともに不思議なほどの静寂も訪れた。犬たちも暖炉の前で丸くなり、ほとんど動こうとしない。マーティンは静寂の中に平和を見いだした。あらゆるものが沈滞している。エリナーは戻り、ハドソンの調査は行き詰まり、マーティンはもう不意に怒りにとらわれることもない。

それでもジョーンの幽霊は消えなかった。いまでも気がつけば、彼女が喜びそうな面白い話や言いまわしを頭の中で列挙している。いまでも眠れぬ夜に屋敷の中を歩いているとき彼女の足音が聞こえるのを待っている。

これ以上孤独には耐えられない。ところがエリナーはマーティンにつきまとわれるのをうとましがり、めったに使わない部屋に引っこんでしまう。今日彼女は図書室にいて、哲学書を読みふけっていた。彼女をのみこんでしまいそうな、いちばん仰々しい肘掛け椅子を選んでいた。これは父のお気に入りで、エリナーは若いころこの椅子に座ることも、本棚に並ぶ本を読むことも許されていなかった。この部屋にいるときエリナーが常に父のことを考えているのは、マーティンも知っている。

「ああ、もう」マーティンが入っていくと、エリナーは言った。「ちょうど面白くなってきたところなのに」勢いよく本を閉じ、優美な眼鏡越しにマーティンを見つめる。彼は眉根を寄せた。いつからエリナーは眼鏡をかけるようになったのだ？「ロンドンでキティを訪れたときからよ」

「それはやめてくれ。気味が悪い。いずれ魔女として火あぶりにされるぞ」

「わたしが言いたいのは、もう何カ月も前から眼鏡をかけているのに、あなたは今日初めて気づいたということ」エリナーはマーティンの言葉が聞こえなかったかのようにつづけた。「六カ月あれば数週間の恋から回復できると思っていたのに。どんなに失恋がつらくても。彼女は死んだわけじゃないのよ」

「それはどうかな」マーティンは自分の感じている不安にいら立っていた。「彼女はなにも持たずにここを出ていった。誰かを付き添わせればよかった。金を渡して……」

「わたしは旅費をあげたわ。あげないとでも思った？　それに、元気で生きているわよ。定期的に手紙をくれるもの」

マーティンは唖然とした。「なんだって？」

「手紙。彼女が読み書きできることは知っていたでしょう？」

「ああ、しかし——。決してぼくたちとは連絡を取らないという話だったのに」ファーレイはそのことを強く言い張り、マーティンがいないあいだに、解放の条件をジョーンに説明していた。

エリナーは打ち消すように手を振った。「だから言わなかったの。いまも言うべきじゃなかったわ。顔色が悪いわよ」

「彼女はどこだ？」

「教えたら、どうするつもり？」

マーティンは答えかけて思いとどまった。単純な答えがあるはずなのに、どう答えていいかわからない。本棚まで行って題名に目を走らせたが、どの言葉もまったく理解できない。正直に言うなら、いま頭の中にはっきり浮かんでいる想像において、自分はジョーンに対して彼女の悪いところをこと細かに説明し、彼女は自らの罪を認めて許しを請うしかないと雄弁に述べ、そして……。

想像はそこで止まった。マーティンは泣いている彼女に背を向けて去っていくのか？　そう思うと意地悪な喜びを感じたが、そんな気持ちを抱いたことにぞっとした。では、ジョーンを抱きしめて、すべて許すというのか？

無理だ。たとえすべての罪を許せたとしても、彼女が泥棒で逃亡者のジョーン・プライスであり、マーティンが伯爵だという事実は変えられない。

「わからない」マーティンはそっと言った。「教えてくれなくていい。彼女が無事だとわかればそれでいい。無事なんだろう？」

「ジョーン・プライスを捜す人がいたとしたら、ぜったいに見つけられないわね」エリナーはきっぱりと言った。

マーティンは背を向けた。目は流されない涙で曇っている。彼は涙をこらえて無理に笑みを浮かべた。「ああ、エリナー。おまえが出ていったらぼくはもう生きていけない」

「そうでしょうね。書斎の隅でしなびて死んでいるのを見つけることになるわ。でも立派なお葬式をあげてあげるから、心配いらないわよ」

「また酒を飲んだほうがよさそうだ」

「あら、すてき。わたしもご一緒していい？　だけどその前に読んだほうがいい手紙があるわ」エリナーは自分の横に置いていた手紙を取りあげて差し出した。表書きの宛名は間違いなくマーティンなのに、エリナーは勝手に開封して読んでいた。「わたしたち、お互いに秘密を持つのはやめたほうがよさそうね」エリナーは言い、マーティンは受け取った。

不安な気持ちで手紙を開き、最初の行に目をやる。「おお」顔をあげ、エリナーと目を合わせた。

「さ、飲みましょう」彼女が笑顔で言うと、マーティンは黙ったままうなずいた。

26

でこぼこ道を馬車で行くのではなく馬に乗ることにしたのは正解だった。こんな悪路で馬車に揺られたら、歯が全部抜けただろう。やがて目的の家にたどりついた。白いペンキを塗ったばかりの家。近くの塀の向こうではヤギが群れている。フォックスは興味津々でヤギを見たものの、ジョーンの馬から一メートル以上は離れなかった。馬をおりたジョーンは柱に手綱を巻きつけ、家の玄関ステップに向かった。フォックスは寄ってきて、青いスカートに脇腹をこすりつけた。

太陽は高く、いまは耐えられないほど暑い。汗がうなじから垂れるのを感じたけれど、どうしようもない。ジョーンが一週間テントで寝泊まりして待っているあいだ、〝ミスター・コター〟は町に現れなかった。そろそろ自分から行動を起こすときだ。

扉を叩いて応答を待つ。フォックスは木製の玄関ポーチに座りこんで耳をかいていたが、扉が開くとびくりとして立った。毛むくじゃらの小さなテリアが中から飛び出して激しく尾を振り、すぐに二匹は走りだして追いかけっこを始めた。ジョーンに応答した男性は、束の間二匹を見つめた。そのあとジョーンは肩をすくめ、犬から目を戻して男性と向き合った。

「ミスター・コターでいらっしゃいますか？」ほんとうはミスター・ハーグローヴだ。立派な顎は黒いひげで隠されているものの、この人がエリナーとマーティンの兄なのは間違いない。筋の通った鼻も、黒い目も、その目に宿る鋭い知性も、彼らとそっくりだ。

「そうだが。そっちは？」

彼は粗野な話し方を見事に身につけていた。ジョーンは感心しながら手を差し出した。

「ミス・ストーンと申します」それがいまの名前なので、まったくの嘘というわけではない。

男性は彼女の手を取って握手した。ジョーンのほうからも手を握り返すと、彼の眉の片方が少しあがった。そう、やはりあのふたりの兄だ。

「あなたが相続すべき財産についてお話しにまいりましたの」

ジョーンは拒絶を予想していた。ところが、先ほどの眉がさらに高くあがった。「そうなのか？　じゃあ入ってもらおう」彼は新たな興味の目でジョーンを見つめた。唐突に背を向け、鋭く口笛を吹く。テリアがジョーンをなぎ倒さんばかりにして駆け戻り、フォックスはゼイゼイ息をしながらジョーンの横まで来て憧憬のまなざしを向けた。

ジョーンはチャールズ・ハーグローヴについて暗い家に入り、明るい台所に出た。かまどでは小さな炎が燃え、テーブルにはティーポットが置かれている。チャールズはティーカップを二個出してきて、座るようジョーンに合図し、向かい側に腰をおろした。犬たちは騒々しく走りまわったが、フォックスは隣の部屋に通じる扉の前で止まって熱心にくんくんにおいを嗅いだ。するとテリアが脚に噛みついたので、二匹はまた走りだした。外へ行ってくれればいいのに、とジョーンは思った。でないと家の中がめちゃめちゃになりそうだ。

「さてと」チャールズはカップに紅茶を注いだ。「相続すべき財産がどうしたって？」

ジョーンは咳払いをした。実際にチャールズ・ハーグローヴに会ったらどんなふうになるか、はっきり予想していたわけではない。でも、こんなにすんなり話が進むとは思わなかった。「イングランドに戻って財産をお受け取りになるよう説得しにまいりました」

チャールズは指でテーブルを叩いて考えこんだ。「なんの話かわからないふりをして、きみを侮辱する気はない。しかし、きみとどういう関係があるんだ？」

「わたしは妹さんの友人です」ジョーンは心を強く持った。真実を言うと決めてここまで来たのだ。いまになって逃げてなるものか。「弟さんを愛していました」

「愛していた？」チャールズは興味深そうに身を乗り出した。

「いまも愛しています。でも、それは関係ありません。わたしたちは一緒になれませんし、二度と会わないほうがいいのです。弟さんにお会いになったとき、わたしのことは口にしないようお願いいたします」

「会ったとき？　もしも会ったら、ではなく？　きみは自信があるんだね」

ジョーンは彼をしっかり見据えた。「ここまで来るのにわたしがどれだけ苦労したかお知りになったら、わたしの決意をお疑いにはならないはずです」

「きみの決意を疑ってはいない。いいだろう、ミス・ストーン。なぜわたしが帰国すべきかを教えてくれ。なぜ領地の支配権を弟から取りあげねばならないのか」

「弟さんはそんな権利を望んでおられません。領地の運営を嫌っておられます。あなたが去ったことを、さらに嫌っておられます。妹さんも弟さんも、あなたに会いたがっておられます。あなた方が喧嘩をなさったのは知っています。兄との喧嘩がどんなものか、わたしもよく知っています。でも、喧嘩したことなんて、どうでもいいんです。あなたは戻りたかったはずです。少なくとも、ちゃんと……ちゃんと別れを言いたかったはずです。仲直りしたかったはずです」

モーゼスの死はいまや遠い過去の話だ。それでもジョーンはつらくなって顔を背け、家の裏の林に目を向けた。自分は最後まで、兄を嫌いなのか好きなのかわかっていなかった。だからこそ、兄のことはなかなか記憶から消えてくれなかった。

「あなたははるばるカナダまでいらっしゃいました。お父様から逃げるために。それだけの値打ちはありましたか？」

「ここでいい生活を送っているよ」

「祖国でもいい生活は送れます。ご家族とともに」

「きみの言うとおりかもしれない。マーティンは爵位を望んでいないのかもしれない。しかし、どうしてきみは、マーティンがぼくに爵位を譲りたがっていると思うんだ？」

「彼はあなたのことを話したからです。どんなふうに喧嘩したかを教えてくれました。あなたにしかるべき地位に戻ってもらい、もう一度兄として迎えたいとおっしゃいました。弟さんは爵位に関心をお持ちではありません。関心があるのはあなたのことです」そこでジョーンは黙りこんだ。この一年、できるかぎりマーティンのことは考えまいとしてきた。めったに思いどおりにはならなかったけれど、少なくとも彼の名前は口にしなかった。馬車がバーチホールを離れたときから、自分から彼の話はしなかった。

「きみは？　きみはなぜこの件に関心がある？」

「さっきも申しました。彼を愛しているからです。それなのに、ひどく傷つけてしまいました。嘘をつき、彼を利用したのです。彼はわたしを逮捕させることもできたのに、解放してくれました。でもわたしは、とどまることで彼に許してもらえるのなら、たとえ逮捕されてもとどまりたいと思っていました。わたしが感じている苦悩と同じものを、彼はあなたに対して感じているのだと思います。わたしは彼についた嘘を取り消せません。だけどお兄さんを取り戻したら、もしかすると……」

「マーティンは許してくれる？」チャールズはぶっきらぼうに訊いた。

ジョーンは首を横に振った。「いいえ、いまさらそれは望めません」

「だったら、なぜだ？」

「さっき言ったとおりです」

「あいつを愛しているから」

「それは理由として充分ではありませんか？」

「どうかな」チャールズは言った。「どう思う、マーティン？」

彼は声を張りあげ、ジョーンの後ろに目をやった。ジョーンは身を硬くして振り返った。

隣室との扉がゆっくり開く。そこには、やつれて青白い顔をしたマーティンが立っていた。

「きみたちは同じ情報源を持っているようだ。マーティンは二週間前に来た。きみが数分間で成し遂げた説得に、こいつは二週間かかった。きみには感心する。ぼくは効率のよさを高く評価しているからね」チャールズは立ちあがって咳払いをした。「いずれにしても、ぼくは荷造りをして、ここを出る段取りをしなくてはならない。きみたちふたりはここで話し合ってくれ……いろいろと」

彼は大きな足音をたてて出ていった。ジョーンは立った。マーティンに飛びついて首に抱きつきたい。けれど自らに強いてじっとしていた。

「ミスター・ハドソンか？」

「ええ。あなたに手紙を書くのは待ってと頼んだのに。あなたのために、これくらいはしたかったの」どうやらミスター・ハドソンの考えは違っていたようだ。

「やつはおせっかいが好きらしい」マーティンは淡々と言った。「ああいう仕事をしているわりにはロマンティストだ。きみに話さないといけないことが……」いったん言葉を切る。「実は、ミセス・ヒッコリーが婚約した」彼は声を落とした。「女中頭が足りなくなった」

そこにはミスター・ハドソンがかかわっているようだ。その話は、マーティンの横で丸まって聞いてみたい。だがジョーンはこぶしをきつく握り、そんな思いを頭から追い出した。

「エリナーは？　元気？」

「まあ、相変わらずだ」マーティンはジョーンを上から下まで眺めた。ジョーンは彼がなにを見ているかを想像した。濃い青の高級な乗馬服、格好のいい黒いブーツ、そのブーツと同じように耳元で輝いている、黒っぽく見えるほど濃い赤のガーネット。「どこにいたんだ?」その質問は、ジョーンの上等の身なりに関するすべてを包括しているように思えた。

「レディ・コープランドのダイヤモンドはテムズ川に投げ捨てなかったの。売ったわ。そして大陸に渡った。ほとんどはイタリアにいたわ。わたしには投資の才能があることがわかったの」ダイヤモンド二個がもたらした金はこの一年で相当増えた。財産はすべてマディの名義にしている。ジョーンは一度ならず、マディは金を持ち逃げすることもできると指摘した。マディがそれをとても面白い冗談だと思ったのは、彼女の善良な性質の現れだ。「わたしは昔の名前を捨てた。ジョーン・プライスは死んだ。もう二度と泥棒はしなくていいの」

「つまり裕福になったわけだ」彼はそっと言った。「ぼくは近々伯爵でなくなる。最初からこんなふうに出会っていればよかったのに。そうしたら、この何カ月かのつらい期間はなくてすんだ」

ジョーンは椅子の背もたれをつかみ、希望は抱くまいとした。「わたしはあなたに嘘をついたわ」

「わかっている」

一年前、その言葉にジョーンは傷ついた。いま、それは傷を癒やす膏薬だった。彼はこの言葉で許しを与えてくれた。これ以上なにも言う必要はない、どんな言い訳もいらない、という意味だった。

「きみのことをあきらめられると思った。あきらめられたかもしれない、きみが遠い謎でとどまっていたなら。きみが元気だというエリナーの言葉だけしかなかったなら。だがこうやって会った以上、二度ときみを失いたくない。愛しているよ、ジョーン」

ジョーンは首を横に振った。「もうそんな名前じゃないわ」

「じゃあ、なんだ？　きみをなんと呼べばいい？」

彼女は目をあげた。「知っているでしょう」

そのときマーティンは進み出て、手で彼女の顔を包んだ。「ぼくのディアーナ」彼はささやいた。そして唇を重ねた。言葉はいらなかった。

訳者あとがき

伯爵と泥棒。キャスリーン・キンメルのデビュー作は、結ばれるはずのないカップルのロマンスです。

共犯者の企みにより精神科病院に入れられてしまったジョーン・プライス。なんとか脱走したものの、手元にはお金も食料もなく、長い拘禁生活で体力も失われています。ある屋敷の前で途方に暮れていると、紳士に呼びかけられました――別の名前で。

伯爵マーティン・ハーグローヴは遠縁の娘を預かることになっていました。幼いころに会ったきりなので現在どんな顔かは知りません。でも、あのときの少女と同じ目と髪の色をして約束の時間に屋敷の前にたたずむ女性を見て、てっきり彼女だと思いこんで声をかけたのでした。

ジョーンは渡りに船と、その娘のふりをします。食事をし、休息を取り、夜中になったら金目のものをいくつか盗んで逃げていけばいい。そう考えていたのに、タイミングが合わずに逃げそこないます。こうなったらしばらく伯爵の保護下にいて共犯者から身を隠しておこうと思い直すのですが、それには別の危険がひそんでいました。〝身分違いの恋〟をしてしまう危険です――。

本書は〈バーチホール・ロマンス〉シリーズ第一作。本国ではマーティンの双子の妹エリナーを主人公とする第二作もすでに発表されています。こちらも楽しみですね。

二〇一七年六月　草鹿　佐恵子

淑女を破滅させるには

2017年09月15日　初版発行

著　者　キャスリーン・キンメル
訳　者　草鹿佐恵子
（翻訳協力：株式会社トランネット）
発行人　長嶋うつぎ
発　行　株式会社オークラ出版
〒153-0051　東京都目黒区上目黒1-18-6　NMビル
営　業　TEL：03-3792-2411　FAX：03-3793-7048
編　集　TEL：03-3793-8012　FAX：03-5722-7626
郵便振替　00170-7-581612（加入者名：オークランド）
印　刷　中央精版印刷株式会社

定価はカバーに表示してあります。
乱丁・落丁はお取り替えいたします。当社営業部までお送りください。

ISBN978-4-7755-2702-3